KB009501

삶을 내려놓음으로써 나를 사랑할 수 있는 마음의 자유가 생기다

나를 사랑할 자유

나를 사랑할 자유

초판 1쇄 발행 | 2019년 2월 1일

지은이 | 박정심
펴낸이 | 공상숙
펴낸곳 | 마음세상

주 소 | 경기도 파주시 한빛로 70 515-501

출판등록 | 2011년 3월 7일 제406-2011-000024호

ISBN | 979-11-5636-311-8 (03810)

원고 투고 | maumsesang@nate.com

ⓒ박정심, 2019

* 값 13,300원

* 이 책은 저작권법에 따라 보호 받는 저작물이므로 무단 전재와 복제를 금지
합니다. 이 책의 내용 전부나 일부를 이용하려면 반드시 저자와 마음세상의
서면 동의를 받아야 합니다.

* 마음세상은 삶의 감동을 이끌어내는 진솔한 책을 발간하고 있습니다. 참신
한 원고가 준비되셨다면 망설이지 마시고 연락주세요.

이 도서의 국립중앙도서관 출판예정도서목록(CIP)은 서지정보유통지원시
스템 홈페이지(http://seoji.nl.go.kr)와 국가자료종합목록시스템(http://www.
nl.go.kr/kolisnet)에서 이용하실 수 있습니다. (CIP제어번호 : CIP2019000961)

나를 사랑할 자유

박정심 지음

마음세상

들어가는 글

20대 중반에 한 남자를 만나서 가정을 이루었다. 혼자 겪는 삶이 주는 외로움과 시련의 아픔에서 오는 고통은 둘이 되면 반으로 줄고, 행복한 날들로 채워지는 줄 알았다.

하지만 그것은 착각이었고, 희망 사항일 뿐이었다. 삶은 녹록하지 않았다. 남편의 가족을 껴안아야 한다는 것은 폭넓은 이해심과 배려심이 필요했다. 오랫동안 다른 생활환경 속에서 살아온 우리는 시간이 지나야 만 자연적으로 동화되어 진다는 것을 살아가면서 알게 되었다. 조화를 이룬다는 것은 많은 시행착오를 거쳐야 어울림이 생기는 것 같다.

자신은 변하지 않으려고 하면서 상대가 변하길 바란다는 것은 이기적인 삶이라는 것을 알았다. 살아남기 위해서는 생각의 전환이 필요했다. 아픔만큼 성숙해진다는 말을 공감하게 만든 결혼 생활.

결혼 생활은 삶을 깊고 넓게 보는 법을 가르쳐 주었다. 성숙한 어른이 되는 과정은 아픔을 잘 바라볼 줄 아는 것이다. 남편의 선택으로 삶을 송두리째 흔들어 버린 일이 있었다. 밀려든 시련과 아픔은 내가 감당해 내야 하는 쓰라림이었다. 한 번도 사용해보지 못한 많은 돈을 은행에 지급해야 하는 마음은 오죽이나 했을까?

참 많은 인생 수업료를 주어야 했다. 혼인서약에 맹세했듯이 어떠한 경우라도 항시 사랑하고 존중하며, 괴로움과 즐거움을 같이 해야 한다고 했다. 힘들고 괴로운 일이라고 해서 피하고 싶지는 않았다. 내가 선택한 사랑의 책임을 저야한다. 같이 겪어 이겨내야 하는 일이라는 것을 받아들여야 했다. 마음을 다독이며 인내하는 삶은 생각보다 힘들고 고통스러웠다. 과거에 집착하다 보면 울화통이 터지고 미래를 생각하면 불안하고 견딜 수 없는 흔들림이 생겼다.

어려운 문제가 생기면 원인을 파악하려고 하지 않고 회피하려고만 했던 것이 나를 더욱 힘들게 했던 것 같다. 시간이 지날수록 해결되지 않는 문제가 불쑥불쑥 튀어나와 삶을 저울질하게 만들었다. 수없이 문제점을 바라보고 고민하며 묵상을 했다. '나는 누구인가? 무엇이 잘못된 것인가? 어떻게 살아야 하나? 결국은 나를 찾는 게 중요했다.

마음과 육체가 갈기갈기 찢어져 상처가 생기는 일이라도 받아들여야 한다는 것을 안다. 회피하는 삶보다는 부딪쳐서 이겨내는 삶을 택하기로 했다. 자신을 사랑하는 마음을 가지게 되면 나를 통한 모든 일에 있어서 정성이 쏟아부어지고 마음에서 진실성이 나오는 것이다. 진정한 사랑은 순수해졌을 때 나오는 것 같다. 자존심을 버리고 자존감을 가지기로 했다. 모든 것이 사랑으로 충만하게 되니 아름답지 않은 것이 없고 소중하지 않은 것이 없었다. 모든 것이 감사함이다.

젊고 능력 있는 나이에 아픈 경험과 시행착오를 겪은 것에 오히려 위안이 된다. 나이가 들어서 힘든 고통을 맞이했다면 몇 배로 힘들었을 것 같다. 젊음은 나에게 삶의 온도를 높이게 했고 삶을 보는 각도를 넓게 했다.

꿈을 가지고 도전하는 사람에게는 큰 시련이 와도 이겨낼 힘이 생긴다고 한다. 다시 시작한다는 마음으로 모든 것을 정리하고 내려놓았다. 내려놓은 삶은 편안하고 고요하게 해 주었다. 더 잃을 것이 없다는 생각을 하니 더할 나위 없이 좋았다. 처음부터 다시 시작한다는 마음으로 출발했다. 안정적이고 품위 있는 삶은 그냥 얻어지는 것이 아니었다.

부딪히는 삶의 고통을 수차례 담금질로 승화시켜야 한다. 미완성의 나를 완성으로 만들기 위해서는 인고의 시간을 잘 견뎌내야 했다. 이제 한 발짝 올라가는 삶을 만들고자 한다. 예쁘게 차곡차곡 단단하게 무너지지 않는 삶을 쌓고 싶다. 인생 참 맛깔나게 만들고 싶다는 생각이 들었다.

성장을 위한 삶을 살기 위해서는 끊임없는 자기 계발이 필요하다는 것을 알았다. 꾸준한 독서와 요가, 명상을 하게 된 것이 삶에 있어서 정말 탁월한 선택이었다.

독서는 힘든 마음을 다시 희망으로 보게 했고, 폭넓은 지식과 교양을 가지게 했다. 간접경험으로 다양한 동기부여를 제공하고 다른 관점에서 인생을 보게 한다. 상처 입은 마음에 흉터나지 않게 올바른 삶으로 걸어가게 만들어 주는 반창고 역할을 한다. 삶의 규칙을 따라감에 있어서 약간의 일탈은 흥미와 긴장감을 주기도 하지만, 마음을 다시 정비하고 평화를 위해 규칙의 범위에 들어서게끔 잡아준다.

독서는 길을 밝히는 길잡이 역할을 나에게 해주었다. 독서는 살아가야 하는 의미를 부여해 준다. 요가와 명상은 깨어 있는 마음을 바라보게 해주고 에너지에서 나오는 힘의 작용으로 흔들리는 감정을 강하게 마음잡게 해준다. 근육의 단단함에서 나오는 에너지의 힘과 호흡이 내면의 마음을 평온하게 해주는 것을 느낀다. 한계를 극복하고 있는 과정이다. 앞서보지 않고 현재를 바라보아야 지만 이겨낼 수 있다. 그 과정을 이겨냈을 때 자아가 커지고 있다는 것이다.

조급한 마음과 게으름으로부터 시험에 들 때마다 강한 의지를 가지게 하고 깨어 있는 마음을 바라보게 한다. 내 안의 나를 바라보는 시간을 좀 더 많이 할애하고 의식을 확장하는 연습을 하고 있다.

살면서 묵은 때를 하나씩 벗겨낼 때 조금씩 보이는 높고 맑은 자아는 위대함이다. 진정한 나를 만나면 생기가 돌고 활기가 넘치며 하고자 하는 열정이 일어나는 것 같다.

젊은 나이에 삶의 법칙을 받아들이게 된 것은 꾸준한 독서와 요가, 명상을 통해 마음으로부터 오는 집착의 얽매임을 버렸기 때문이다. 비로소 마음의 평화가 찾아오고 진정한 사랑은 나눔이라는 것을 알게 되었다. 물질에 연연해하지 않는 삶을 원한다. 그리고 추구하고자 하는 일의 과정을 즐기고 최선을 다한다는 마음으로 삶을 던지다 보면 신기하게도 어느새 나에게 물질은 와 있었다. 물질의 얽매임보다 노력하는 자만이, 도전하는 자만이 맛볼 수 있는 열정이 더 큰 보배이다.

어리석은 삶에서 지혜로운 삶으로 받아들이는 과정을 글로 썼다. 삶을 살아가는데 힘들어하는 사람들의 마음에 작은 씨앗을 심어주고 싶다. 기름진 토양에 씨앗이 뿌리를 잘 내려 흔들리는 마음 없이 행복한 삶을 살았으면 한다. 특별한 삶을 가진 사람도 주어지는 사람도 없는 것 같다. 물질에 비유하는 삶보다 큰마음으로 자신의 내면을 바라보고 만족하는 삶이 진심 나의 삶이 아닐까 생각한다.

제1장
지나간 시간들

'행복'이라는 단어를 까마득하게 잊고 살았던 서른의 삶.

마흔이 되어서야 삶의 이치를 알게 되었고 진정한 행복을 느끼며 살아가고 있다. 스무 살에는 꿈과 이상을 추구하며 열정이 넘치는 나이였던 것 같다. 사랑이라는 진정한 의미도 느낌도 알지 못한 채 한 남자만 믿고 나의 삶을 던졌다. 지금 생각하면 너무 순수한 선택이었다. 서른에는 내가 선택한 삶에서 오는 아픔을 겪어야 했다. 그저 평범하게 가정을 이루고 사는 것이 삶의 순리라 생각했다. 평범한 삶은 나에게 주어지지 않았다. 겪어보지 못한 힘든 삶이 밀려왔다. 힘든 삶은 나의 마음을 어둡게 하면서 눈에 넣어도 안 아프고 깨물어 주고 싶을 정도로 귀여운 내 아이들에게 사랑을 가득 주지 못하게 했다. 기쁨과 감흥이 없게 만들었다. 건강함에 감사해야 하는 행복도 알지 못했고 감정은 바스락거릴 정도로 메말라 버릴 정도였다. 웃음기 없는 얼굴은 어둠이 내려앉아 있었고 힘없이 늘어져 있는 나의 모습은 모든 것이 귀찮았다.

오래간만에 만났던 친구가 한마디 했다.

"해맑디 맑은 네가 왜 이렇게 됐어?"

친구는 예전의 내가 아니라는 것을 알아보았다. 이상만 추구했나 보다. 특별히 잘난 것 없는 내가 자만심만 하늘을 치솟아 있었다. 누구에게도 지고 싶지 않고, 나약함을 보여주고 싶지 않은 자존심이 힘든 삶을 만들었는지 모른다. 누구의 탓도 아닌 오로지 내 잘못이다. 스스로 선택한 삶이었다는 것을 지금은 인정하고 받아들인다. 누구나 삶에 아픔은 있는 것 같다. 아픔과 힘듦을 깊숙한 내면까지 파헤쳐보고 생각해 보아야 한다. 진정한 깨달음이 생겼을 때 비로소 성숙한 사람으로 거듭날 수 있다.

곁에서 지켜본 사촌 언니는 말한다.

"하늘은 큰 뜻을 가진 사람을 시험에 들게 한다 하니 이겨내야 하는 과정이다. 바람이 불거나 태풍이 없으면 바닷속의 오염된 찌꺼기를 걸러내지 못해 생물들이 살지 못하듯이, 꿈을 가지고 도전하는 사람은 시련을 두려워하지 말아야 한다. 어려운 시련을 얼마나 잘 참고 이겨내는지에 따라 삶이 달라지니깐. 다시 시작한다는 마음으로 삶을 바라봐!"

용기를 주는 말이 가슴에 와닿았다.

시련의 아픔

남편과 나는 정식 이성 교제 8개월째 되는 1997년 3월 1일 삼일절에 결혼식을 올렸다. 1996년 4월에 회사 입사 후배가 후배 남편의 친구이며, 고등학교, 대학교 친한 친구 사이였던 남편을 소개해 주었다. 남편으로서의 조건은 나쁘지 않았다. 현대자동차 입사한 지 6개월 된 신입사원으로 172cm 되는 키에 대졸의 신체 좋은 건강한 남자였다.

첫인상은 순수함과 촌스러움이 있는 옷차림에 잘생긴 얼굴은 온순하고 배려심이 깊은 사람으로 보였다. 진취적이고 리더십 있는 성향을 가진 남자를 좋아했다. 남편은 내가 좋아하는 성격의 소유자는 아니었다. 부드럽고 온순한 성격은 나의 마음을 만족시켜 주지 못했다. 내 마음을 알게 된 남편은 마음의 표현을 거침없이 적극적으로 했다.

매주 2번씩 꽃다발이 아니면 꽃바구니를 근무하는 사무실로 보낼 정도로 회사 근처 꽃가게 단골이 되었다. 꽃가게 아저씨는 내가 자리에 없어도 알아서 두고 갔다. 퇴근할 시간이 되면 사무실 앞에 차를 대기하고 있다가 같이 저녁 먹고 집까지 데려다주는 것만으로 만족했다. 도도하고 무뚝뚝한 나를 잘 보호해주고 챙겨주는 자상함에 나도 그렇게 싫지는 않았다.

정성을 쏟는 마음은 보였지만, 마음을 사로잡는 끌림이 없었다. 더는 상처를 주고 싶지 않아 이별을 통보한 후 몇 개월 동안 마음을 추스르고 정리하는 시간을 가졌다.

서로의 아픈 상처가 가라앉을 때쯤 우리는 만나야 할 인연이었는지 후배를 통해 다시 만났다. 우리를 소개해 준 후배와 남편 친구는 결혼을 약속한 사이가 되어 같이 캠핑을 가자고 제안을 했다. 목적지는 거제도 몽돌해수욕장이다.

7월 말 휴가철 자동차들이 꼬리에 꼬리를 물어 끝이 보이지 않았다. 꼼짝달싹하지 못할 정도로 도로상태가 좋지 않았다. 울산에서 거제까지 10시간은 더 간 것 같다. 더운 여름 날씨에 차를 오랫동안 운전을 해서 그런지 차 보닛에서 연기가 났다. 서로 지치고 힘들어지는 상황에서 차까지 문제였다. 오랜 시간을 지체하고 차 점검을 마친 후 도착한 몽돌 해수욕장은 새벽이었다. 힘들게 도착한 곳은 적막감이 들 정도였다. 텐트 하나에 같이 자야 한다는 말에 '집에 가고 싶다'는 생각뿐이었다. 불편할 것 같은 잠자리는 마음을 내려놓지 못하게 했다. 힘들고 지친 몸을 편하게 눕고 싶은데 그럴 수가 없었다. 잠시 쉬지도 못하고 남편에게 돌아가자고 했다. 남편은 힘들어하는 내 모습을 보고 아무 말 하지 않고 출발해 주었다. 잠 한숨 못 자고 돌아오는 길은 긴장감을 잃을 정도로 피곤이 몰려왔다. 젊고 패기 넘치는 20대라도 잠을 이겨내지는 못했다. 남편은 순간 졸았다. 정신을 차려보니 바로 앞이 낭떠러지였다. 조금만 더 갔다면 우리는 같이 저승길을 갔을 것이다. 정신이 번쩍 들었다. 놀란 것보다는 미안함이 말할 수 없이 밀려왔다. 남편도 많이 놀란 듯했다. 짜증 내지 않고 '괜찮냐?'는 말로 나를 먼저 챙겨주었다. 나로 인해 큰일을 겪고 보니 그 사람의 본심이 보였다.

마음이 열리면서 정식 교제를 시작한 지 얼마 지나지 않아 같이 살고 있던 둘째 오빠네가 부산으로 이사를 하게 되었다. 나의 거처가 문제였다. 집을 얻는다는 것은 나에게 조금 무리였다. 지켜보고 있던 남편은 고민하더니 결혼하자고 했다. 진심으로 밥은 안 굶길 것 같다는 생각 하나로 선택의 여지 없이 승낙을 했다.

결혼하고도 손에서 일을 놓지 않았다. 일에 대한 자부심이 강한 나는 계속 직장생활 하기를 원했다. 어머니는 남편이 장손이기 때문에 손주를 기다리셨고, 우리는 결혼 6개월 만에 좋은 소식을 들을 수 있었다. 우리는 기분이 이상할 정도로 황홀하고 기뻐하며 행복했었다. 우리와 닮은 아이가 나온다는 것이 신기하게만 느껴졌다. 건강하고 착한 아이를 만나고 싶은 마음에 좋은 생각과 좋은 것만 먹으려고 노력했다. 자리를 잡지 못하는 아기는 우리를 불안하게 만들었다. 병원에서는 스트레스를 받거나 무리하게 움직이지 말라는 의사의 말을 듣고 일을 그만두어야 했다. 아쉬운 마음을 뒤로하고 태교에 신경을 쓰기 위해 다니던 회사를 그만두었다.

1998년 5월 25일에 첫째 아들을 건강하게 출산했다. 산통이 시작되면서부터 1시간 반 만에 이 세상에 하나밖에 없는 아들을 만났다. 너무 쉽고 빠르게 낳은 기쁨도 잠시 출산의 아픔보다 더 고통스러운 아픔이 왔다. 순간 '이렇게 죽을 수도 있겠구나!' 할 정도의 심한 아픔이었다. 문제는 하혈을 너무 많이 해서 수혈을 4통이나 받았다. 의사는 책임감 때문인지 수시로 와서 나의 건강상태를 점검했다. 보통 순산하면 2박 3일이면 퇴원을 하지만, 3박 4일 만에 의사의 승낙 사인을 받고 퇴원했다. 많은 하혈로 얼굴은 하얀색에 가까울 정도로 지쳐 보였다. 산후조리원도 없던 시절이었고 마땅히 갈 곳이 없어 몸조리를 집에서 했다. 지친 몸과 마음은 삶의 의욕을 잃게 했고 힘든 고통을 이겨내기 위해 쏟아 부어버린 에너지는 바닥이었다. 옆에서 지켜보던 옆집 호정이네 언니는 안쓰러운 마음이었는지 한 번씩 들려 챙겨주었다. 아기를 키우는 엄마의 마음이었다.

퇴원을 하고 엄마는 수시로 전화를 해서 '괜찮냐?'고 하며 안부 전화를 했다. 5월이면 바쁜 농사일로 엄마는 정신없어 한다. 농번기 철이기 때문이다. 힘들어하는 딸에게 오고 싶어도 올 수가 없었다는 것을 안다. 마음이 편하지 않는지 일 정리가 어느 정도되면 온다고 말한다. 시어머니는 와서 미역국만 끓여놓고 가 버린다. 어머니도 아직 며느리인 내가 불편하신 것이다. 나 또한 너저분한 모습을 보여주고 싶지 않았다.

의사는 퇴원할 때 당부했다. "충분한 휴식을 취하셔야 빨리 회복이 될 수 있습니다."

그러나 환경은 나에게 편한 휴식을 가질 수 있는 여건을 주지 못했다. 혼자서 아들을 돌보며 안정을 취해야 했다. 눈물 날 것 같은 서러움은 결혼한 것을 후회하게 만드는 것처럼 마음이 힘들었다. 내가 처한 상황을 아는 듯 아들은 너무 순하고 잘 먹고 잘 잤다. 지쳐 있는 몸과 마음은 천사 같은 아들을 바라볼 여유를 주지 않았다. 힘들고 포기하고 싶은 날들이었다. 남편은 퇴근하고 오면 불평불만 없이 집안일을 도맡아 했다. 사랑받고 사랑하며 살 것 같았던 결혼생활은 점점 재미를 잃게 했다.

시골에서 자란 나는 순박하고 순수하게 살았었다. 계산적이어도 된다는 것, 욕심을 부려도 된다는 것, 이기적이어도 된다는 것 등 결혼을 통해 순수성을 잃어 가게 했다. 장손인 남편은 모든 집안일의 대소사를 챙겨야 하는 책임감이 있었다. 남편의 일이 곧 나의 일이었다. 세 식구 먹고사는 것에 대해서는 아무 문제가 없었지만, 갈등은 늘 시댁 관련된 일이었다. 짐 가방을 몇 번이나 싸고 풀 정도로 결혼 생활은 피곤하고 지치게 했다. 가족과 함께 같은 공간에 같이 숨 쉬고 있다는 것만으로 행복해야 할 때였는데 그런 마음이 들지 않았다.

결혼 생활에 있어서 행복하지도 즐겁지도 않은 우울함과 외로움이 내 곁을 떠나지 않았다. 말이 점점 줄어들면서 남편과 오랫동안 대화가 끊어지는 일들이 일어났다. 그냥 살아갈 뿐이었다. 귀엽고 사랑스러운 아들이 있는데도 예쁘지가 않고 귀찮은 존재로만 내 곁에 있었고 헤어짐에 있어서 아들이 문제였다. 밝고 항상 웃는 얼굴을 품고 있는 아들은 고집부리거나 떼쓰지도 않고 혼자 알아서 놀고, 잠자고, 건강하게 잘 자라 주었다. 사람들은 밝고 순한 아들을 가진 것에 부러워했다. '어찌 이렇게 순하고 착하냐고' 하며 아들을 좋아해 주었다. 행복이라는 것을 나만 느끼지 못하고 있었다.

결혼 전 남편에 관해서 물어보지도 알려고 하지도 않았고 그냥 순수함을 믿고 선택했다. 후회해도 늦었다는 걸 알지만 그래도 후회했다. 남편은 후배 남편과 비교 대상이었다. 사실 비교 대상 자체도 안 되는 일이다. 요즘 말하는 금수저와 흙수저의 차이다. 부모를 내가 선택해서 태어나는 것도 아닌데 원망은 남편에게 돌아갔다. 결혼 전에 보여야 할 것들이 보이지 않고 결혼 후에 보이기 시작했다. 되돌릴 수 없는 상황이라는 것을 알면서도 받아들이기 힘들었다. 홀시어머니에 넉넉하지 않은 재산.

소개해준 후배는 결혼에 성공했다고 한다. 선택에 대한 후회감은 만날 때마다 생각나게 했고, 후배를 만난 그날 저녁은 어김없이 신랑에게 모든 화살이 돌아갔다. 신랑은 일방적으로 나의 짜증 섞인 말투와 행동에 당해야 했다. 나 때문에 친한 친구와 거리가 멀어졌다. 지금도 후배네 부부와 만남이 없다. 후배네 시어른들은 후배와 아들이 결혼하는 것을 반대했다. 조건이 맞지 않는다는 것이다. 그런데도 결혼을 할 수 있었던 것은 남자 친구를 완전히 자기편으로 만들었기 때문이다. 순간 망치로 머리를 맞은 것 같은 느낌이었다. '왜! 나는 그런 재주도, 그런 욕심도 없었던 거야. 도대체 바보.' 묻지도 따지지도 않은 결혼이었다. 엄마는 조건이 마음에 들지 않는다며 반대했지만, 내가 무조건 '결혼하겠다고 고집을 피우니 엄마도 어쩔 수 없이 승낙했다. 자식이기는 부모가 없다는 말이 맞다.

이제는 엄마가 왜 그렇게 반대를 했는지 충분히 이해할 수 있다. 부모가 반대하는 것에는 이유가 있는 것이다. 살면서 알게 된 것들은 진실이었다. 부모의 말을 듣지 않고 선택한 무거운 삶은 안고 가야 할 숙제이다. 선택에 대한 믿음이 실망이 되어 버리는 순간마저도 책임을 져야 한다.

생각해 보니 진정한 사랑을 몰랐었던 것 같다. 가족은 헌신적인 사랑이다. 자라온 환경은 사랑의 참 의미를 부여해 주지 못했다. 어릴 때부터 홀로 자란 나는 사랑을 받을 줄만 알았지 주는 방법을 몰랐던 것 같다. 3남 1녀 중 막내로 막내 오빠랑 7살 차이가 난다. 그래서 어릴 때 아버지와 오빠들한테 사랑을 받기만 했었다. 무척이나 예뻐해 준 아버지와 오빠는 진정 내가 사랑을 느끼고 알아가야 할 나이가 되었을 때는 내 곁에 없었다. 내가 학교에 다닐 때쯤이면 오빠들은 멀리 있는 학교로 가야 했고, 아버지는 중 2학년 때 다른 세상으로 먼 길을 떠났다. 인정이 많으셨던 아버지는 주위에 사람들이 많았다. 본인의 일보다 주위 사람들의 일에 적극적이고, 병을 앓고 계는 중에도 몸을 아끼지 않고 남의 일을 도왔다. 저 세상으로 갈 때까지 최선을 다했다.

생계는 엄마 몫이 되었다. 새벽에 나가면 저녁에 집에 들어오는 엄마는 편안하게 앉아 도란도란 이야기할 여유조차 주지 않았다. 나를 챙겨주고 사랑해 줄 마음의 여유와 시간이 없었다. 혼자 생각하고 혼자 결정해야 하는 것이 습관처럼 되었고 혼자만의 시간은 익숙했다. 진정한 사랑은 받는 것이 아니라 주는 것이다. 엄마의 사랑을 듬뿍 받았다면 아낌없는 사랑을 주지 않았을까? 하는 생각을 가진다. 진정한 사랑의 의미를 한 번 생각해 보게 된다.

행복하기 위해서 결혼하는 것이 아니라 성숙해지기 위해서 결혼을 하는 것이라 한다. 결혼은 나에게 그랬다. 운명은 정해져 있는 것이 아니라 내가 던지는 만큼 보이는 것이라 한다. 움직일 운, 생명이나 생활의 명은 움직이는 생활이다. 운명은 멈춰 있는 것이 아니다. 내가 어떻게 삶을 경험하고 만들어가는 것에 따라 운명은 바뀔 수 있는 것이다.

마음의 멍

남편, 나, 아들, 딸, 완벽한 4인 가족이 이루어졌다. 가족이 늘어나면서 경제적인 여유를 줄게 했고, 빡빡한 삶을 살아가는데 인간미를 유지할 수 없게 했다. 좁아지는 어깨가 마음을 위축하게 만들고 나약함으로 몰고 갔다. 탈출구를 찾고 싶었다. 다시 시작한 사회생활. 나에게 처한 삶을 안고 맞벌이를 했다. 남들보다 뒤처진 출발이었지만, 맞벌이를 하니 저축할 여유가 생겼다. 꾸준히 저축한 돈은 어느 순간 목돈이 되어 있었다. 돈은 마음의 위안을 주었다.

시골에서 태어나 자란 나는 경제 관념이 없었다. 열심히 일해서 번 돈만이 나의 것이 된다는 것을 보고 자랐다. 한 가지 엄마는 나에게 일깨워 준 것이 있다. '절대 빚은 가지지 마라'고 강조하셨다. 사실 어릴 때 빚이 뭔지도 몰랐다. 엄마가 혼자서 자식을 4명이나 키워야 하는 경제적인 부담감을 안고 있었다. 시골에서 돈을 벌 수 있는 것은 남의 집에 일하러 가는 것과 농사지어서 판매하는 것만이 전부이다.

엄마는 삶에 이골이 난다고 귀에 딱지가 앉을 정도로 말했다. 조상이 물려준 산과 논, 밭 그리고 엄마가 장사해서 모은 돈으로 사놓은 땅들이 있었다. 농협에서 빌리는 것은 문제가 되지 않았다. 농협은 우리 집 재산을 훤히 알고 있을 정도였다. 이자를 낼 수 있는 능력이 되지 못하는 부담감이 컸다. '빚만 없으면 살 것 같다.' 라고 엄마는 입버릇처럼 말했다. 나에게 부채에 대한 두려움을 확실하게 심어주었다. 투자의 개념을 깨고 나오는 데 오랜 시간이 걸렸다. 자라온 환경은 살아가는 데 많은 영향을 미쳤다. 이사가 뭔지도 모르고 자랐다. 아직도 엄마는 우리가 태어나고 자란 집에서 살고 계신다. 시골에서는 이사한다는 것은 도시로 나가는 것이었다. 집을 사고팔면서 이익을 남긴다는 생각을 하지 못했다. 열심히 일해서 저축으로 돈을 모은 것이 나의 것으로 생각했다. 차곡차곡 쌓이는 재미는 있었지만, 목표액까지 가기에는 마음이 조급해졌다. 돈에 대한 지식과 다루는 기술을 너무 모르고 살았다. 살면서 돈의 흐름이 가장 중요하다는 것을 알았다.

돈을 빨리 많이 벌려면 장사를 해야 한다고 남편은 말했다. 음……장사라……. 새로운 경험의 도전을 해보기로 마음먹었다. 무모한 도전이긴 하지만, 형식적인 틀에서 깨어 나오고 싶기도 했다. 가보지 않은 길을 간다는 것은 대단한 용기가 필요한 것 같다.

고민 끝에 "둘 다 직장을 잘 다니고 있는데 누가 맡아서 할 거야?" 남편에게 물었다. 남편은 생각해보더니 나보고 직장을 그만두고 맡아서 해보라고 했다. 전문직 일을 하는 나는 언제든 직장을 구해서 갈 수가 있는 탄력적인 일이었다. 젊었을 때 많은 경험을 해보는 것이 삶을 살아가는 데 도움이 될 것 같았다. 실패해도 빨리 일어날 수 있는 용기가 있지 않을까 하는 마음이었다. 어쩔 수 없이 미래를 위해 안정적인 회사를 그만두기로 했다.

남편은 출, 퇴근길에 주위를 유심히 보고 다니면서 집 근처 위치 좋은 곳에 상가를 짓고 있다고 보러 가자고 했다. 무슨 장사를 할 건지는 생각도 하지 않고 가게부터 얻었다. 주위에 아파트가 둘러싸여 있어서 무슨 장사를 해도 된다는 남편의 이론적인 생각이었다. 선택의 여지는 없었다. 장사해서 성공할 수 있는 아이템을 맞춰 넣어야 했다. 혹시나 모를 실패에 대한 두려움은 있었지만, 젊다는 이유로 극복할 수 있다는 자신감을 불어 넣었다.

언제든 일을 할 수 있는 나의 직업이 조금은 위안이 되었다. 두려움을 극복하고 부딪쳤다. 모아놓은 돈과 어머니 집을 담보로 해서 돈은 준비가 되었다. 남편 선배 지인이 해운대 신시가지에서 '백두대간'이라는 호프집이 잘 된다고 추천해 주었다. 뜨고 있는 체인점이었다. 내 팔자에 무슨 물장사. 생각지도 못한 호프집 운영을 했다. 장사를 시작하니 집안 식구들이 도와주지 않으면 안 되었다. 친정엄마는 남해를 오가며 아이들을 돌봐 주었다. 외동딸인 나에게 엄마는 물심양면으로 도와줄 수밖엔 없었다.

장사는 대박이었다. 15평 정도의 소규모 가게임에도 불구하고 봄부터 가을까지는 밖에서 줄을 서서 기다린 손님들이 많았다. 알바생 2명, 주방이모, 나, 퇴근하고 도우러 오는 남편. 녹초가 될 정도로 바빴다. 매일 은행에 돈 넣으러 다니는 재미는 아직도 생각하면 흐뭇하다. 바쁘니 돈 쓸 시간이 없어 모이는 것 같았다. 365일 하루도 쉬지 않고 돈을 벌어들이는 재미를 톡톡히 본 것이다. 한마디로 돈독이 올랐었다. 첫술에 배가 불러진 것이다. 장사가 잘되다 보니 주위에서 우후죽순으로 생겨나기 시작하니 초창기처럼 장사는 잘 안되었다. 자리를 일찍 잡고 서비스를 잘해 준 덕에 꾸준히 손님은 있었다. 몸도 마음도 지칠 2년이 지났을 때는 즐기며 살자고 했다. 명절날 하루는 쉬면서 아이들과 놀이공원도 가자고 했다.

돈에 대한 스트레스는 없었다. 장사하면 매일 현금이 들어오니 비싼 물건을 사는 것만 자제하면 사소한 것은 쉽게 샀다. 남편은 '가랑비에 옷 젖는다.'고 했다. 씀씀이가 커지면서 저가 메이커는 눈에 들어오지 않고 중, 고가 브랜드가 눈에 들어오기 시작했다. 보는 눈이 점점 높아지고 있었다. 물건을 살 때는 백화점으로 향하게 되었다. 비싼 옷과 소품들이 사람을 차별하게 만들어 주었다. 도도하고 당찬 내 모습은 마치 돈 많은 사모님의 행세를 하게 했다. 젊은 날에 돈을 만지다 보니 허세와 과시가 늘어났다. 그렇게 사는 것이 잘살아가는 인생인 줄 알았다. 남들에게 보여주기 위한 삶이었다는 것을 아파보고 알게 되었다.

친정엄마에게 우울증이 왔다. 시골 구석구석을 다 휘젓고 다니던 분이 아는 사람 한 명 없는 울산이라는 도시에서 생활하려니 많이 힘들어했다. 육아와 살림을 독차지하며 살아야 했던 엄마는 심심해 하고 숨 막혀 했다. 도저히 병날 것 같아 안 되겠다고 참을 만큼 참았다고 한다. 만 3년 만의 선포다. 본인 집으로 간다고 통보를 했다. 강한 사람이라 잘 견뎌주었다. 나 같으면 못 해냈을 것이다. 모든 걸 다 버려두고 딸 집에서 살림과 애들을 본다는 건 인내력이 필요했다. 엄마의 인생을 바라보고 편안함을 가질 여유가 없었다. 철없던 나는 고마움도, 미안함도 모르고 당연히 해 주는 게 맞는 것으로 생각했다. 직접 애를 키워보고 살림을 살아보니 엄마의 대단함을 알았다. 가게도 권리금 받고 넘기고 친정엄마도 고향으로 내려갔다. 모든 게 정리되었다.

현금이 통장에 들어왔다. 정리하고 남아 있는 돈과 집을 팔아 시내 쪽으로 이사를 하려고 알아보고 있었다. 남편이 적극적으로 기다려 보라고 반대했다. 이유가 있는 것도 모르고 혼자 북 치고 장구 치는 격이었다. 시내에 사는 여러 친구에게 어디 쪽이 괜찮은지 물어보고 다녔다. 아들도 초등학교 입학을 앞두고 있었고 넓은 평수 아파트와 좋은 교육환경, 편리한 시설에서 아이들을 키우고 싶었다. 나름대로 계획을 차근차근하게 열심히 세우고 있었다.

남편은 삶의 의욕을 상실시킬 만큼의 일을 터트렸다. 일어나지 말아야 할 일이 나에게 일어나고 말았다. 남편은 나에게 전화로 잠시 만나 할 이야기가 있다고 했다. 평일에 근무할 시간인데, 데리러 온다고 한다. 남편은 나를 태우고 조용한 곳으로 찾아가고 있는 듯 바닷가 쪽으로 향했다. 차 안에 앉아 있으라 한다. 긴장된 모습이 비쳤다.

남편은 말문을 열지 못하고 한참 시간을 보내더니 말했다.

"사실 조금 있으면 월급에 압류가 들어올 것이다."

"뭔! 소리야?' 기가 막힌다는 생각으로 놀라며 물었다.

"사실은 결혼하고 2년 정도 지났을 때 육촌 형님에게 대출을 받아서 빌려줬는데 형님이 이자를 한 번도 내지 않아서 이자가 이자를 물어 원금이 배가 되어 은행에서 압류가 들어올 것이다. 잘 지급하고 있는 줄 알았고 나도 문제가 없을 줄 알았다. 형님도 그렇게 말을 해서 의심 없이 믿고 있었다. 문제가 생겼을 때 내가 이자를 내고 돌려막기를 했는데도 안됐다." 남편의 말이 떨어지자마자. 어떻게 된 거냐고 자세히 말하라고 했다.

"육촌 형님이 주식을 했는데 욕심을 과하게 부려 일이 터진 것이다. 신용까지 사용하고 있는 상황에서 주식이 폭락했고 증권사에서는 있던 주식을 팔아버리니 손해가 엄청났다. 기회를 한번 달라고 해서 믿고 해줬다. 오촌 큰아버님 댁은 경매로 넘어갔단다. 미안하다."

남편은 기가 죽은 듯 맥없는 소리로 말했다. 어안이 벙벙해서 아무 말도 나오지 않았고 머릿속은 하얀 백지 상태였다. 몸에 힘이 빠졌다. '이게 현실은 아니겠지? 어떻게 나에게 이런 일이 생기는 것이지? 내가 무슨 죄를 짓고 살았다고' 머릿속에서 온갖 것의 생각이 들었다. 시간이 조금 흐르니 정신이 들었다. 울면서 고함을 질렀다.

"어떻게 나에게 한 마디 의논도 없이 이런 일이 벌어지게 할 수 있어" 남편에게 쏘아붙였다. 한참을 울고 나서 육촌 형님한테 가자고 했다. 남편은 놀란 마음, 미안한 마음에 형님한테 전화했다. 육촌 형님은 중고 매매 상사 직원으로 중고차 영업을 하고 있었다. 경주에 있다고 오늘 좀 늦는다고 했다. 무시하고 무조건 사무실로 가자고 했다. 남편은 어떤 말도 나에게 할 수 없는 상황이었다. 나를 태우고 사무실로 향했다. 4시간을 사무실 앞에서 기다렸지만 결국 오지 않았다.

"아주버니고 뭣이고 모르겠고 다 필요 없으니깐 빨리 전화해 봐." 다시 전화하라고 다그쳤다. 정말 꼴도 보기가 싫었다. 저녁에 집으로 간다고 기다리라고 한다. 나는 전화를 뺏어 받았다. "지금 안 오시면 사무실 다 엎어 버릴 테니까 빨리 오시지요." 강한 어투로 말했다.

아주버니는 약간 떨리는 목소리로 알았다고 했다. 남편은 나의 눈치만 보고 있었다. 한참을 기다리다 어둠이 짙게 내린 밤중에 우리 집으로 찾아왔다. 보자마자 소파 쿠션을 집어 던졌다. 두 남자는 고개만 떨구고 있었다. 아이들은 겁먹은 듯 방에서 나오지 못했다.

"어떻게 하실 거예요? 나 이혼할 거니깐 두 분이 알아서 하세요." 통보했다. 아주버니는 "제수씨! 제가 갚을게요. 남편은 잘못 없습니다." 말한다. 아주버니가 책임지고 갚는다고 확답을 받고 보냈다. 웬걸! 내가 빚을 다 갚을 때까지 1원짜리 하나 받지 못했다.

그 날 밤은 눈물로 지새웠다. 3일을 집 밖에 나가지 않고 울며 생각했다. 고심 끝에 결단을 내렸다. 나에게 그런 용기와 자신감이 어디에서 나왔는지 3일

지나고 남편에게 대화를 걸었다.

"좋아! 일은 이미 벌어졌고 좋은 마음에서 한 거니깐 어떻게든 갚아보자. 돈이니깐. 월세 살 생각하고 정리해 보자." 말했다. 남편은 정말 이혼하는 줄 알았다고 했다. 아이들 때문에 이혼할 수가 없었다. 가슴이 쓰리도록 아프다는 느낌 아는가? 정말 찢어지는 고통을 느껴 보았다. 아주버니가 온 날 남편은 아파트 창문 밖을 뛰어내리고 싶었다고 말했다. 순간 딸아이 얼굴을 보니 그런 용기가 없어졌다고 한다. 처량해 보이는 모습을 보니 애처로워 보였다. 모든 것을 용서하고 처음부터 다시 시작하는 마음으로 살아보자고 했다.

살고 있던 아파트 2채를 살 수 있는 돈 만큼 우리는 안아야 했다. 소유하고 있는 돈으로 급한 돈부터 처리를 시작했다. 나머지 돈은 매월 상환하는 조건으로 했다. 한 달 이자는 한숨이 절로 나올 정도로 많았다. 조금이나마 이자를 절감하기 위해 친정 오빠한테 도움을 청해 조건 없이 돈을 빌려 왔다. 시어머니도 도움을 주신다며 있는 돈을 주었다. 받지 않으려고 했지만, 아들의 잘못으로 이런 일이 벌어졌다며 미안해했다. 열심히 일해서 갚는 일밖에 없었다. 통장에 돈이 넉넉하게 채워져 있을 때는 무슨 일이 생겨도 자신감이 있었다. 순식간에 통장에 돈이 사라져 버리니 자신감 상실이었다. 혹시나 가족 중에 사고라도 나거나 건강이 안 좋을까 봐 두려운 마음마저 들었다. 갚아 할 빚은 눈에 띄게 줄어들지 않고 삶에 재미가 점점 더 없어지니 서글픈 생각만 들었다. '열심히 노력한 대가가 고작 이거라니' 혼자 깊은 생각을 할 때면 대성통곡을 하며 울었다. 울고 나면 속은 좀 후련했다. 자존심 때문에 오랫동안 친한 친구들 모임에도 가지 않았다. 되돌릴 수만 있다면 다시 시간을 돌리고 싶은 마음뿐이었다.

치솟아 있던 콧대가 한순간에 내려앉았고 친한 친구들과도 연락하지 않으며 조용히 살고 싶었다. 주위 사람들이 나라는 존재를 잠시 잊고 살아주었으면 좋겠다는 생각이었다. 굳은 표정에 핏기없는 얼굴을 하고 있는 모습을 누구에게도 보여주고 싶지 않았다. 귀신에 홀린 듯한 사람처럼 멍청하게 생각 없는 나날들로 보냈다. 가을이면 창밖 너머에 보이는 황금 들녘을 바라보고 있으면 감정에 북받쳐 눈물이 쏟아지곤 했다. 다크 서클이 눈 밑을 어둡게 자리 잡고 표정 변화 없는 얼굴은 환자 그 자체였다. 나를 보는 사람들은 '어디 아프냐?'고 물어보지만, 마음이 아픈데 말할 수가 없었다. 나에게 관심을 보이는 것도 싫었고 사람들이 다니는 길을 가다 마주치는 것도 싫었다. 나 자신도 나를 내버려 두고 싶었다.

시련의 시작이었고 인생에 있어서 바닥이었다. 정말 추락하는 데는 날개가 없다는 것을 몸소 느끼고 나니 천배 만배 이해가 되었다. 마음에 아픔이 깊어지면서 자신감에 차 있던 예전의 활기찬 나의 모습은 찾아보기 힘들었다. 점점 갈수록 자신을 어둠 속으로 가두고 있었다. 세상에서 가장 힘든 아픔을 다 품고 사는 사람처럼 눈물이 자주 나오고 가슴은 늘 아리고 먹먹했다. 감성 모드 음악 소리가 들리면 하염없이 분위기에 빠져 우울해했다. 나에게 주어진 모든 것을 포기하고 싶은 마음은 날이 갈수록 깊어졌다.

생각만큼 돈은 모이지 않았고 여기서 벗어나고 싶었지만, 희망이 보이지 않았다. 미래에 대한 불안감은 나를 더욱 힘들게 했다. 남편은 미안함에 항상 배려하며 챙겨주고 이해해 주었다. 어차피 안고 간다고 말했던 것을 신랑에게 표현하지 않으려 했다. 말하지 않아도 남편은 느꼈다. 속으로 다지고 다지며 삭혀야 했다.

삶이라는 건 생각보다 쉽게 살아지지 않았다. 어둠을 뚫고 지나가야 한다는 것은 대단한 용기와 강한 정신력이 필요했다. 무너지는 자신을 온전히 혼자서 버텨내야 하는 정신력을 가지기 위해서는 자신을 끊임없이 채찍질하며 단단하게 만들어 내야 한다. 그냥 그 길을 묵묵히 아무 생각 없이 걷고만 있었다. 그것이 나에게 주어진 최선의 길이다. 몸과 마음은 점점 시들어 말라가고 있었다.

죽음이라는 단어를 수없이 생각했다. 내 목숨이라 해서 내 마음대로 할 수 있는 게 아니었다. 남겨질 아이들을 생각하니 마음이 너무 쓰리고 아팠다. '아이들이 무슨 잘못이 있다고 힘든 삶을 살게 해야 하나' 하는 생각이 들었다. 무책임한 행동을 섣부른 판단으로 내릴 수도 없었다. 이러지도 저러지도 못하는 이 상황에서 어떻게든 벗어나야만 한다는 생각이 들었다.

시간이 지나니 마음이 조금씩 꿈틀거렸고 생기가 돌면서 살고 싶다는 욕구가 생겼다. 칙칙한 어둠 속에서 우울한 생각을 벗어던지고 탈피하고 싶다는 마음이 강하게 들었다. 긍정적인 생각으로 '살다 보면 좋은 일이 생길 거야!' 라는 희망의 싹을 심었다. 깊은 상처가 조금씩 아물어 간다는 생각이 들었다.

다시 직장을 구해 나가기로 마음을 먹었다. 사람들과 어울리다 보면 삶의 의욕이 생길 것 같다는 생각이었다. 장사 돈이 무섭다는 것은 알지만 다시 시작할 수 있는 경제적 여유가 없었다. 새 출발하는 마음으로 도전하기로 했다. '차근차근 그냥 주어진 것에 만족하며 살아보자.' 혼자 마음을 다독거렸다. 원하는 곳에 마음만 먹으면 취업을 할 수 있는 일이지만, 힘들어도 돈을 많이 주는 곳을 찾고 싶었다. 결혼 전 나를 사랑해 주고, 존경했던 거래처 대표를 찾아갔다. 효성에 마침 프로젝트가 있다고 추천해 주었다. 7개월 정도의 파견근무여서 급여가 높았다. 사람들과 대화도 하고 수중에 돈도 들어오니 마음이 조금씩 편해졌다. 힘든 마음이 조금씩 내려졌다. 직장을 구해 나오기를 정말 잘했다는 생각이 들었다. 회사에서 일하는 순간만큼은 다른 생각이 들어오지 않았다.

대표와 자주 만나 식사하고 차 마시며 살아온 삶에 대해 힘이 되는 이야기를 종종 해주었다. 같은 여자이고 엄마이기 때문에 이해의 폭이 넓었다. 삶의 멘토이자, 맏언니 역할을 해주었다. 나이 차이가 꽤 많이 난다. 그럼에도 우리는 대화코드가 잘 맞았다. 나의 상황을 누구 보다 잘 알았다. 대표는 힘 있으시고 활력이 넘치는 분이다. 만남 자체로도 좋은 기운을 받아가는 것 같았다. 배려와 사랑으로 나를 존중해 주며 살아가는 길을 밝혀주고 희망의 메시지를 끊임없이 보내 주었다. 강한 용기를 가지게 했다. 사람에게서 받은 상처가 사람이 주는 사랑으로 치유가 되는 것 같았다.

남의 떡이 커 보이고 맛있어 보일지라도 남의 것은 남의 것으로 존중해 주어야 하고 나의 것은 나의 것으로 만족할 줄 아는 삶을 살아야 한다는 것을 알아가게 되었다.

나를 철들게 만든 남편

키는 아담하고 둥근형에 오목조목하게 생긴 얼굴과 깔끔하고 후덕해 보이는 전체적인 인상은 편안함이 보이는 스타일로 어머니들이 좋아한다. 직선적이고 까다로워 보이는 나와는 성격이 완전히 다르다. 닮은꼴을 찾기가 어려울 정도로 우리는 비슷한 구석이 없었다. 자존심 강하고 당당한 나를 남편은 한 발짝 물러서서 이해하고 사랑해 주려고 노력했다. 여성적이고 정적인 성격을 가진 남편은 차분하고 꼼꼼하다. 물에 물 탄 듯 술에 술 탄 듯한 성격은 부러지지 않을 만큼 유하다. 남자라면 성격도 강하고 밀어붙이는 힘과 진취적인 성격이 있어야 한다고 생각했다. 잘생긴 외모는 화끈하게 끌리는 매력을 주지 못하는 것이 아쉽지만 연애 상대는 별로인데 결혼 상대로서는 최고인 것 같다. 살아보니 그렇다. 좋은 게 좋다는 긍정 마인드의 소유자다. 음주가무를 좋아하고 즐기며, 이야기하는 것을 좋아하고 다정다감하다. 애교가 넘치고 재미있게 말을 잘하다 보니 여자 친구들과 거리감 없이 잘 어울린다. 남편은 여성적인 부드러움과 따뜻한 말씨를, 나는 과묵하면서 차갑고 도도한 성격이 조합을 준다.

결혼해서 살아 보니 탁월한 선택이었다는 걸 느낀다.

성격이 강한 남자들은 감당하기 힘들 정도로 자기 위주의 삶을 산다고 한다. 남편은 자기의 고집을 부리는 편이 아니어서 다행이다. 짧은 연애 기간은 남편을 충분히 알아 갈 수 있는 시간적인 여유를 갖지 못했다. 속내를 드러내고 이야기를 할 수 있는 편안함을 주지 못했던 것은 내가 그렇게 만들었기 때문일 것이다. 남편은 한결같은 사람이었는데 우리는 서로를 잘 모르는 상황에서 결혼했다. 술을 한 번도 같이 마신 적이 없었다. 결혼 전 친구들이 시험해봐야 한다고 했지만 내가 술을 좋아하지 않다 보니 그냥 믿음으로 선택했다. 술 취한 모습을 보지 못해서 음주를 하지 않는다고 생각했다. 결혼하고 보니 완전 술고래였다. 음주가무를 즐기지 못하는 나는 남편의 그런 행동이 때로는 부럽기도 했다. 결혼하고 난 뒤, 잦은 말다툼이 생기다 보니 남편은 나에게 이것만은 지켜 달라고 했다.

"부부끼리는 절대로 자존심을 세우지 말고 편안하게 이야기를 해야 한다. 그래야 우리가 서로 마음을 맞춰 살아갈 수 있으니깐, 나에게만큼은 자존심 세우지 않았으면 좋겠다."

양심에 찔리듯 마음에 와닿으면서 공감했다. 말다툼을 몇 번 하고 남편은 용기 내어서 말했다. 자존심 강한 나는 나의 잘못임에도 먼저 사과하지 않았다. 칼날을 세우듯 마음에 걸리는 말을 하면 참지 못하고 말했다. 냉기가 흐르는 삶은 피곤했다. 자존심 때문에……. 그게 뭐라고……. 먼저 인정하면 마음 편할 것을 말이다. '네가 이기나 내가 이기나 어디 한번 해 보자.' 하는 마음으로 버티기를 하며 줄다리기했다. 꼬리를 물고 늘어져 원하는 답을 얻을 때까지 집요하게 달려들었다. 누구의 잘못이 맞는지 따져야 하는 삶은 대화를 점점 줄어들게 했다. 누가 먼저 "미안하다."는 말을 하느냐가 중요했다. 남편은 나의 고집에 질려 했다. 마지못해 자기의 잘못이 아닌데도 인정을 해버린다. 왜냐면 잠을 못 자게 피곤하게 만드니 최선인 것이다. 되도록 남편은 실수하지 않으려 노력했다.

완벽한 삶을 살아야 한다는 나의 강한 마음은 나 자신도 내려놓지 못했다. 남편의 삶을 인정해 주지 않고 집착했다. 자신만을 위한 시간이 필요하다는 것을 알면서도 인정해 주지 않았다. 쌓인 스트레스를 해소할 시간마저도 빼앗고 싶을 만큼 답답함을 주었다. 숨 쉴 수 있는 시간과 여유가 필요했을 건데 말이다. 그때는 모든 상황을 이해하려 하지 않았다. 오로지 나 밖에는 보려고 하지 않았다. 나의 힘든 마음이 더 컸다. 오기가 생길 때면 똑같은 행동으로 남편에게 되돌려 속상한 마음을 공감하게 해주고 싶었다. 하고 싶어도 할 수가 없는 것은 내 아이들이 눈에 먼저 들어왔다. 불안한 마음을 아이들에게 심어주고 싶지는 않았다. 육아와 일 때문에 힘들고 지쳐있는 내게 남편의 도움이 절실했을 때다. "누구 때문에 이렇게 된 건데" 남편의 행동에 천불이 났다. 꾹꾹 눌러 놓은 마음은 한 번씩 눈이 뒤집어지곤 했다.

아이들이 잠들고 난 후 혼자 술을 한 잔씩 했다. 술을 안 마셨던 나는 어느새 술이 유일한 친구가 되어 있었다. 힘든 마음과 싸우려니 술의 힘이 필요했다. 술만큼 나를 위로해 주는 것은 없었다. 울화가 치밀어 오르면 남편한테 쏘아붙였다. 한참을 듣고만 있던 남편은 성질이 가라앉을 때까지 지켜본다. 찬찬히 다독여 주는 남편은 자기가 잘하겠다고 말한다. 나의 반복적인 행동이 잘못되어 간다는 것을 알면서도 나도 내 마음대로 안 되었다. 남편의 처지에서 생각해 보면 큰 고통을 받는 것이다. 마음의 앙금을 풀어내야 살 수 있을 것 같아 어쩔 수 없었다. 내 정신이 아니었다. 병이 나서 죽을 것 같은 답답함은 이렇게라도 해서 들어내고 싶었다.

그때 그 사건 '대출 관련' 일이 있기 전이나 후나 늘 남편은 한결 같다. 오히려 위기를 같이 넘기고 나니 부부가 더 단단해진 것도 있다. 습자지에 물이 조금씩 스며들 듯이 변화가 일어났다. 나의 잘못된 부분도 인정하고 말의 표현력이나 말투도 많이 바뀌었다. 서로 아픈 부분을 상처 주지 않고 인정해주는 대화법을 하려 했다. 좋은 부부 만들기 동영상을 보면서 대화에도 기술이 필요하다는 것을 알았다. 절실했던 나에게 시기적절하게 동기부여가 된 것이다.

진정한 사랑이 어떤 것인지를 알아가게 만들어 준 사람이다. 사랑하는 것도, 사랑을 주는 것도 나에게는 서툴렀다. 말수가 적고 무뚝뚝한 나를 그런데도 한결같이 사랑해주는 이 남자.

힘든 일을 겪으면서 잃은 것도 있지만, 우리는 얻은 게 더 많은 것 같다. 서로를 더 배려하고 사랑하는 것만으로도 큰 선물이다. 남편은 무슨 일이든지 그 사건 이후로 의논하기 시작했고 나는 성질내지 않으면서 끝까지 이야기를 들어주는 마음가짐을 가졌다. 물처럼 고요하게 잔잔한 마음을 가지려 하니 차분해지는 것 같았다.

세상의 넓이와 깊이를 조금씩 배워 나가는 길이다. 경험으로 인생 수업을 제대로 받는 것 같다. 아픔을 겪고 나니 생각이 성숙해졌다. 가끔 올라오는 화풀이로 남편에게 쏘아붙이긴 하지만 어떡하겠는가? 본인의 잘못으로 생긴 일이라는 것을 남편은 인정한다. 마음의 병이 깊어지지 않게 더 많이 배려했다.

"그렇게 해서 나에게 풀어. 내가 받아 줄 테니깐. 그 정도는 해줄 수 있지. 아프지만은 마라." 남편은 따뜻하게 말해 주었다. 치밀어 오르는 화는 줄어들었다. 수시로 올라오던 열병 같은 화가 남편의 도움으로 치료가 되어갔다.

아파트 한 채 값을 날릴 정도의 큰 충격은 삶을 송두리째 흔들어 버렸다. 사용해보지도 못한 많은 돈을 고스란히 갚아야 하는 심정은 뼈저린 아픔이었다.

절망의 끝을 맞이해 본 사람은 알 것이다.

'우리보다 못한 사람들을 봐라.' '위로만 자꾸 보면 안 된다. 주어진 삶에 만족하면서 살자.' 남편은 말했다.

욕심을 내려놓을 수가 없었다. 돈맛을 아니깐 더욱 안 되는 것이다. 노력은 해 보겠다고는 했지만, 욕심이 눈앞에 왔을 때는 이성을 잃을 만큼 생각하지 못하게 했다. 후회하면서도 욕심은 나를 시험에 들게 했다. 시험에 들지 않으려고 마음 단속을 단단히 하지만 가끔 흔들리는 마음은 어쩔 수가 없다.

남편은 그런 나를 지켜보며 옆에서 기다려 주고 바라봐 주는 마음으로 나의 길을 찾아가게 했다. 나를 철들게 했다. 때로는 얄밉고 버리고 싶은 마음도 들지만 그래도 같이 있어서 행복하다. 남편의 그늘 밑에 있다는 것이 마냥 편안하다.

인생의 바닥을 같이 가본 우리는 서로의 힘과 도움이 필요하다는 것을 안다. 가봤으니깐, 몸속 구석구석까지 파고드는 고통과 서러움 그리고 지독한 외로움의 맛은 두 번 다시는 경험하고 싶지 않다. 삶을 쉽게 덤비려 하지도 보려고 하지도 않는다. 가족 모두가 희생해서 번 돈과 투자했던 시간, 지쳐버린 몸은 가르침을 줬다. 서른의 젊은 날은 나에게 많은 깨달음을 주었다. 돈의 맛을 보게 해주었고, 빚이라는 부채를 주었다. 돈은 뜨겁고 차가움을 보여주었다. 희망과 열정을 주었고 절망을 주었다. 욕심을 버려야 하는지를 그리고 버림에서 오는 채움을 가르쳐 주었다.

달라이 라마의 '용서'라는 책을 읽으면서 지나온 과거를 회상했었다. 책을 통해 윤회를 알게 되었고 용서를 왜 해야 하는지를 알았다. 업보를 가지게 된 이유, 풀어야 하는 이유를 이해하려 했다. 꼴도 보기 싫었던 육촌 아주버니가 용서되었다. 진심으로 그 사람이 행복한 삶을 살았으면 좋겠다는 생각이 들었다. 15년이 지난 지금도 나는 아주버니께 1원 하나 받지 못했다. 고스란히 우리가 많은 돈을 다 갚았다. 용서는 그 사람을 위한 것이 아니라 나를 위한 것이다. 그래야 내 길을 바라보며 갈 수 있다. 행복하기 위해서는 나의 마음을 다독이고 용서해 주어야 한다. 남편의 잘못도 아니었다. 오로지 선한 마음으로 도움을 주기 위해서 좋은 마음을 가지고 행했다. 결과가 좋지 않았을 뿐이다. 내가 감당해야 할 일이었고 나의 문제였다는 것을 알게 되니 마음이 편했다. 모든 것은 '나'로부터 시작인 것이다. 마음을 한 번 돌리기 힘들어서 그렇지 돌리고 나니 이렇게 마음 편하고 행복한 것을. 마음을 억누르고 있던 엉어리를 벗어 던지고 나니 한결 가벼웠다.

신은 사람을 시험대에 올려놓고 큰 사람이 될 수 있는가? 아닌가? 늘 시험한다고 한다. 힘든 문제를 풀게 만들고 문제를 잘 풀면 선물을 주고, 문제를 풀지 못하면 힘들고 어리석은 삶을 살아가게 한다고 한다. 문제를 잘 풀어내는 것도 풀지 못하는 것도 나의 몫이다. 먼 곳을 바라보고 힘든 역경과 맞서 싸워야 했다. 참고 인내하는 삶만이 주어진 현실이었다.

그릇이 큰 사람은 어떤 시련도 감사함으로 받아들인다는 것을 주위 사람을 통해 알게 되었다. 긍정적인 생각은 삶을 있는 그대로 바라볼 수 있게 한다. 살다 보면 더 큰 일이 생길 수도 있다. 극복해 낼 수 있는 용기와 자신감이 있으면 된다.

두려워할 필요 없다. 부딪혀 봐야 안다. 극복해 내면 아무것도 아니다. 경험은 삶을 하나하나 깨우치게 하고 진심 내 것으로 만들어가게 한다. 진정한 깨달음은 지식에서 얻는 것이 아니라 마음의 깊이에서 오는 것이라는 것을 알아간다.

가족의 건강함에 감사해야 한다. 아무 일이 일어나지 않는 것에 감사해야 한다. 가족이 한집안에서 살 수 있는 것만으로 감사해야 한다. 살아있다는 것조차 감사할 일이다.

아들 수능 백일기도

2016년 11월 17일은 아들 수능 일이었다. 그날을 위해 백일기도 (2016년 8월 9일부터 11월 16일까지)에 들어갔다. 아들을 위해 할 수 있는 게 무엇일까? 생각해 보니 백일기도를 해야겠다는 생각이 들었다. 매일 통도사까지 1년을 기도 다니는 엄마들, 교회에 새벽기도를 다니는 엄마들 이야기를 들으면 나 스스로 아들에 대한 마음이 한없이 작아진다. 아들에게 최선을 다하지 못하는 엄마 같은 느낌이 든다. 자신이 부족해 보이고 못나 보였다. 오로지 아들을 위해 초점을 맞춰 정성을 들이는 엄마들에 비교하면 나만 바라보는 시간이 많았던 것 같다. 평소에도 일하는 엄마로서 아들을 챙겨주지도 못한 미안함이 많았다. 그래서 아들에게 의미 있는 일을 만들어 주고 싶었다. 나의 정성이 아들에게 좋은 에너지가 전달되길 원했고, 아들에게 말없는 응원의 힘을 보내고 싶었다.

한편으로는 엄마의 정성이 가득한 기도하는 모습을 보여주면 아들도 마음 작용이 일어나서 열심히 공부하지 않을까 하는 기대 심리도 있긴 했다. 말을 하는 것보다 보여주는 것이 도움 되기를 바라는 마음이었다. 아침에 같이 대문 밖을 나오면 아들은 학교로 향하고 나는 사무실로 출근했다.

　태어날 때부터 아들은 순하고 어질었다. 항상 웃는 얼굴을 품고 있는 모습이 좋았다. 정신적으로 강하고 잘 울지도 않았다. 유치원 시절, 초등학교 시절에는 선생님들한테서 언어적인 면이 뛰어나다는 말을 많이 들었다. 생각하지도 못한 상장들도 많이 받아 와서 우리를 기쁘게 했다. 그렇게 순한 줄 알았던 아들은 반장, 부반장까지도 맡아서 곧잘 해 내었다. 올바르고 곧게 자라주는 아들은 나에게 든든한 힘이 되어 주고 믿음을 주었다. 묵묵히 시키면 시키는 대로 잘해주는 아들은 초등학교 졸업 때까지 공부를 잘했다. 언어에 대한 감각이 다른 아이들보다 뛰어나다고 제2외국어를 같이 공부시키라고도 했었다. 초등학교 때까지는 집에서 인터넷 강의 수업을 들었고 5학년이 되어서야 수학 학원에만 다녔다. 다른 친구들처럼 학원에 다녀 보고 싶다고 해서 보냈다. 학원을 보내면 한 번도 결석하지 않았다. 심지어 아파도 가려고 했다. 안쓰러워 나는 쉬어야 한다고 보내지 않았다. 그런 아들이다. 나에게서 무한 사랑을 주게 한다.

　초등학교에 다닐 때 2년을 역사 탐방 체험 위주의 학습을 시켰다. 고조선 시대의 투어부터 현대 시대의 투어까지 2년 연속으로 체험 학습을 보냈다. 친한 친구 없이 1박 2일 서울투어를 보내어 보았다. 새벽 5시에 잠을 깨워서 버스에 보내면 돌아오는 날에는 친구들과 동생들을 사귀어 왔다. 적응력과 사회성이 뛰어났다. 백두산 (고구려에 관한 수업) 투어 길은 정말 힘든 여정이었다고 같이 간 역사 선생님이 말해 주었다. 아들을 다시 보게 되었다며 말한다. 힘들어서 짜증 가득한 얼굴을 한 아이들, 우는 아이들, 중간에 포기하는 아이들이 있었는데 아들은 오히려 친구들과 동생들을 챙겼다고 한다. 그 이후로 역사 선생님은 믿음이 간다고 좋아해 주었다.

초등 4학년 때는 3박 4일 리더십 교육을 보내 보았다. 남자아이는 강해야 한다는 생각이었다. 천안 토비스 콘도에서 교육이 있었다. 아침에 울산 태화강역에서 기차를 태워 보내면 교육 담당자는 천안역에서 아들을 만나 교육장으로 이동시켜 주었다. 간 큰 모험이었다. 모든 일정을 마무리 하고 돌아오는 날에 아들을 배웅하기 위해 기차역에 나갔다. 보는 순간 눈가에 눈물이 고였다. 걱정을 많이 한 것과는 다르게 뚜벅뚜벅 걸어서 나오는 아들의 표정은 밝았다. 3박 4일 힘든 교육 일정을 잘 소화하고 왔다. 믿음직스럽고 든든했다. 시키는 것마다 잘 적응하고 재미있어했다. 어릴 때는 아들을 키우는 행복이 충만했다.

중학교에 입학하면서 스스로 선택하는 공부를 맡겼다. 점점 실망을 주기 시작했다. 친구들과 노는 재미를 알면서부터 공부를 등한시하게 되었다. 자기 주도 학습을 유도했던 나의 계획은 완전히 무너졌다.

마음을 잡을 수 있는 동기부여를 시키기 위해 여름 방학 때면 통도사 템플스테이를 보냈다. 아침 4시에 기상을 시작으로 하루를 연다. 칠흑 같은 어두움 속을 뚫고 산책을 하고 108배를 했다고 한다. 스님들과 새벽 예불에 참석하고 공양을 한다. 하나도 남기는 것 없이 깨끗하게 물로 씻어서 밥그릇을 비워야 한다. 보는 것만으로 속이 메스꺼워 마실 수가 없었지만 참고 마셨다고 한다. 대단한 녀석이다. 제일 힘든 과정이었다고 말했다. 108염주를 만들어 왔다. 한 배하고 염주 끼우고 한 배하고 염주 끼우고 그렇게 108배를 하고 만들어진 108염주다. 나는 아들의 마음과 정성이 깃들어 있는 이 세상에서 하나밖에 없는 염주를 아들의 분신처럼 소중하게 생각하고 아낀다. 염주를 만질때면 마음이 벅차오른다. 나의 보물 1호다. 묵묵히 적응도 잘하고 건강하게 수련을 잘 마무리하고 오는 아들을 보면 입가에 미소를 머금게 했다. 따스한 마음이 가게끔 만드는 아이다.

직장을 다니는 미안한 마음에 아들에게 도움이 되는 일이라면 스스럼없이 선택했다. 고1 때 학부모 연회장을 맡았다. 학교를 공식적으로 갈 수도 있었고 담임선생님을 자주 만날 기회가 많기 때문이다. 운 좋게 좋은 담임선생님을 만났다. 아들을 잘 보살펴 주셨고 좋은 점만 보려고 하셨다. 뛰어난 공부 성적을 가진 아이는 아니었지만, 인성적인 면에서는 좋은 평가를 받았다. 선생님의 배려로 바쁜 직장 생활을 병행하며 무사히 나의 역할을 마칠 수 있었다. 오로지 아들만 생각하고 택한 일이었다. 1년을 정신없이 보냈지만 정말 잘했다는 생각을 했다. 그런 나의 정성이 아들도 고마웠는지 고2 때는 스스로 학생부 생활에 도전하여 많은 체험과 봉사활동의 영역을 넓혔으며, 자신감을 얻은 아들은 교우관계에 문제없이 융화를 잘 해주었다.

엄마로서 아들에게 놓치고 챙기지 못하는 부분이 있는지 점검하면서 고3에 몰입 할 수 있도록 노력했다. 아들은 저녁 12시가 되어야 집에 왔다. 기다리다 지쳐 먼저 잠이 들기도 하고 미안한 마음이 들면 잠깐 아들 왔는지 얼굴 확인하고 바로 잠자리에 들었다. 고3이 되니 얼굴을 마주하고 대화 나눌 시간적인 여유가 없었다. 힘든 내색도 하지 않고 불평불만을 표출하지 않는 아들은 잘하고 있는지 궁금했지만 참고 기다렸다.

정성이 가득한 기도는 우주의 힘으로 에너지가 전달된다고 한다. 기도하는 사람과 우주, 그리고 기도를 받는 사람 3각 구도로 에너지의 기운이 흐른다고 한다. 기도라는 것은 놀라운 힘이 있다고 했다. 기도의 힘은 믿는 것으로부터 시작인 것 같다. 정성을 다하면 하늘도 감동하지 않을까 하는 마음을 가졌다. 살면서 천일도 아닌 백일을 오로지 아들을 위한 기도를 한다는 일이 참 의미가 있는 일이 아닌가 생각했다.

백일기도를 생각하게 된 것은 2015년에 친구의 딸 수능기도를 시간이 있을 때마다 같이 팔공산에 다니면서부터다. 간절함과 절실함 때문에 친구는 백일 기도하러 다녔다. 학교에서 방과 후 수업을 지도하는 친구는 오전에 학교 인근 절에 가서 기도하고 출근했다. 나와 시간이 맞는 토요일이나 일요일에는 어김 없이 팔공산으로 갔다. 친구 따라 처음 가 본 팔공산은 아름답고 편안했다.

울산에서 팔공산 가는 버스가 매일 있다. 집 앞에서 타고 내릴 수 있어서 더 자주 가게 된 것 같다. 한 번 가는 길이 힘들었지만 두 번째는 쉬웠다. 주말에 시간이 나거나 마음이 힘들고 괴로울 때는 팔공산으로 향했다. 팔공산에 갔다 오면 생각이 정리되고 몸이 한결 가벼웠다. 팔공산 중턱 버스정류장에서 내려 1시간 30분 여유를 가지고 산에 올라가면 팔공산 약사여래불이 있는 곳에 도 착한다. 수능일 다가오는 날에는 사람들과 어깨를 부딪칠 정도로 인산인해를 이룬다.

기도하고 내려오는 길에 약사암 들러 점심을 먹는다. 점심 식사비는 바구니 에 천 원을 내면 된다. 식판에 보살님이 하얀 쌀밥을 한 주걱 퍼주면 들고 셀프 대에 가서 시래기 국, 짠지 무, 절인 고추와 단진 쌈장이 있다. 짠지 무와 쌈장 은 엄청 짜서 쉽게 덤비지를 못한다. 친구와 나는 쌀밥과 시래기 국으로도 맛 있게 먹는다. 기도하고 내려오면 허기가 질 시간대라 한 입 먹는 쌀밥은 꿀맛 이다. 팔공산에 다니면서 알게 된 보살님과 처사님 옆자리에 앉으면 김장김 치, 상추, 김, 사과, 배, 간식거리를 나눠 준다. 우리보다 오랜 시간 절에 다니고 있고 불경 공부를 많이 했다. 선배된 입장에서 모르는 부분을 많이 가르쳐 준 다. 많은 도움을 받았고 받고 있다.

절실함은 짧은 기간 동안 정성 들인 기도를 하게 했다. 친구 딸은 가고자 하 는 대학에 입학해서 잘 다니고 있다. 직장 때문에 매일 절에 갈 수 없는 나는 다 른 방법으로 백일기도를 시도했다. 어떤 방법으로 하든 정성을 다하면 되지 않을까 하는 생각으로 작정한 백일기도는 천수경을 외우는 것으로 정했다. 독실한 불교 신자도 아니고 하나님을 믿는 기독교 신자도 아니다. 산이 좋고, 넉넉함을 주는 편안함이 좋아 절에 자주 다닌다. 스님들이 말씀하시는 법문의 진리를 듣는 것을 좋아하는 수행의 삶을 추구하는 사람이다. 기본적인 불경은 알아야 할 것 같다는 생각이 들었다. 천수경부터 시작하기로 했다.

새벽에 일어나 큰 초에 불을 밝히고 삼배를 한다. 잠시 눈을 감고 마음을 가다듬고 정신을 깨운다. 작은 탁상 위에 노트와 연필 그리고 천수경 책을 펼친다. 하루에 열 번씩 읽으면서 썼다. 처음에는 1시간 30분 걸렸다. 시간이 부족했다. 아침 준비하고 출근하려니 정신이 없었다. 방법을 다시 바꿔서 하루에 다섯 번을 쓰고 다섯 번을 낭독하는 것으로 했다. 새벽 5시~5시 30분에는 일어나야 한다. 마무리는 기도했다.

'아들이 가고자 하는 길을 찾아가 주기를 바라는 마음으로 했다.' 높은 성적과 유명 대학을 가게 해달라는 욕심은 부리지 않으려 했다. 힘든 내 마음을 내려놓기 위해 기도를 한 것인 줄도 모른다. 큰 초 두 개를 태웠다. 어느 날은 초심지에서 예쁜 꽃을 피웠다. 사진을 찍어 보살님들과 공유했다. 보살님들은 "축하합니다. 성불 받겠습니다."라고 말했다.

아들에 대한 기대치를 높이지 않으려고 마음 단속을 했지만, 생각과 다르게 마음은 혹시나 행운의 여신이 생각지도 못한 좋은 대학으로 갈 수 있게 인도해 주지 않을까 하는 기대를 했다. 인정하고 싶지는 않지만……. 주위에 그런 기적 같은 일들이 종종 일어났었다. 그래서 마음속으로 좋은 기운이 있으려나 내심 기대를 한 것이다.

중간 중간에 게으름이 시험에 들게 했다. 자신과 싸워야 하는 힘든 과정이었다. 감기몸살로 힘들어도 숙제는 해야 한다는 생각에 버티고 이겨 내려고 했다. 오로지 아들만 생각했다. 100일이 가까워져 올 때는 천수경을 다 외웠다. 쓰는 게 귀찮아지면서 게으름이 생기기 시작했다. 천수경을 눈감고 열 번을 소리 내어 읽었다. 약속한 백일기도는 어떻게 해서든 지켰다. 수능일 아침 휴가를 내고 아들 친구 엄마랑 팔공산으로 향했다. 마무리하기 위해서였다. 팔공산 약사여래불 앞에서 백일기도를 하겠다고 다짐했었다. 부처님 앞에 마무리를 잘했다고 신고하고 싶었다. 절실함은 힘든 것을 이겨 낼 힘을 주는 것 같다. 시험을 치고 있는 아들에게 에너지가 잘 전달되기를 바라는 마음을 안고 내려왔다.

어깨에 무거운 짐을 다 벗어 던져 버리고 내려온 기분이었다. 끝났다는 생각에 홀가분했다. 아들은 우리가 생각했던 대학에 가지를 못했다. 선택한 대학마다 불합격으로 사람의 마음을 조바심 나게 했다. 혹시나 대학에 못 들어가는 것은 아닐까 하는 불안한 마음마저 밀려들게 했다. 마지막 합격한 대학을 아들은 선택의 여지 없이 갈 수밖에 없었다. 떨어질 때마다 힘들어하는 아들을 보면서 내가 해 줄 수 있는 것은 말을 아끼며 지켜봐 주는 것이 최선이었다. 그런 것이었다. '아무리 용을 쓰고 노력해도 안 되는 것은 안 되는구나!' 성급하고 조바심 내는 마음을 가지려 하지 않는다. 해봤으니깐 말이다. 아들이 인생을 살아가게 하는 방법을 나에게 가르쳤다. 순리대로 삶을 맞이하려 한다. 먼저 마음을 일으켜 세워 기대할 필요가 없는 것이다. 가야 할 길이라면 돌아서 라도 그 길을 가게 되어 있다는 걸 안다. 고속도로가 빠르고 편하지만 때로는 국도가 더 많은 여유와 아름다움을 주기도 한다.

힘든 여건 속에서 작심한 도전은 나의 마음을 한 단계 넘어서게 했다. 두 번째 맞이한다면 이 또한 아무것도 아닌 것이다. 아들을 위한 기도였는지 나를 위한 기도였는지는 모르겠다. 할 수 있어서 그리고 해 줄 수 있어서 이 또한 감사하게 생각한다. 아들에게 좋은 에너지가 잘 전달되었을 것이다. 대학이 끝이 아니지 않은가. 아들의 삶에 내가 보낸 에너지가 쓰임이 생길 것이라 믿는다. 아들이 길을 제대로 가고 있는 것인지도 모르는 것이다. 끝이 끝이 아니므로……

딸아이가 말한다.

"엄마, 내 수능 백일기도 해 줄 거지?"

그냥 한 번 웃는다.

오춘기 딸과의 전쟁

딸아이는 어느새 자라 고1이 되었다. 중2병으로 인내력 테스트를 하더니 오춘기까지 붙어 사람을 힘들게 하고 있다. 고등학교 졸업 때까지 오춘기를 할 것이란다. '누구 죽는 꼴을 보려고 하는지' 염장질을 한다. 하루라도 빨리 끝나기를 하나님 아버지, 부처님께 빈다.

마음의 평화와 안정을 찾고 싶다. 긴 시간이다. 딸아이는 초등 4학년 때쯤부터 사춘기의 시작이었다. 집에서 인터넷 강의 수업을 했었다. 같은 아파트 하얀이가 유일하게 놀 수 있는 친구였다. 하얀이는 학원에 다녔고 마치고 나면 우리 집에서 종종 놀곤 했다. 어느 날 하얀이와 다툼이 있고는 집에 오는 일이 없었다. 딸아이는 친구들처럼 학원을 보내 달라고 한다. 학원에 대한 단점을 이야기했음에도 불구하고 그래도 학원을 가야겠다고 고집을 피웠다. 나는 딸아이에게 다짐을 받고 싶었다.

"학원에 다니는 순간부터 너는 학원을 못 그만둔다. 그래도 갈 거니?" 물었다.

"응. 알았어. 그래도 갈래."

딸아이의 생각은 확고했다. 다짐을 받고 친구들이 다니는 학원에 보냈다. 직장 생활로 바쁜 나는 딸아이를 학원에만 맡기고 챙기지를 못했다. 딸아이는 외출이 잦아졌다. 집 주위나, 학원 주위에서 친구들을 자주 만났다. 주말에는 친구들과 시내 나간다고 돈을 달라고 한다.

"뭔! 소리야! 아직 시내 다닐 나이가 아닌데." 라고 말하면, "엄마! 무슨 소리 하는데 친구들은 시내 영화 보러 다니고 쇼핑도 다녀. 모르겠고 친구들과 주말에 시내 가기로 했으니깐 돈 줘." 통보였다. 초등 4학년이다. 아직은 어리게만 보이고 불안해서 집 밖으로 돌아다니는 게 두렵기만 했다.

"안 된다. 엄마랑 같이 가자. 너, 몇 살인데 벌써 시내를 다니려고 하는데."

두 눈을 치켜들고 불량한 태도도 달려들 듯이 "아! 진짜 짜증 나. 안 가면 되잖아!" 문을 '쾅' 닫고 방으로 들어갔다. 화가 치밀어 올랐다. 앞, 뒤, 위, 아래가 보이지 않았다.

"엄마한테 이게 무슨 말버릇인데? 내가 너를 그렇게 가르쳤어?"

"됐어. 그만해. 알았다고."

짜증을 내며 딸아이는 말한다. 밀어 오른 화는 이성을 잃게 했다. 결국 딸아이는 울기 시작했다.

"집 나갈 거야. 엄마랑 같이 못 살아!" 울먹이며 말한다.

"그래, 나가. 어디 갈 때는 있어?"

"학원 선생님 집에 갈 거야. 오라고 했다고."

여행용 가방에 울면서 옷가지와 책을 챙겨 넣고 진짜 집을 나가는 것이다. 붙잡지 않았다. 집에서 나가는 뒷모습만 쳐다보고 있었다. 얼마 후 학원에서 전화가 왔다. "어머니! 무슨 일 있었어요? 학원에 짐을 챙겨 와서 우리 집에 간다고 와 있어요." 웃으며 선생님이 말한다. "좀 혼을 냈더니, 집 나간다고 해서 나가라고 했어요. 선생님 집에 간다고 하던데요." "가끔 엄마랑 싸워서 오는 애들이 있어서, 혹시나 다른데 가지 말고 우리 집으로 오라고 수업시간에 얘기했거든요. 걱정하지 마세요. 제자 타일러서 보낼게요." 학원 선생님은 안심하라는 듯 말했다.

싸움의 시작이었다. 딸아이는 겉모습이 변해갔다. 학년이 올라갈수록 심해졌다. 입술 틴트로 시작해서 빨간색 립스틱까지 그리고 아이섀도가 종류별로 색깔이 있었다. 공부에는 아예 관심이 없었다. 오로지 화장하는 것에만 관심을 두고 있었다. 학교 마치고 친구들과 화려한 외출을 하고 난 뒤, 내가 집에 도착하기 전에 화장을 지우고 있었다. 간섭한다고 해서 될 일이 아니라는 것을 알기에 마음껏 하도록 내버려뒀다. 마음과 집안의 평화를 위해 지켜보는 것이 최선이었다. 피부가 약한 얼굴은 화장독을 못 이겨 뾰루지가 덮었다. 깔끔하게 세안을 하지 못하니 뾰루지는 결절 단계까지 진행이 되었다. '화장을 하지 마라'고 했지만, 포기할 수가 없단다. 맨 얼굴로 다니면 이상할 정도라며 화장 중독이 되었다. 화장술은 시간이 갈수록 전문가 냄새가 날 정도로 잘한다. 아이라인을 매섭고 길게 그려 올린다.

"아니! 좀 순하게 그리면 안 되니?"

"엄마! 아이 라인은 올려줘야 해. 그래야 좀 강하고 섹시하게 보이잖아. 도도하게 말이야."

딸아이는 화장을 화려하게 하고 다닌다. 또래 친구들도 그렇게 한다고 말하며 전혀 어색해하지 않는다. 나보다 화장품 종류가 많아서 필요할 때는 종종 빌려서 사용한다. 많은 화장품은 정리정돈이 안 될 정도로 옷장 위에 펼쳐져 있다. 답답한 남편은 화장품 4단짜리 정리대를 마련해줬다. 정리대가 부족해 자리를 잡지 못하고 굴러다니는 화장품이 여전히 많다.

중학교에 입학하면 조금 괜찮아질 줄 알았는데 교복이 문제가 되었다. 교복 재킷 1개, 치마 2개, 조끼 하나, 블라우스 2개를 맞췄다. 교복 재킷은 허리 라인을 살리고, 치마 하나는 허벅지까지 짧게 수선해 달라고 한다. 3학년 때까지 입으려면 길게 해야 한다고 말하면 절대로 안 된다고 한다.

"엄마! 다른 친구들도 그렇게 입기로 했어. 친구 엄마는 아무 말 없이 해줬다는데 엄마는 왜 그러는데." 딸아이는 불만스럽게 말한다.

"키도 작고, 몸도 뚱뚱하고, 허벅지도 굵은데 안 어울린다. 보기 싫잖아."라고 수선하지 말자는 투로 말했다.

"괜찮아. 내가 입겠다는데 엄마가 무슨 상관인데."

한숨이 나왔다. 욱했지만 참았다. 수선을 해서 줬더니 마음에 안 든다며 딸아이가 직접가서 하겠다고 한다. 세탁소에 가서 짧게 수선해 왔다. 웬걸……. A자 모양의 치마가 일자형 모양으로 바뀌고 허벅지 반까지 수선해 와서 예쁘다고 입고 자랑이었다. 확! 찢어 버리고 싶었다. 굵은 허벅지가 더 도드라져 보였고 민망했다.

짤록하게 허리 라인을 살린 재킷과 짧은 치마를 입고 등교한 딸아이는 학교 선도부에 걸렸다. 벌점을 몇 번 받더니 잔머리를 썼다. 아침에 선도부가 오기 전에 학교에 일찍 등교를 하고 수업이 마치면 화장실에 가서 아이들과 삼삼오오 옷을 갈아입고 하교를 한다. 짙은 화장에 짧게 만든 미니스커트를 입고 시내를 활보하고 다녔다. 완전 재미가 들었다. 본인의 모습은 아주 당당한 커리어 우먼 같은 마음으로 외출을 하고 돌아온다.

중2병은 더 심각하게 말이 없어지고 대화가 안 되었다. 성질부터 내는 딸아이는 나를 없는 존재로 취급했다. 휴대폰만 붙들고 다녔다. 학교에서 조사를 했는데 휴대폰 중독 '심각'이 나왔다. 상담 수준이 나올 정도였다. 잠잘 때 빼고는 손에서 놓지를 않았다. 심지어 밥을 먹는데도 한 손으로는 휴대폰을 하고 있다.

"밥 먹을 때는 휴대폰 좀 내려놓지."

"아침에는 기분 안 좋으니까. 건들지 마!"

'어이구' 화를 눌렀다. 내 마음 쓰다듬으면서 '내려놓자.' '내려놓자.'

빨리 중 2병이 지나가기를……. 귀 옆에 작은 것이 반짝였다. 머리를 올리니 귀걸이를 하고 있었다. 말도 없이 친구들과 시내 가서 귀를 뚫었다. 학교에 걸린다고 아주 작은 거로 된 귀걸이였다. 어이가 없었다. 어느 날에는 피어싱 귀걸이를 귀 위에 하고 왔다.

"너! 학교에서 일진 아니가? 너 정도면 일진 수준인데"

"아니거든. 이 정도는 다 하고 다니거든. 공부 잘하는 친구들도 내보다 더 많이 귀 뚫었다고."

다행스럽게도 담배나 술을 하지는 않았다. 이성에 관심은 많았지만, 정식적으로 만나거나 교제는 없었다. 그런 것에서는 믿음을 주었다.

중3 겨울 방학 때다. 고등학교 입학하면 머리 염색을 못 한다고 마지막으로 하고 싶다고 했다. 탈색하고 빨간색 염색으로 물을 들였다. 날려 보이는 염색 머리는 '내 좀 노는 학생입니다.'를 광고하는 것처럼 보였다. 어울려 다니는 친구들은 딸아이를 부러워했다. 하고 싶은데 엄마가 허락을 안 해 줬기 때문이었다. 친구들한테 만큼은 나는 천사 엄마였다. 공부하라는 소리도 안 하고 화장해도 염색을 해도 간섭하지 않았다. 좋은 엄마로 평가받았다. 어이구……. '내 속도 모르고.'

고등학교 입학 3일 만에 사건이 발생했다. 입학 전 검은색으로 염색을 했지만 탈색한 머리카락은 쉽게 검정색으로 물들지 못했다. 부장 선생님께 걸렸다. 다시 염색하라는 지시가 내려졌다. 탈색한 머리카락은 2번을 염색해도 검정색으로 나오지 않았다. 부장 선생님은 안 된다고 또 다시 염색하라고 했다. 불량 학생으로 완전히 찍혔다. 담임선생님께 머리카락만 손상되고 염색이 잘 안 된다고 조금만 시간을 달라고 전화를 했었다. 부장 선생님이 안 된다고 통보가 왔다. 전문 미용실로 데려가서 염색을 시켰다. 3번만의 통과였다.

학교 교복 규정은 치마 길이는 무릎 밑, 재킷은 통으로 해서 단추를 잠그고 단정하게 등교를 해야 한다. 학교 규칙을 벗어나는 행동은 엄격했다. 학교가 마음에 안 들어 못 다니겠다고 실업계 학교로 전학을 시켜주든지 자퇴하겠다고 한다. 자유분방하게 다니고 싶은데 엄격한 규칙은 스트레스를 준다고 투정이었다. 자퇴하고 검정고시를 치면 된다고 부드럽게 말했다. 정말 진심이었다. 스트레스받고 괴로워하며 다닐 것 같으면 학교생활을 그만두는 것도 괜찮을 것 같다는 생각이었다. 다행히 시간이 지나면서 반 친구들과 어울리기 시작했다. 학교는 잘 다니고 있다.

공부에 관심이 없는 딸아이는 자율 학습이 구속이라며 나에게 부탁했다. 되도록 학교에 찾아가지 않으려고 했지만, 자식을 위하는 마음이 진심으로 이런 것일까? 생각하면서 마음을 가다듬고 면담 신청을 했다. 딸아이의 선택을 존중해 주고 싶다고 말하니 2학기에는 자율 학습을 빼주었다. 4시 30분이면 학교를 마치고 하교한 후 자유로움을 마음껏 즐겼다. 침대 위에 휴대폰과 빈둥거리며 놀다가 늦게 있는 학원 수업 시간에 맞춰 갔다. 학원도 선택권을 줬다. 학원이 안 맞으면 끊고, 다른 곳으로 학원을 옮기고 싶으면 충분히 알아보고 옮기라고 했다. 모든 것을 스스로 선택할 수 있게 했다. 대신 결과에 관해서는 이야기를 해 달라고 했다. 스스로 선택한 것에 책임을 지려고 하는 모습이 보였다.

어느 날 아이는 자기도 성질이 주체가 안 되는지 나에게 울먹이며 말을 했다.

"엄마는 도대체 나에게 관심이 있는 거야? 없는 거야? 나를 지금 방목하고 있잖아."

"아니! 관심 가져주면 알아서 한다고 신경 쓰지 마라하고, 알아서 하라고 놔두면 관심도 없다고 하면 내가 어떻게 해야 하냐고."

"나도 모르겠다고."

이해는 한다. 마음이 '붕' 떠 있다는 것을 안다. 조금 부드럽게 말할 걸 잘못했나 하는 생각이 들었지만 자기도 자기 마음이 아닌 거다. 안정이 안 되는 상태다. 딸아이의 성격은 자유분방하면서도 개성이 강하고 독립적이다. 선이 분명한 아이라서 지켜보는 일밖에는 없다. 내가 가고자 하는 방향대로 끌고 간다면 탈선할 수 있는 아이다. 경험으로 부딪치면서 터득하게 만들고 싶었다.

조금씩 성숙해지는 모습이 보인다. 머리 염색을 하지 않고 교복은 단정하게 입고 학교에 간다. 일어나는 시간이면 깨우지 않아도 스스로 일어난다. 학교 갈 준비를 마치고 식탁 앞에 앉으면 "밥" 하고 외친다. "예" 하고 밥 대령시킨다. 밥 먹는 동안 앞에 앉아 있어야 한다. 엄마의 사랑이다.

공부는 자율 학습을 하지 않았는데도 성적이 올랐다. 한 과목을 파고들더니 월등한 성적이 나왔다. 공부의 맛을 보는 듯하다. 학원을 끊고 인터넷 강의로 공부하겠다고 한다. 계획표를 작성해서 컴퓨터 하드 옆에 붙어있다. 사춘기를 지나 오춘기의 끝이 조금 지나가는 것 같다.

우리 집 NO. 1은 딸아이다. 눈치를 보면서 살고 있다. 무섭다.

NO. 1 자리를 다시 찾아오고 싶다. 억눌러져 있는 성질을 부리면서 군림하고 싶다. 몸에서 사리가 얼마나 나올지 모르겠다. 그래도 참고 기다려야 한다. 오춘기가 빨리 떨어져 나가게 기도한다. 가정의 평화를 위해…….

지식의 샘을 파다

대학원 석사 졸업은 공부의 종착지 밑 꼭짓점을 찍었다. 중요한 건 졸업을 했다는 것이다. 오랜 갈증의 해소였다. 공부하는 학기에는 힘들고 괴롭게 느껴졌던 시간이 졸업이 점점 다가오면서 짧게 후딱 지나 온 느낌이다. 졸업하고 난 후에는 학교생활을 충분히 즐기지 못한 아쉬움이 남았다. 봄이면 교정의 아름다움을 한층 올려주는 벚꽃들, 가을이면 알록달록 고상하게 물든 낙엽들은 교외로 나가지 않아도 예쁠 만큼의 자태를 뽐내어 주었다. 학우들의 마음을 흔들어 놓는다. 야외 수업으로 돌리고 나무 그늘 밑에 앉아 막걸리 파티를 하곤 했다. 자주 찾던 학교 식당, 매점, 도서관. 다시 학생의 신분으로 돌아가고 싶다.

공부에 재미가 더 해질 거라는 생각을 하지 못했다. 고등학교 시절에는 학생의 신분에, 부모님의 재촉에 공부했다. 공부의 의무감에 재미와는 상관없는 성적 위주의 공부. 파고드는 공부에 질려버렸다. 빨리 지나갔으면 좋겠다는 생각 뿐이었다. 고등학교 시절에 공부가 재미있었다면 좋았을 건데 그러면 인생이 달라졌을지도 모른다.

도면 설계 일을 하는 나는 만나는 사람들이 한계가 있었다. 오랜 직장 생활의 삶은 무료하고 지쳐갔다. 변화가 필요할 때였다. 보이지 않는 길을 재미있게, 지혜롭게, 바르게 가려면 공부의 힘이 있어야 한다는 생각을 했다. 해마다 계획을 세울 때 대학원은 희망 사항이었다. 왜냐하면 가족이 있기 때문이다. 내 몸이 내 몸이 아니다. 배려와 희생이 따르지 않으면 할 수 없는 일이다. 공부의 미련은 아쉬움을 남겼고 대학원을 꼭 가야 하는 이유는 없지만, 공부의 전문성을 가지고 싶었다. 요즘은 '학벌'보다는 '실력' 위주로 채용한다고 한다. 그러나 현실은 그렇지 않은 것 같다. 현직에 아직 일하는 나로서는 몸소 체험하고 있다. 학벌이 낮거나 지방에 있는 대학교를 나온 사람들은 아무리 실력이 뛰어나다고 해도 제한을 둔다. 나부터도 선입견을 품었다. 같이 근무하는 동료가 일을 잘하거나 처리 능력이 뛰어나면,

"김 대리는 서울에 있는 명문대 출신이야."

"역시. 똑똑하군!" 인정이 들어간다.

현장에서 많이 경험하고 있다. 대학원을 졸업하고부터는 사람들이 대면하는 태도가 다르다는 것을 느낀다. 상대편보다 학벌이 높으면 예의를 갖추고 정중한 태도를 보인다.

대학원을 가고 싶었던 이유는 지식의 폭을 넓히는 게 첫 번째 목표였다. 두 번째는 학벌을 높이는 것이었고 세 번째는 다양한 사람들을 만나 교류하고 싶었다. 남편은 대학원 가는 것을 반대했다. 본인이 책임져야 하는 일이 많아지기 때문일 것이다. 이해한다. 도전하고 싶은 자신감이 생겼을 때 하고 싶었다.

남편의 '오케이' 사인이 떨어져야 한다. 가족으로서 배려와 존중의 의미인 것이다. 제일 나은 방법이 무엇일까? 생각을 하다가 시어머니께 상담했다.

"어머니, 대학원에 가서 공부를 더 해보고 싶습니다. 더 늦으면 못 할 것 같아서요." 눈치를 보면서 말했다. 어머니는 거리낌 없이 바로 말했다.

"하고 싶으면 해야지. 내가 등록금은 못 보태줘도 살림은 내가 도와줄게. 우리 아들 걱정은 하지 마라. 내가 해결해 줄게."생각지도 못한 대답이었다.

가슴이 벅차오르면서 '어머! 웬 일이니! 해냈다.'는 생각에 기쁨을 표현하고 싶었지만 애써 참았다. 어머니 앞에서 내색하지 않았다. 표현이 과하면 안 된다는 생각이 들었다.

"어머니, 고맙습니다. 제가 더 잘할게요."

당장 돌아와서 남편과 애들을 불러 모아 놓고 이야기를 했다. 어머니 이야기를 했더니 남편은 더 이상 말하지 못했다.

"열심히 해보세요."하고 남편은 일어나서 담배 피우러 밖으로 나가 버렸다.

아들과 딸한테 물었다.

"엄마가 공부를 더 하고 싶어서 대학원에 가려고 하는데 너희들 생각은 어때?"

무뚝뚝한 아들은 "엄마 인생이니깐 알아서 하세요." 말한다.

"엄마! 공부하고 싶어?" 어린 딸이 한참 후에 한숨 쉬면서 말했다.

"하고 싶으면 해."

"알았어. 고마워. 그런데 엄마가 공부하려면 너희가 도와줘야 하는데 할 수 있을까?"

"또, 뭔데." 딸이 귀찮은 듯 말했다.

"각자가 주어진 것에 최선을 다해 주면 좋겠어. 이제부터는 엄마가 너희들을 돌봐 줄 시간이 없을 거야. 공부를 알아서 좀 해주면 감사할 것 같아."

"그러지 뭐!' 딸이 대답한다.

당당하게 가족들에게 양해를 구하고 마음 편하게 다니고 싶었다. 아이들에게도 공부하는 엄마의 모습을 보여 주고 싶었다. 자극이 된다면 말이다. 부모는 자식에게 가르치려 하지 말고 본보기를 보여주라고 한다. 언젠가는 우리 아이들이 닮아가 주기를 바란다.

첫 학기 때는 학교에 가는 것이 꿈 같은 시간이었다. 업무에 대한 여유도 있었다. 입학 전 굳게 다짐을 했었다. '공부하러 가는 거 제대로 열심히 한 번 해보자.' 잘하고 싶었다.

회사 업무를 마치고 학교로 향하는 길은 즐거움이다. 새로운 사람들을 만나 알아가는 것은 행복한 일이다. 수업이 1시간 지나고 2시간이 지나갈 때쯤 몸은 만신창이가 되는 것처럼 쑤셔왔다. 연신 하품하는 소리가 여기저기서 들려온다. 정신이 혼미해지면서 나도 모르게 눈꺼풀이 무거워 내려와 있곤 했다. 정신을 바짝 차리려고 하다 보니 눈을 뜨고 토끼잠을 자기도 했다. 수업의 내용은 잘 들어오지 않았다. 세법은 무슨 내용인지 알 수가 없었다. 교수님은 연신 중요한 부분이라고 강조하지만, 이해가 되지 않는다. 경제 관련 수업을 듣는 시간은 재미가 있어서 어찌나 빨리 지나가는지.

학생의 신분으로 돌아갔다는 들뜬 마음으로 시작한 공부는 생각보다 힘들었다. 중간에 포기하고 싶은 마음이 불쑥불쑥 튀어나왔다. 직장 생활을 하면서 공부를 한다는 것은 극기가 필요했다. 도면 설계일은 프로젝트가 없을 때는 시간적인 여유가 있지만, 일이 시작되면 매일 늦은 야근에 주말에도 출근해야 했다. 서로 도와줄 수 있는 일들이 아니다. 각자가 맡은 구역을 책임지고 공정에 맞춰 도면을 완성해야 한다. 다 같이 도면 납기가 들어가야 한다. 바쁠 때는 동료들도 같이 바쁘다. 학교에 가지 않는 날에는 업무시간에 완전히 몰입해서 밀린 업무를 처리해야 했다.

시험 치는 날이 겹치면 끝장이다. 스트레스가 하늘 높은 줄 모르고 치솟았다. 스트레스가 가득이라는 표시를 내는 듯 얼굴에 왕 여드름이 군데군데 올라와 있다. 눈 밑에 어두운 그림자 다크 써클이 얼굴 한가운데까지 내려와 있고, 신경성으로 인한 소화불량이 습관처럼 되어 버렸다.

시험의 중요성을 대학원에 와서 알았다. 예습은 하지 않더라도 복습은 꼭 하려고 했다. 공부를 제대로 하고 싶었다. 성적보다는 나의 공부를 하고 싶었다. 바쁘게 돌아가는 일상은 책을 펼쳐볼 시간을 주지 않았다. 시간이 없는 게 아니라 마음이 없었다고나 할까? 책은 평상시에 책상 위에 누워 있다가 학교 가는 날에만 나의 손에 잡혔다.

공부하지 못한 후회는 늘 시험 치는 날이 다가올 때이다. 평상시에 공부 좀 할 걸. 수업시간에 내용이 이해가 안 되는 부분은 책을 펼쳐 놓고 정리를 하다 보면 이해가 되었다. 정리 시간을 가짐으로 내용 파악은 되지만 작심을 하고 시간을 내어야지만 가능한 일이었다. 시험은 꼭 필요하다고 느꼈다. 스트레스를 받으면서도 지식의 폭과 이해를 준다. 커닝도 책을 한 번은 훑어보아야 가능하다. 전문서적 책의 내용은 정확하게 파악이 되어야 시험용지에 쓸 수가 있다. 시험의 압박은 있지만 그래도 공부를 할 수 있어서 좋았다. 시험을 치고 나오면 공부했던 지식은 하루, 이틀 지나면서 어디론가 사라진다. 당장 삶에 보탬이 되는 것은 아니다. 어떤 집합체들이 하나하나 결합이 되었을 때 폭발적인 결과를 주었다. 반드시 쓰임은 있다.

지식은 나를 위한 것이기도 하지만 남을 위해서도 공부하는 것이다. 아는 만큼 돌려줘야 한다. 언젠가는 강의하기 위한 준비과정이다. 실력이 향상되면서 자신감도 향상되었다. 쉬어 있는 뇌를 자극해 주니 두뇌 회전이 되는 것 같다. 인간의 뇌는 끊임없이 건드리고 만지작거려줘야 기억이 오래간다. 나이가 많을수록 신경 연결 세포들이 줄어든다. 그래서 죽을 때까지 공부해야 한다.

결코 노력은 배신하지 않는다.

두 학기를 마치고 나서는 슬럼프가 왔다. 휴학할까 심각하게 고민에 빠졌다. 집안일, 회사생활, 애들까지 챙기는 일은 시간이 지날수록 의욕도 떨어지고 피로에 몸은 점점 지쳐만 갔다. 대학원 동갑내기 여자 친구가 있었다. 그 친구는 토목 건설업 사업을 하는 CEO다.

"나를 봐. 나도 하고 있잖아. 할 수 있을 때 해. 여기서 그만두면 졸업은 힘들어" 격려해 주었다.

야윈 몸에 작은 체구를 가진 그녀는 에너지가 강했다. 공기소총 국가 대표 선수였다. 건강한 신체와 강한 정신력을 가진 친구다. 공사 현장을 오가며 남자들과 부딪히는 일을 하는 그녀는 생각보다 상냥하고 부드러웠다. 죽을 것 같이 힘들다고 말한다. 살아남기 위해서 최선을 다해 살고 있다고 한다. 대형 고객 회사는 서울에 있다. 일주일에 두 번 정도는 서울 출장을 다닌다. 주말은 고객들과의 약속으로 꽉꽉 차 있다고 한다. 그런데도 학교에 공부하러 온다. 개인적인 여유로움을 가질 시간이 없는 친구이다. 자극되었다. 내가 겪는 힘듦은 사치라는 생각이 들었다. 자주 만날 수는 없지만 우리는 그렇게 친한 친구가 되었다. 친구는 언니같이 챙겨주고 안아주고 감싸준다. '너를 만난 건 행운이야.' 넓은 마음과 깊은 내공을 가진 그녀는 삶의 촉진제이다.

마지막 학기를 두고 생각지도 못한 장학금을 받았다. 늘 아슬아슬하게 장학금을 놓쳤다. 졸업하기 전에 한 번은 받고 싶었다. 4.5 만점이 나왔다. 성적을 확인하는 순간 고함을 질렀다. 방에 있던 남편과 아이들이 고함에 놀라 거실로 뛰쳐나왔다.

"무슨 일인데?"

"나! 만점이야."

"이야! 축하합니다." 남편은 웃으며 아이들에게 말한다.

"너희는 뭐하니? 엄마는 열심히 하는데. 우리 집은 바뀌었어." 나를 치켜세워 준다.

"그래. 그래. 알았어." 못마땅한 말투로 딸이 말한다.

보여주고 싶었다. 잘하고 있다는 것을 남편과 아이들에게 자극제가 되기를. 생각지도 못한 결과였다.

힘들때 마다 '두 번 다시 공부하지 않으리라' 다짐을 했었다. 환경에 적응하기 위해서는 적응 기간이라는 게 필요한데 너무 쉽게 가지려 했다. 힘든 과정을 이겨내고 노력하면 반드시 좋은 결과가 기다리고 있다. 가치 있는 삶은 그냥 주어지지 않는다는 것을 알게 되었다.

석사 졸업은 생각과 삶의 변화를 가져왔다. 나의 한계란 내가 만들어 놓은 울타리라는 걸 알았다. 사람은 넘지 못할 한계는 없다. 도전하기 위한 마음가짐을 다지기 힘들어서 안주하는 삶을 택한다. 졸업장을 받는 날 힘들었던 순간들이 찰나에 지나갔다. 삶을 맞이하는 태도들이 나도 모르게 성숙하여 있었다. 도전하면 된다는 의지력과 지구력이 공부하는 습관을 찰싹 붙게 했다. 반복적인 행동은 습관이 되어버렸고 세상의 맛을 조금씩 알아간다. 두려움이 없어진 자신감은 도전 의식을 가지게 한다. 계획과 실행으로 삶을 점검하는 태도가 자기 관리의 시작이다. 공부는 힘들지만 모르는 것을 알아 가는 재미가 있다. 그래서 공부를 계속하나 보다. 공부의 마지막 종착지 박사 과정을 도전해 보려 한다. 언젠가는……

제2장
요가를 통한 성장

요가를 만나다

요가는 제2의 인생을 살아가게 하는 원동력이 되었다. 나에게 요가는 바른 자세와 바른 마음을 가지게 하고 호흡으로 긴장된 마음을 내려놓게 만든다. 근육의 단단함은 에너지를 형성하게 만들고 활기찬 생활과 많은 일을 수행할 수 있게 힘을 준다. 폭발적인 에너지는 정신적, 육체적으로 더욱더 강인함을 만들어 준다. 요가는 앎이 삶이 되게 하는 통로이다.

나이 마흔이 되던 해에 대단한 결심을 했다. 인생의 전환점을 만들고 싶었다. 숨 막히고 굴곡이 많았던 삼십대의 삶을 정리하기 위한 나의 각오이기도 하다. 육아와 직장생활 그리고 가정생활. 힘든 고비를 순조롭고 지혜롭게 넘겨왔다. 나라는 존재를 바라볼 수 있는 여유는 없었다. 가정의 안정과 아이들의 성장이 제2의 인생을 살아가게끔 하고 있다. 열심히 살아온 삶에 대한 보상 같다. 서른 살에 난 상처가 마흔 살에 덧나지 않게 잘 아물어 가고 있다.

마흔을 맞이했던 년도에 해돋이를 보러 갔었다. 우리나라에서 가장 먼저 해를 맞이할 수 있는 곳 '간절곶'에 가고 싶었다. 비장한 각오를 한 만큼 특별함을 부여하고 싶었다. 전국 방방곡곡에서 해돋이를 보기 위해 몰려드는 인파 때문에 엄두를 못 냈었다. 지정된 주차장에 차를 세워 놓고 버스를 타고 가야 한다. 아이들은 춥고 힘들다며 야단법석이다. '간절곶' 가기 전 조금 떨어져 있는 진하 바닷가 전경도 아름다운 곳이다. 그곳에서 이글거리며 불타오르는 태양을 맞이하기로 했다. 태양을 맞이하는 마음은 다른 때보다 달랐다. 좋은 기운을 받아서 강인한 힘을 얻고 싶었다.

작은 계획부터 차근차근 실천해 보기로 했다. 운동을 해서 기력부터 회복하고 싶었다. 남편이 움직이는 종합병원이라고 말할 때 마다 미안하기도 하고 짜증도 났다. 나도 안 아프고 싶다. 아프고 싶은 사람이 어디 있겠는가? 만성적인 피로는 몸의 면역을 떨어뜨렸고 기운을 없게 했다. 조금 과하다 싶으면 어김없이 몸살이 왔다. 아픔이 주는 고통을 참지 못하고 병원을 자주 찾게 되었다. 쉬지 않고 움직이고 있는 몸뚱이가 고장이 안 날 수가 없다. 육아에 직장생활, 집안일까지 해야 했다. 육체적인 문제보다는 정신적인 문제가 더 컸을 것이다. 활기를 다시 찾을 수 있는 한 방에 날려 버릴 수 있는 비법을 찾아야 했다.

집 근처 목욕탕을 나와 집으로 향하는 길이었다. 주위를 둘래둘래 보면서 가던 중에 목욕탕 옆 코너 자리에 있는 간판이 눈에 들어왔다. 예전에는 양초 파는 가게였는데 새로 연 지 얼마 되지 않은 듯 보였다. 요가 학원이었다. 무작정 들어가서 상담을 받고 싶었다.

중, 고등 시절부터 운동하는 것을 좋아하고 잘했다. 요가를 배워 보고 싶다는 마음이 간절하게 들어왔다. 학원 앞 테라스에 나무로 만든 책상과 벤치가 자리한 이색적인 분위기에 끌림이 더 생겼다. 상담을 받기 위해 안으로 들어갔다. 작은 카페처럼 실내 앞쪽에는 파벽돌이 붙어 있었다. 하늘하늘한 하얀 천이 창문을 감싸고 있었고, 작지만 편안한 분위기를 주었다. 요가 매트 몇 개만 펼치면 꽉 찰 정도의 작은 학원이었다. 요가 선생님은 자기만의 개성을 풍기는 분위기와 자신감이 느껴지는 사람이었다. 긴 생머리에 167센티미터 정도의 키로 보이는 날씬한 몸매를 가진 요가 선생님은 얼굴도 예뻤다. 내 또래 같기도 하고 더 어려 보이는 것 같기도 했다. 결혼한 것 같기도 하고 나이 조금 있는 싱글인 것 같이 보이기도 했다. 가식적이지도, 영업적이지도 않았다. 하고자 하는 말을 정확하게 전달해 주었고 수업 진행 방식에 대해서도 간결하게 말해줬다. 한마디로 '나는 잘 가르칠 수 있는 자신감이 있으니깐, 수업 진행이 마음에 들면 오세요.' 하는 느낌이었다. 그런 당당함이 좋았고 신뢰가 갔다.

문화센터를 기준으로 하면 수업료는 비쌌지만, 개인 학원으로서는 수업료가 비싸지 않았다. 궁금한 점이 많았지만 요가를 하면서 질문하는 것이 좋을 것 같다는 생각이 들었다. 어떤 것인지 경험을 한 번 시도해 보자는 마음으로 일주일에 두 번하는 수업을 신청했다.

지금까지 살아오면서 가장 잘 선택한 것은 요가다. 만족에 만족을 느끼게 해주는 요가는 마흔 살의 새로운 시작이었다. 인도에서 수련과 공부를 하고 돌아온 유학파 선생님이다. 제대로 잘 가르쳐 주는 선생님을 만난 것은 행운이었다. 비싸지 않은 수업료에 알찬 내용은 금상첨화다. 수업시간의 목소리와 상담 때와의 목소리는 달랐으며 부드럽고 차분한 목소리에 힘이 있었다. 요가는 강도 있는 스트레칭 수준 정도의 운동이라고 생각했었다. 고정관념을 확 깨게 만든 요가는 엄청난 힘을 가지고 하는 심신 단련법의 하나였다. 얕은 지식으로 요가를 보았던 것이다.

선생님은 동작에 들어가기 전에 이론 수업으로 항상 설명을 먼저 해주었다.

어디에서도 없는 수업 진행 방식이었다. 훨씬 더 빨리 요가를 받아들일 수가 있었다. 자세를 취할 때 근육을 잘 사용해야 바른 몸매를 유지할 수 있다고 한다. 그래야 근육의 힘으로 자세가 무너지지 않는다고 한다. 수업 시작과 중간에 "아랫배에 힘을 주고 호흡에 집중하세요." 라고 부드러운 목소리로 강조한다.

　2주 정도는 몸이 가볍고 좋았다. '이 정도면 충분히 할 수 있겠다.'는 마음이었다. 초보인 나는 동작 하나하나 포인트를 만들어 갈 수 없기 때문에 원활한 수업 진행을 위해 동작을 보고 익히는 정도의 수준으로 따라갔다. 한 달 정도쯤에는 동작 순서를 완전히 익혔다. 호흡과 동작이 따로 놀고 있었지만, 내 생각에는 유연성이 있어서 잘 된다고 착각하고 있었다. 완전 엉터리 자세를 하고 있었다. 다른 사람들보다 나름 유연성은 있었다. 바른 자세로 교정할 때마다 고통이 심했다. 굳어 있는 근육을 달래가며 포인트를 잡아 사용해야 했다. 한 달 뒤에는 온몸이 근육통으로 인한 몸살을 수차례 했다. 그런데도 고통에서 오는 희열과 묘한 기분은 나쁘지 않았다. 한 번 마음먹고 작정한 것은 끝을 보아야 하는 성격이다. 잘 다듬어서 바른 자세로 만들고 싶었다. 포기하고 싶지는 않았다. '일단 3개월은 해 보자' 하는 마음을 가졌다. 근육통의 통증은 시간이 지나면서 줄어들었다.

　선생님은 말했다. "호흡을 제대로 정확히 하는 사람은 우리나라에도 몇 명 없습니다." 그 정도로 요가에서는 호흡이 중요하다고 강조했다. 7년째 하는 나는 아직도 호흡이 일정하지가 않다.

　결혼하고 출산을 하면서 살이 쪘다. 결혼 이후 7킬로그램은 남아 있었다. 중요한 것은 중부지방에 몰려 있다는 것이다. 출산으로 인해 늘어난 뱃살은 처져 있었다. 바지를 입고 난 다음 처져 있던 배를 바지 안으로 밀어 넣으면 감쪽 같다. 숨겨져 있는 뱃살은 옷맵시를 내주지 못했다. 타이트한 옷은 그림의 떡이었다. 키 큰 나는 어깨가 구부정하고 목과 허리는 통증을 달고 있었다. 직업병이 준 선물이기도 하다. 오랫동안 컴퓨터 일을 해서 다른 사람들보다 어깨에 있는 근육들이 많이 굳어 있다. 뒤로 몸을 휘게 하는 후굴 요가 자세를 하면 아직도 어깨가 열리지를 않는다.

1년 정도 꾸준히 하니 뒤쪽 허리 라인이 생기기 시작했다. 사람들이 살 빠졌다고 한다. 다이어트를 위해 요가를 한 것은 아니었다. 전체적인 라인이 조금씩 잡히기 시작하는 것 같았다. 몸에 딱 붙는 요가복은 실제 그 자체이다. 몸이 그대로 드러나기 때문에 변화를 볼 수가 있다.

선생님도 "살이 조금 빠지신 것 같네요. 처음 왔을 때 비하면 용 되셨다." 우스갯소리로 말했다. 농담 속의 진담이었다. 살이 빠지면서 몸매가 교정된 것이다. 자신감이 조금씩 높아졌다.

요가를 통해서 몸을 건강하게 만들려고 했던 것이 건강도 찾고 예쁜 몸매도 가지게 되었다. '이왕 하는 거 제대로 요가를 배워보자.' 라는 마음이 들었다. 요가의 진정한 매력을 느끼고 싶어지는 순간이었다. 요가를 전공하지 않은 나로서는 선생님이 말하는 설명에 완전 집중을 해서 포인트를 놓치고 싶지 않았다. 선생님은 대학교에 출강하고 있는 강사이다. 비싼 돈을 주고 들어야 하는 수준 높은 내용을 수업시간에 아낌없이 나누어 준다. 호흡에 굉장히 집중했다. 호흡을 제대로 하고 있는지 선생님께 확인받기도 했다. 호흡이 조금씩 길어지면서 깊이가 있어 졌다. 여전히 정확한 호흡이 되는 것은 아니다. 요가 동작을 할 때 잡념을 가지지 않고 오로지 호흡에 집중해야 한다. 짧게는 한 시간 길게는 두 시간짜리 요가 수업을 하면서 호흡에만 집중이 되지 않는다. 그 날의 컨디션과 몸 상태에 따라서 호흡이 달라졌다. 수련을 20년 동안 하고 있는 선생님은 충분히 가능하다. 매일 수련을 하고 명상을 하기 때문이다.

호흡에 집중하고 아랫배를 단단히 잡으면 잡념이 일어나지 않는다고 한다. 어깨는 가볍게, 하체는 힘을 주고 해야 한다. 아사나 동작을 할 때의 호흡은 횡격막의 움직임을 확대 시켜준다. 가슴과 배를 나누는 가로무늬 근육을 말한다. 위로는 가슴, 아래는 배와 구분이 된다. 들숨을 할 때 가슴과 배 사이에 공기를 천천히 넣는다. 그때 갈비뼈 하나하나를 열어줘야 한다. 위, 아래, 좌, 우 공기로 폐를 부푼다. 사람에 따라서는 호흡이 짧기도 하고 길기도 하다. 대부분 호흡이 짧은 사람들은 성격도 급한 편이라 한다. 날숨을 할 때는 천천히 갈비뼈 하나하나를 내려놓듯이 해야 한다. 들숨이 1이면 날숨도 1이어야 한다. 수련이 되지 않은 사람은 들숨이 1이면 날숨이 2가 될 수도 있고, 들숨이 2이면 날숨이 1이 될 수도 있다. 한 동작에 하나의 호흡이 이루어져야 한다. 그래서 호흡이 어려운 것이다.

집중한다는 것은 '바라보는 것이다.' 또한 의식이 깨어 있어야 바라볼 수 있다. 호흡에 집중하면 몸이 가벼워지고 마음이 편안해지면서 충만하다.

요가란 명상, 음식, 호흡, 휴식, 동작이 총체적으로 균형과 조화가 이루어져야 하는 수련법이다. 요가는 호흡과 동작과 정신집중을 하나로 해주는 움직이는 명상이라고 한다. 운동으로만 생각하고 시작한 요가는 나의 인생에서 삶이 되었다. 육체의 변화와 개선을 시작으로 정신적인 깊이까지 생기게 된 것이다.

요가 동작을 할 때 '바들바들' 떨리는 팔과 다리의 고통이 죽을 것 같이 힘들게 느껴진다. 온전히 호흡에 집중하면 버텨 내어진다. 고통을 바라볼 수 있을 때 정신적으로 강해지는 자신을 느꼈다. 고통이 주는 희열은 매력적이다. 그 순간만 넘기면 근육이 길들어진다. 그런 과정을 거쳐야지만 근육이 만들어진다. 고통을 즐길 줄 알아야 한다. 미쳤다고 하겠지만 한 번 느끼면 중독성이 있

다. 성장을 위한 과정이다. 스트레스를 해소하는데도 탁월하다. 요가는 불안
과 긴장을 풀어 이완시켜준다. 정신적인 강인함과 육체의 움직임이 하나가 되
었을 때 실천이 되는 자신을 볼 수 있다. 강해지는 힘과 지구력이 생긴다. 건강
함과 아름다움 그리고 정신적인 행복을 주는 요가의 매력에 빠지고 있다.

가야 할 길은 멀다. 그냥 하는 것이다.

아쉬탕가의 매력

　요가는 정신과 육체 그리고 마음을 안정시켜주고 단련시켜 준다. 처음 수련을 할 때는 하타 요가, 플로우 요가를 했다. 요가의 매력을 느끼고부터는 요가복과 요가 매트를 갖추었다. 처음에는 비싸다고 생각했지만, 오랫동안 사용한다고 생각하면 비싼 것도 아니었다. 전문적으로 제대로 배워 보고 싶으면 요가에 대한 예의를 가져야 한다. 또한 마음가짐이 달라진다. 나의 에너지와 같이 하는 요가복과 매트는 중요하다. 진정으로 하나를 알려면 깊숙이 들어가 보아야 한다. 작은 것부터 시작해야 한다는 마음가짐으로 하면 투자할 가치는 충분히 있다. 요가에 나를 던져 보기로 했다. 한 단계를 높인 아쉬탕가 요가 도전으로 정신적, 육체적인 내 자신이 강해진다는 것을 느끼고 싶었다.

　아쉬탕가는 8단계인 감정, 육체, 정신의 수행 과정으로 구분된다. 시퀀스가 순서대로 정해져 있다. 하타 요가나 플로우 요가는 선생님이 효과를 극대화하기 위해 창의적으로 동작을 만들어 낸다. 에너지가 끊어지지 않게 잘 흘러갈 수 있도록 한다. 수업하는 요일 마다 정해져 있는 순서는 없다. 동작의 바뀜이나 새로운 동작을 연구하여 만들어 낸 날에는 설명해준다. 자세의 포인트를 설명 해주고 동작을 보여준다. 하타 요가, 플로우 요가는 초보자나 임산부, 학생, 운동하려는 사람들에게 좋은 수련법이다.

아쉬탕가는 운동이 아닌 심신을 단련시키는 수련이다. 처음 접할 때는 순서를 따라 하는 정도로 해야 한다. 2달 정도 하면 반복되는 순서를 정확하게 알게 된다. 순서를 익히고 난 다음 오로지 호흡에 집중해야 한다. 들숨과 날숨이 1대 1로 들숨이 짧고 날숨이 길게 되면 에너지가 빠져나간다고 한다.

한 호흡에 한 동작씩 아쉬탕가를 할 때는 '우짜이' 호흡을 한다. 폐에 공기를 천천히 들이마시면서 성문을 조이게 하는 호흡이다. '쌕쌕'거리는 소리가 들리기도 한다. 들이마신 숨만큼 천천히 갈비뼈 하나하나씩 내려놓는 느낌으로 숨을 내쉰다. 2시간 동안 우짜이 호흡으로 한다. 힘들지 않게 동작을 할 수 있는 것은 호흡 때문이다. 호흡의 힘은 강하다. 호흡에 집중하면 깨어 있는 바라봄이 생긴다. 동작에 정성이 깃들어지고 시간의 흐름을 인지할 수 없게 짧게만 느껴진다. 온전히 현재를 자각하기 때문이다. 올바른 동작을 하는 것이 중요한 게 아니라, 올바른 동작을 하기 위해 사용되는 근육을 제대로 사용하고 있는지가 중요하다.

요가를 하면서 호흡의 중요성을 알게 되었다. 삶과 죽음의 차이도 한 호흡의 차이라는 것이다. 호흡은 우리의 삶에 가장 중요하다. 그런데도 인지하지 못하고 살아가고 있다. 호흡이 길어지면 마음도 깊어지고 한 없이 넓어지게 된다.

아쉬탕가 수업을 처음 진행할 때는 앞에서 선생님이 에너지를 끌어 주었다. 한 동작에 호흡의 길이를 알 수 없기 때문에 선생님은 우리가 호흡과 동작에 맞추어 호흡의 길이를 알아차림 할 때까지 수업을 진행했다. 우리는 선생님의 동작을 따라 호흡의 길이를 맞춰야 한다. 아쉬탕가를 좋아하는 회원들은 정해져 있다. 요가를 오랫동안 같이 하는 회원들만 구성되어 있다. 쉽사리 접근을 하지 못 하는 수련이다. 매력에 푹 빠져야 할 수 있다. 많은 시간을 가져야 진정한 매력을 알 수 있다. 철저한 자신과 싸움이기 때문이다.

어느 정도의 수준으로 올라왔다고 판단한 선생님은 주어진 시간 안에 혼자 진행하는 방법으로 했다. 같이 시작한 아쉬탕가는 시작은 같지만, 끝은 다르다. 사람마다 호흡의 길이가 다르기 때문이다. 순서를 머릿속에 기억시키고 남이 무슨 동작을 하든지 신경 쓸 필요 없이 자기의 호흡에 맞춰서 수련하면 된다. 혼자서 진행하는 방식은 고차원적이다. 혼자만의 길을 온전히 나를 보면서 가야 한다. 남의 시선과 순서에 신경을 쓰지 않아야 한다. 그래야 나를 바라볼 수 있다. 의식의 차원을 넘은 영적인 여행을 하는 것이다. 정신적인 깊이가 없으면 맞이할 수 없다. 힘들지만 충분히 즐겨야 한다. 어느 순간의 고지를 지나면 흐름에 저절로 따라가고 있다.

'옴' 만트라를 시작으로 아쉬탕가 수련이 시작된다. 정신을 집중시키는 것이다. 한 동작에 5번씩 반복한다. 수리야 나마스카라 A 다섯 번으로 몸의 열을 올린다. 몸을 유연하게 만들고 가볍게 풀어주는 느낌으로 한다. 호흡과 동작에 집중을 시키고 조금씩 깊이 있게 들어간다. 두 번째 수리야 나마스카라 B 동작에 들어갈 때면 힘겨운 싸움이 시작된다. 호흡의 흐름이 깨질 수 있다. 호흡을 놓치고 나면 동작이 제대로 되지 않고 따라가기 바쁘다. 뛰는 심장과 평온을 지키려는 호흡과 동작을 바라보아야 한다. 많은 잡념이 들어오기 쉬운 동작이다. 순간 찰나에 오늘 있었던 일들이나 생각, 기억에 남는 말들이 나도 모르게 스며든다. 아랫배를 단단히 잡고 호흡에 집중하고 있다고 생각하는데도 잡념이 들어온다. 생각에 사로잡혀 있다 보면 호흡이 빨라지고 흉내만 내는 동작을 하고 있다. 몇 번째 호흡인지 몇 번째 동작인지를 놓쳐버린다. 다음 순서도 잊어버릴 정도로 정신만 따로 놀고 있다. 차단해주는 역할이 '반다'다. 반다는 아랫배를 단단히 잡는 것을 말한다. 감정들이 올라오지 않게 하기 위해서란다. 한 동작을 하기 위해서는 알아차려야 하는 것이 많다.

지켜보고 있던 선생님은 귀신같이 알아차린다.

"호흡에 집중하세요. 현재에 의식을 두는 겁니다."

우짜이 호흡에 집중하고 깨어 있으면 마음이 편안하고 안정적이다. 호흡 길이가 일정하고 동작도 포인트에 맞춰 근육이 사용되어진다. 서서 하는 시퀀스와 앉아서 하는 시퀀스가 있다. 사용되는 근육이 완전히 다르다. 먼저 서서 하는 시퀀스를 시작할 때는 마무리 동작까지 갈 길이 멀게 느껴지면서 마음이 무겁게 느껴진다. 서서 하는 시퀀스가 끝나면 반쯤 온 것 같아 부담감이 훨씬 덜어지면서 끝이 보이는 것 같다.

관절의 사용이 아니라 근육이 잘 사용되어야 바른 자세로 유지가 되고 교정이 된다. 피곤하고, 몸이 지쳐 있는 날에 수련하면 에너지가 살아나는 것 같다. 언제 그랬냐는 듯이 피곤이 사라지고 기분이 좋아진다. 무엇보다 몸이 가볍고 정신이 맑아진다.

수련을 통해 몸을 교정했다고 해서 유지되는 것이 아니다. 수련은 매일 해야 한다. 반복된 수련으로 근육을 기억하게 해야 한다. 계속되는 수련은 근육을 잘 사용할 수 있고 아름다운 몸매를 만들어 낼 수 있다. 한동안 수련을 하지 않으면 근육의 쓰임이 서서히 사라진다. 모든 것이 그렇듯 꾸준함이 중요하다. 수련하는 중간에 그만두게 되면 아쉬탕가를 처음부터 다시 시작하는 마음으로 해야 한다. 7년 동안 꾸준히 놓지 않고 하는 것은 처음부터 시작해야 하는 두려움이 있기 때문이다.

틀어져 있는 자세를 다시 맞추고 근육을 달래가면서 하는 과정은 힘들다. 굳어있는 근육을 깨우는 것은 고통이 따른다. 오랫동안 사용하지 않은 근육을 사용할 때 자칫하면 근육이 파열된다. 근육이 찢어지면서 고통스럽게 아프다. 처음에 근육이 파열되었을 때는 몰랐다. 미련스럽게 아픔을 참고했다. 이유도 모른 채 '너무 무리해서 그런가 보다.' 라고만 생각했다. 이제는 그 고통을 한 번 학습했으니깐 아는 것이다. 아픔도 바라봐질 만큼 요가는 나의 삶이 되어있다. 바른 자세를 만들기 위한 과정에서 겪는 것이다. 몸의 상태에 따라 할 수 있는 만큼만 동작하면 된다. 호흡에 집중하면 고통도 즐길 수 있게 된다.

몇 년 동안은 선생님이 말해주는 동작의 포인트가 귀에 들어오지 않았다. 호흡과 동작이 맞추어지면서 포인트에 신경을 썼다. 조금씩 자연스러운 자세가 나오고 있다. 땀이 잘 나지 않는 편인데 어느 순간부터는 아쉬탕가를 하면 땀이 쏟아져 나온다. 잘못하는 동작이나 안 되는 동작이 있으면 근육을 잘 사용할 수 있게끔 선생님이 도와준다. 제대로 된 호흡과 자세를 만들어 내기 때문에 아픔이 최고점을 찍는다. 나와 선생님이 한 몸이 되어 같이 들숨과 날숨을 한다. 그래야 몸의 손상이 가지 않는다. 신경을 바짝 쓰게 된다. 확인받는 느낌이라 긴장이 된다. 정확한 다섯 번의 우짜이 호흡은 상상 이상으로 길게 느껴진다. 오로지 호흡에 집중하고 동작을 만들어 낸다. 숨이 넘어갈 정도로 힘들고 아픔이 있지만 참고 참아내야 한다. 그 순간을 넘기면 근육이 알아차림하고 몇 번을 반복하면 근육이 제대로 잡힌다. 근육을 기억하게 만들어야 한다.

아쉬탕가는 10년을 매일 같이해야만 남을 가르칠 수 있는 자격이 된다고 한다. 매일 수련을 할 수 없지만 주어진 시간 동안만큼은 최선을 다하려고 한다. 고통을 알고 있기 때문에 계속 가는 것이다. 근육을 만드는 데 오랜 시간의 인내와 고통을 넘겨야 한다. 그 과정은 중요하다. 단순히 육체적인 변화를 주는 것만 아니다. 고통을 한 단계 뛰어넘을 때마다 에너지가 생긴다. 근육의 생성은 곧 에너지가 강해진다는 것이다. 힘들어도 힘듦이 아니다. 깊이가 생긴다.

고통에서 주는 또 다른 선물이다. 아랫배를 잡고 두 다리로 강하게 힘을 주어 지탱하고 두 팔과 어깨는 가벼워지게 균형을 잡는다. 처음과 끝을 그런 과정으로 거쳐야 한다. 중력을 거스르듯이 몸의 유연함이 생긴다.

아쉬탕가를 수련하고부터 산을 오르는 게 힘들지가 않다. 에너지가 나도 모르게 강해진 것이다. 가벼운 1시간~2시간 코스의 산책은 즐긴다. 폐활량이 좋아지면서 힘이 생겼다. 신체적으로 건강해지면서 정신적으로 진정 행복의 맛을 본다. 폭발적으로 매력적이다. 산을 오르듯이 마음을 차분히 하고 천천히 조금씩 꾸준하게 올라야 한다. 그래야 아쉬탕가를 알아가게 된다. 온전히 자기 자신을 믿고 가야 한다. 가다 보면 느껴진다.

몇 달 전 아쉬탕가 수련에 몰입했다. 호흡과 동작 그리고 포인트까지 완벽할 정도의 자세들이 나왔다. 그 날은 내가 아니었다. 호흡의 길이와 동작이 감정을 일으키게 할 수 없을 정도로 차단이 되어있었다. 근육들은 동작에 맞게 사용되어지고 있었고 깃털처럼 가벼운 몸, 맑은 정신은 수업시간이 황홀할 만큼 짧게 느껴졌다. 그 시간을 오로지 자각하면서 호흡과 동작 그리고 정신적 영혼이 혼연일체가 되었던 것 같다. 처음 느껴보았다. 흥분되고 매료 되어지는 기분은 맑음 그 자체였다. 그 느낌을 넓혀나가기 위해 도전하고 있다.

지켜보던 선생님이 수업 끝나고 한마디 던졌다. "이때까지 한 것 중에 제일 잘했어요." 웃으며 말한다. 약간은 '알겠어', '느꼈어' 어깨가 으쓱해진다.

아쉬탕가에 점점 빠져들어 간다. 한 번의 맛을 느꼈기에. 어떤 것인지 안다. 진정한 맛은 몸과 마음이 치유가 된다는 것을 느낀다. 아쉬탕가 전도사가 되었다. 다른 사람들도 느끼게 해주고 싶다. 남들보다 많은 일을 할 수 있는 것은 아쉬탕가가 나에게 주는 최고의 에너지 덕분이다. 어떤 상황에서도 아쉬탕가를 만나러 간다.

'만트라'가 주는 에너지

연휴 시작 전 화요일 수업이다. 명절을 앞두고 있거나, 연말이 되면 선생님은 화요일에 있는 '아쉬탕가' 수업시간에 다른 특별한 요가 동작을 준비한다. 칼로리가 높은 음식을 먹어야 할 때, 정신적인 피곤함을 느껴야 할 때는 단단함을 잡아 주기 위한 '108 수리야 나마스카르' 요가 동작을 한다.

아사나 A세트(요가)동작으로 백 여덟 번을 1시간 40분 동안 한다. 같은 동작을 연속적으로 수련하는 것이다. '수리야 나마스카르'는 '태양 경배 자세'라고 한다. 1년에 다섯 번 정도는 수리야 나마스카르 요가 동작을 했다. 초보 요가 회원들은 마음의 각오를 해야 할 수 있다. 아사나 A 세트 동작을 백 여덟 번 한다는 것은 엄청난 인내력과 에너지가 필요하다. 호흡을 일정하게 하면서 깨어 있는 의식으로 자신의 내면을 바라보면서 해야 하는 시간이다.

이번 수업 시간은 '만트라' 수련을 하면서 요가 동작을 하자고 한다. 만트라는 '마음의 도구'라는 뜻으로 호흡과 결합을 하며 하는 수련이다.

만트라의 기본 수련은 '소함' 이라고 한다. 소함은 '그것이 나(我)다'라는 뜻이라고 한다. 만트라를 호흡에 맞추면, 자신의 호흡이 '나는 누구인가'라는 심오한 진리를 말해주고 있음을 느낄 수 있다고 말한다. 들숨과 날숨을 할 때 일정한 길이로 하고 들숨을 '소'라고 하며 들이 마시고, 날숨을 '함'이라고 하며 숨을 내쉰다. 호흡과 결합을 하면서 반복적으로 '소' '함'으로 호흡을 한다. 의식을 가지고 호흡과 소함을 결합하여 호흡하면 숨이 가쁜 느낌이 든다. 계속 의식하며 호흡과 소함을 반복적으로 하다보면 어느 순간부터 호흡이 느려지고 소함도 호흡에 맞춰진다.

만트라는 깊은 수련과 깨어있는 바라봄을 가지게 하는 힘을 준다. 잡념에 빠지기 쉬운데 만트라를 함으로 인해 잡념이 일어나는 것을 잡아준다. 요가 동작에 들어가기 전 호흡으로 소함을 몇 차례 하면서 자연스럽게 결합을 하는 연습을 했다.

선생님은 맨 앞쪽 가운데 자리에 위치했다. 오랜 수련으로 강한 에너지를 끌고 간다. 회원들의 에너지가 더해지면서 흐름에 힘이 생기고 집중을 하며 가벼운 마음으로 갈 수 있다. 보이지 않는 에너지는 몸과 마음 그리고 정신으로 느낄 수 있다. 선생님은 수업 시작 전 오늘의 핵심 포인트를 설명해 주었다.

"오늘 하는 수업의 포인트는 호흡과 만트라입니다. 앞에 했던 수리야는 백여덟 번 하는 아사나 동작에 집중했습니다. 이번에는 동작보다는 호흡과 만트라에 집중하세요."라고 선생님은 말했다.

"동작의 횟수가 중요한 것이 아니고 오로지 호흡과 만트라에 집중 아시죠? 시간이 되면 끊겠습니다. 자. 그럼. 시작하겠습니다. 들숨."

아사나의 첫 번째 동작으로 시작했다. 아사나 동작을 하면서 호흡과 소함을 일치시키며 의식을 깨어 있게 했다. 집중하면서 들숨에 '소' 날숨에 '함'을 하면서 바라보았다. 선생님을 기준으로 회원들도 아사나 동작을 똑같이 맞춰가며 요가 동작을 한다. 평상시에는 개인의 호흡에 맞춰 동작하지만 레드 클래스는 선생님의 동작에 맞춰서 가야 한다.

아쉬탕가 수업시간은 저녁 7시부터 9시까지 2시간을 수업한다. 퇴근을 하고 집에 도착하면 6시 40분 정도가 된다. 요가복을 갈아입고 바로 내려가야 지각하지 않고 수업을 같이 진행할 수 있다. 요가는 지각하면 서로가 힘들어지는 수업이다. 약간의 시간을 가지고 마음을 내려놓은 상태에서 고요한 마음으로 해야 한다. 그래야 수업의 질이 높고 에너지를 잘 사용할 수 있다. 성급한 마음으로 요가를 시작하면 나의 것이 되지 않고 회원들이 하는 동작에 맞춰 따라가지게 된다. 그러면 제대로 요가동작이 되지 않고 호흡도 빨라지면서 일정하지 않다. 중간에 들어가면 회원들의 집중력과 에너지의 흐름을 방해하기 때문에 되도록 시간을 지켜줘야 한다.

시간이 어중간한 상황에서 급하게 밥을 먹고 가면 요가에 집중이 되지 않고 몸이 무거우면서 호흡이 힘들다. 그래서 저녁을 먹지 않고 가는 경우가 많다. 먹는 것보다 먹지 않을 때가 집중력이 더 생기는 것 같았다.

집중도를 높이기 위해 이번 수업에는 밥을 먹지 않고 갔다. 집중하려고 노력했지만, 어느 순간 잡념에 빠져 있다. 집중에 초집중한다고 했는데도 불구하고 의식을 잠시 자각하지 못하는 사이에 잡념이 자리를 잡고 있었다. 잡념은 많은 생각을 하게 한다.

인간인지라 처음부터 끝까지 하는 요가 동작에 집중하기란 힘들다. 알아차림을 한다는 게 중요하다고 한다. 잡념에 빠져 있으면 몸은 동작에 맞춰 잘 따라가고 있으나 생각은 다른 곳에 있고 호흡은 얕게 하고 있다. 다시 들숨, 날숨을 하면서 소함을 맞춰간다. 한참을 가다 보면 다시 잡념이 치고 들어와 있다. 알아차림으로 다시 호흡에 집중을 시킨다. 반복을 몇 번한다.

수련을 오랫동안 하다 보면 자각의 힘이 커져서 잡념이 비집고 들어올 틈이 없다고 한다. 그 과정으로 가는 단계를 하는 것이다. 그 맛은 체험을 통해 알고 있다. 확장하기 위해 수련을 놓을 수가 없다. 몸은 정직하게도 하지 않는 순간 빠르게 원래의 상태로 돌아간다. 깊은 몰입으로 호흡에 집중이 되어 있다. 시간이 얼마 지나지 않은 것 같은데 선생님은

"이제 다음 한 세트를 마지막으로 하겠습니다."라고 말했다.

만트라의 힘은 밖에서 얻어지는 것이 아니라, 온전히 내면을 바라봄으로서 생기는 것이다. 가끔 들어오는 잡념은 만트라를 하는 것과 안 하는 것의 차이를 두었다. 잡념이 예전에는 열 번 정도 올라왔다면, 이번 만트라 수업에는 세 번 정도 들어온 것 같은 느낌이다. 처음 시작 전에 나는 내안에 있는 참 자아에 '호흡에 완전 집중을 하자. 잡념에 빠지지 말자.'라고 말했다.

정신을 집중시키며 몰입을 하고 느끼고 싶었다. 만트라를 하고 난 후 계속 아사나 동작을 할 수 있을 정도로 에너지가 넘쳤다. 몸은 가볍고 정신은 맑은 상태였고 기분이 상승하면서 희열감이 느껴졌다.

선생님은 "그 자리에서 잠깐 동안 호흡으로 편안함을 가지세요. 숨이 가쁘거나 하시면 숨을 억지로 통제하지는 마세요. 가쁘면 가쁜 데로 바라보시면 됩니다." 마음의 휴식을 주게끔 했다.

마무리 동작하기 위해서 매트 위에 몸을 대자로 누워 쉬게 해주었다. 마무리를 하고 회원들은 다들 입가에 환희의 미소를 머금고 있었다. 나만 느끼는 감정이 아닌 듯 표정만 봐도 느낄 수 있었다. 처음 체험한 만트라 수업에 완전히 만족하는 것 같았다. 회원들은 다들 궁금해 했다.

"선생님! 시간이 얼마나 걸렸어요?"라고 물었다.

"1시간 30분이 걸렸고 86세트를 했습니다."라고 대답을 해주었다.

"시간이 너무 짧게만 느껴졌어요. 계속해도 될 것 같은데. 와! 소함이 이렇게 집중이 되게 할 줄은 몰랐어요."회원들은 놀랍다는 듯이 말했다.

"소함이 주는 에너지입니다. 평상시에 스트레스를 받거나 힘든 일이 있으시면 소함을 하세요. 그러시면 마음이 훨씬 가벼워지실 겁니다."라고 선생님은 팁을 주었다.

따뜻한 차를 한잔 마시며 회원들은 만트라의 힘이 놀라웠는지 흥분된 상태로 서로 체험을 말하기 시작했다. 에너지를 강하게 느낀 것이다. 선생님은 회원들의 수준이 한 단계 올라간 것 같다고 말한다.

화요일의 아쉬탕가 요가 수업을 올 때는 마음 작용이 일어난다고 한다. 게으름에 지지 않으려고 자신과 약속을 지키기 위해서 무거운 발걸음으로 센터에 온다고 한다. 요가를 하고 나면 몸은 개운하면서 가볍고 정신은 맑음이 된다. 몸의 근육통은 어느덧 사라지고 마음의 평온함과 차분함을 준다. 오늘도 했다는 만족감과 뿌듯함 그 맛을 알기 때문에 수련하러 오게 된다고 말한다.

만트라가 주는 또 다른 에너지를 느꼈다. 요가와 명상이 주는 에너지의 한계가 어디까지인지 심오하다. 점점 강해지고 있는 에너지의 확장을 느끼고 있다. 삶에 열정을 만들어 주는 불씨이자 삶을 살아가게 하는 원동력은 나의 에너지이다. 그 에너지를 만드는 것 또한 나다. 속 근육이 단단하게 형성되면서 나오는 에너지는 마음의 크기를 확장해 주고 깊이 있게 하는 힘이 있다.

좋은 에너지는 후광을 뿜어낸다. 얼굴을 보면 그 사람을 알 수 있다고 한다. 후광이 빛나는 얼굴은 편안함이 보이고 순수함이 있으면서 남들과 다른 매력을 가진 아름다움이 보인다. 나이가 들수록 내면으로 끌고 오는 에너지를 가져야 한다. 그래야 좋은 에너지를 가질 수 있다. 나를 사랑하는 마음과 아끼는 마음이 있어야 한다. 빼앗기는 에너지는 나를 성장시키지 못하고 힘들게 한다. 좋은 에너지를 크게 확장하여 사람들과 나누고 사랑하며 살고 싶다. 죽음의 문턱까지도 사랑과 나눔이다.

몸과 마음이 달라진다

몇 해 전 가을에 친구랑 설악산 봉정암을 갔었다. 예전 같으면 상상도 할 수 없는 일이었다. 요가를 시작하고 3년 만이다. 힘든 시험을 통과 했다는 성취감에서 주는 자신감은 살아가면서 용기를 준다. 봉정암의 도전은 나에게 그랬다.

20대에 대기업에서 근무했다. 회사 안에서 '다모아'라는 여사원 모임이 있었다. 단합을 위해 등산을 정기적으로 다녔다. 20대 젊을 때는 몸이 가볍고 건강했기 때문에 산을 잘 탔다. 숨이 목까지 차 헐떡이면서도 '뭐가' 신나고 좋았던지 웃으면서 다녔다. 그 이후로 오랜 산행을 처음 시도해 보는 것 같다. 현실에 대한 부정으로 나를 짓누르고 살았다. 인생의 전환점이 되어 준 요가 수련은 삶의 활기까지 더해 줬다.

같이 근무하는 언니가 설악산 봉정암을 1박 2일로 간다고 같이 가자고 한다. 다니고 있는 절에서 순례로 간다는 것이다. 관광버스를 전세 내서 편하게 다녀올 수 있으니 가지고 했다. 설악산 봉정암을 '10번은 다녀와야 극락에 갈 수 있다.'는 말을 들었다. 생각할 틈도 없이 입에서 '오케이 갑시다.'라고 말했다. 같이 가기로 한 언니는 갑자기 중요한 집안일로 가지 못할 것 같다고 한다. 혼자가야 한다는 것이 고민이 되었다. 결심이 생겼을 때 가야 한다. 이런 기회가 아니면 봉정암에 갈 수 없을 것 같았다. 아는 사람이 없었다. 말로만 듣던 하늘 아래 가까이 있는 백담사 봉정암이 궁금했다. 한번은 가보고 싶은 곳이었다.

고민하다가 친한 친구에게 전화해서 한번 가보자고 제안했더니 고맙게도 친구는 같이 가자고 한다. 우리는 난생처음 봉정암을 간다는 생각에 흥분되어 있었다. 신청 접수를 하고 보름 뒤의 출발이었다. 같이 가지 못한 언니는 한 번 다녀왔다고 체력 관리를 잘해야 한다고 강조하며 말했다.

보름 동안 열심히 요가에 집중하고 시간이 될 때마다 집 근처에 있는 대공원을 1시간 30분씩 걷기 운동으로 체력을 강화했다. 영양제로 컨디션 유지를 하며 끼니를 놓치지 않았다.

봉정암을 출발하기 전날 밤은 긴장해서 그런지 잠을 설쳤다. 새벽 3시 30분까지 버스를 타야 하는 부담감이 컸다. 자는 둥, 마는 둥 새벽 3시가 되니 알람이 울렸다. 긴장하고 자서 그런지 벌떡 일어났다. 백담사에서 봉정암까지 평균 5시간 30분을 등반해야 한다. 중간에 에너지가 떨어진다는 생각에 잡다한 간식거리까지 챙겼다. 친구에게 전화하니 다행히 준비하고 있다고 한다. 남편은 고맙게 새벽에 같이 일어나서 나를 태워 주었다.

새벽 3시 30분 절 앞에 대기하고 있던 버스에 올라탔다. 친구는 높은 산 등반은 처음이라며 등산지팡이까지 준비하고 왔다. 가는 버스 안에서 우리는 수다를 장엄하게 떨었다. 새벽에 잠을 푹 자지 못한 상태라 친구와 번갈아 가며 하품하기 시작했다. 대략 6시간을 버스로 가야 하는 길이다. 언제 잠이 들었는지 모르게 둘은 자고 있었다. 많은 잠을 자지는 않았지만, 피곤하지 않았고 컨디선이 좋았다.

6시간 만에 도착한 강원도 인제군 북면 용대리. 오전 10시 30분쯤 백담사에 도착했다. 들어가는 입구의 다리 밑 백담 계곡에는 돌로 쌓은 작은 탑들이 빼곡하게 놓여 있었다. 많은 사람들이 다녀갔다는 흔적이다. 10월이라 아래쪽 계곡은 메말라 있었다. 백담계곡을 타고 가는 길은 환상적이었다. 단풍이 조금씩 물 들어가고 있었고, 맑은 계곡은 빠져들 듯이 깨끗하고 청정했다. 봉정암 올라가는 백담계곡 옆 등산길은 좁고 길다. 10월이라서 사람들이 많았다. 11월이 되면 강원도는 춥고 눈이 많이 내리기 때문에 일찍 차단한다. 좋은 날에 잘 온 것이다.

백담계곡으로 접어드는 순간부터 내려오는 사람들에게 남녀노소를 가리지 않고 인사했다 "반갑습니다." "수고가 많습니다." 누가 시킨 것도 아니었다. 생각한 것도 아니었다. 우리는 짜 맞춘 듯 동시에 인사했다. 서로의 얼굴을 보고 눈이 마주칠 때는 입술이 하늘로 치솟듯이 웃었다. 순수하게 마음에서 우러나오는 인사였다. 우리는 얼굴에 힘든 기색 하나 없었다. 행복하고 즐거운 마음을 가지니 입가에서 행복이 나온다. 가을의 구름 한 점 없는 파란 하늘처럼 우리의 마음속 또한 티끌 하나 없을 정도로 깨끗한 마음이다. 높은 절벽 위와 돌틈 사이에는 자연이 만들어낸 아름답고 웅장한 소나무들이 멋스럽게 뻗어 있다. 인위적이지 않은 자연스러움에 감탄사가 저절로 나온다. 우리는 자연의 아름다움을 담아 간직하기 위해 휴대폰을 꺼내 사진 찍기에 바빴다.

영시암을 기점으로 산은 조금씩 가팔라진다. 대청마루에 앉아 잠시 휴식을 가지며 간식을 먹으면서 오가는 사람을 보며 이야기를 나누었다. 사람 구경에 시간 가는 것도 몰랐다. 버스 안에서 만난 사람들이 있는지 확인하면서 따라서 올라갔다. 길을 잘못 갈까 봐 시야에서 벗어나지 않으려고 했다. 같은 공간에서 잠시 있었다고 서로를 챙겨주었다. 올라가는 길은 서로의 삶에 대한 이야깃 거리로 공감대를 형성하기도 했다. 우리들은 가족에서 벗어나 오로지 나에게 집중하고 바라보는 시간을 가진 것에 감사해하고 즐기고 있었다. 그래서 더 힘 들지 않았던 것 같았다. 모두가 나 같은 마음이었다.

친구는 가끔 힘들어하면서도 얼굴은 해맑았다. 갈수록 길은 가팔라지면서 어깨에 멘 가방은 돌덩이를 하나 짊어지고 가는 것처럼 무거웠다. 목은 타들어 갈 듯이 갈증이 났고 어깨는 내려앉을 듯이 아팠다. 지친 몸을 이끌고 한계에 왔을 때는 잠시 쉬었다 가라고 하는 듯 힘찬 폭포 소리가 들리기도 했다. 용소 폭포, 관음폭포, 쌍용 폭포들이 중간에서 쉼터를 내어 주었다.

깔딱 고개 근처에 왔을 때쯤 백발의 파마 머리하신 할머니와 마주쳤다. 머리 는 헝클어져 있고 얼굴엔 짙은 주름살과 지팡이를 짚고 조심스럽게 내려오고 있었다. 약간 굽은 허리는 먼 산길을 등산하시기에 불편해 보였다. 편안한 삶 을 사신 것 같지는 않았다. 오후 4시 조금 안 되는 시간이었다. 10월 가을 산속 은 어둠이 빨리 내린다. 지금 이 시각에 할머니가 백담사까지 내려가시는 길이 걱정 되면서 가슴이 아련해졌다. '어떤 사연으로 힘들어 보이는 몸을 이끄시고 여기 봉정암까지 오셨을까? 궁금증이 생겼지만 친정엄마를 생각하니 마음이 편하지가 않았다. 비슷한 나이대로 보이는 할머니는 내 머릿속에서 쉽게 떠나 지 않았다. 무사히 잘 내려가기만을 기도했다.

마음을 재정리하고 '아픈 몸을 이끌고 오시는 할머니도 계시는데 젊은 내가 이 정도 산을 못 올라가겠는가? 하는 심정으로 다시 힘을 내었다. 가파른 계단 은 목을 치켜세워서 보아야 위쪽이 보일 정도다. 봉정암을 볼 수 있을까 해서 이쪽저쪽을 보아도 보이지 않았다. 깔딱 고개를 지나 조금 올라가니 둘러싸여 있는 바위 사이로 봉정암이 보였다. 숨을 몰아쉬며 오른 깔딱 고개는 환희의 기쁨이었다. 5시간 정도 걸렸다고 하니 초보자 수준으로는 빨리 왔다고 한다.

도착 후 조금 지나 어둠이 내리기 시작하면서 빠르게 암흑으로 덮었다.

우리 일행들이 모두 도착할 때까지 방에서 휴식했다. 한 사람이 쉴 수 있는 공간은 절 방석 하나 만큼이다. 몇백 명이 같은 방에서 칸막이만 가려놓고 하룻밤을 보내야 한다. 군불로 땐 방은 따뜻한 공기로 채워졌고 지친 몸을 웅크리며 뜨끈한 방바닥에 몸을 맡기고 여독을 풀었다. 땀이 이마에 '송골송골' 맺히면서 피로가 풀리는 듯 개운했다. 사람들의 땀 냄새가 진동했지만 금세 익숙해졌다. 재래식 화장실은 새로 지은지 오래되지 않았지만, 많은 사람이 사용해서 냄새가 조금 났다. 그러려니 해야 한다.

스님은 저녁 식사를 마치고 사리탑 주위에 집합하라고 한다. 같이 동행한 사람들은 탑을 기준으로 둘러서서 예불 준비를 했다. 10월의 밤공기는 초겨울을 연상시킬 정도로 차가웠다. 준비해간 오리털 파카를 입고 추위를 이겨내야 한다. 사리탑에서 내려다본 강원도 밤경치는 추위를 잊을 만큼 불빛이 아름다웠다. 손을 뻗으면 잡을 수 있을 정도로 크고 가깝게 느껴지는 밤하늘의 별은 쏟아질 듯이 많고 반짝였다. 10월 저녁 밤의 공기는 차갑지만, 볼에 느껴지는 차가움이 싫지가 않았다. 봉정암에서 맞이한 하룻밤은 오랫동안 기억에 남는다.

새벽 5시 반에 출발해야 한다며 우리는 3시간 정도 잠을 자고 새벽을 맞이했다. 백담사에 11시까지 도착해야 한다. 서둘러 아침을 먹기 위해 줄을 섰다. 김이 모락모락 나는 미역국에 오이무침이다. 미역국은 먹어 본 것 중에서 가장 맛이 있었다. 온기를 품고 있는 보통의 미역국인데도 높은 산세에서 먹는 맛이 다르게 느껴졌다. 아직도 잊을 수가 없다. 우리가 비운 자리는 새로운 사람으로 채워진다. 봉정암의 10월은 인산인해를 이룬다고 한다. 쉴 틈 없이 돌아가는 봉정암은 많은 사람에게 많은 복을 주는가 보다.

내려오는 길은 다리에 근육이 뭉쳐 있어서 내 다리가 아니었다. 그런데도 마음은 가볍고 행복했다. 친구는 나보다 더 심하게 절뚝거린다. 행복 가득한 미소를 짓는다.

"고맙다. 친구야! 너 아니었으면 한 번 올 수나 있었겠나!" 말한다.

오히려 내가 감사하다. 같이 간 친구가 있었기에 먼 길을 행복하게 올 수 있었다. 내려오면서 서로가 서로에게 고맙다는 말을 했다. 정말 의지가 되었다. 다리를 절뚝거리며 천천히 내려왔는데도 일찍 도착했다. 백담사를 천천히 둘러보며 법당에 들어가 기도했다. 무사히 내려온 것에 대한 감사의 절이다.

남은 여독을 풀기 위해 설악산 온천으로 향했다. 봉정암은 물이 차가워 제대로 씻을 수가 없었다. 10월 초임에도 물은 얼음이 녹아내린 것처럼 차가웠다. 양치질과 고양이 세수, 발만 겨우 씻었다. 뜨끈한 온천은 남은 피로를 마저 풀어 주었다. 온기가 느껴지는 나의 몸은 긴장하나 없는 안락함이었다.

속초의 해안가를 들러 회향하는 절차로 공식적인 일정은 마무리되었다. 창밖으로 보이는 동해안 바닷가는 거칠면서도 활력이 넘쳐 생기가 있어 보였다. 내 마음도 그런 듯 기운차고 활기차 있었다. 버스를 타고 내려오는 길에 스님은 소감을 한마디씩 하라고 말했다. 평소에 과묵한 나는 무슨 말을 했는지 모를 정도로 긴 이야기를 했다. 편안함에서 거침없이 나왔다. 놀라울 정도로 정신적으로 육체적으로 건강함이 느껴졌다. 열린 마음은 봉정암이 전하고자 하는 뜻을 받아서 온 느낌이었다. 마음이 온화해졌고 남을 이해하고 받아들일 수 있는 여유가 있었다. 까칠하고 내 위주의 생각은 한 발 뒤로 물러서서 말하게 한다. 힘든 고비를 인내하고 넘길 때마다 마음이 커지고 있다는 걸 느낀다.

마음이 몸을 지배하는 것인지? 몸이 마음을 지배하는 것인지 모르겠다. 마음이 편안하고 고요하니 몸이 가볍고 아픔이 없다. 몸이 건강해지니깐 마음이 편안한 것일까? 봉정암은 나의 힘듦을 내려놓게 했나 보다. 모든 것이 맑음이고 행복이다.

보이차 한 잔의 인연

2014년 10월 19일 일요일. 가을의 정취를 느끼기 위해 절친 숙이와 가을 산행을 했다. 양산 영축산 중턱에 있는 통도사 백운암까지 가는 코스로 정했다. 산 중턱에 있는 백운암에서 내려다보는 전경은 가을을 제대로 볼 수 있게 해준다. 황금 들녘이 펼쳐져 있고 오색 단풍들이 물들기 시작하는 시즌에는 꼭 보아야 할 구경거리이다. 등산도 하고 절 구경도 할 겸해서 어렵게 날을 잡았다. 숙이는 부산에 살고 있고, 울산에 사는 나는 통도사 입구에 있는 주차장에서 만나기로 했다. 백운암에서 점심을 먹기로 하고 시간에 맞춰 출발했다.

백운암의 입구라고 말하듯 대나무로 깔린 계단이 우리를 반겼다. 나는 신발과 양말을 벗고 맨발로 올라가면서 자연이 주는 에너지를 마음껏 느끼고 싶었다. 10월의 가을은 맨발로 등산하기에 좋았다. 땅의 기운이 느껴지는 듯 땅에 닿는 순간 차가우면서도 부드러움이 느껴졌다. 몸과 마음이 가벼워지면서 기운이 상승하는 좋은 느낌이었다. 작은 돌멩이와 낙엽들이 바닥에 깔려있지만 가는 길에 어떠한 방해도 주지 않았다. '충분히 참고 갈 수 있겠다.'는 생각이 들었다. 벗은 신발과 양말을 가방에 넣어 어깨에 둘러메고 상쾌한 마음으로 올랐다.

자주 볼 수 없는 숙이와 가슴속에 꾹꾹 눌러 놓은 이야기들을 하나씩 꺼냈다. 유일하게 비밀 같은 이야기를 마음껏 편하게 말 할 수 있는 믿음이 가는 친구다. 자주 만날 수 없다는 게 아쉬웠다. 서로가 서로를 원했고 의견충돌로 싸우기도 하지만 그래도 좋았다. 모든 게 이해가 되고 용서가 되었다. 같이 하는 이 시간이 소중하고 감사했다. 좋은 사람과 함께하는 시간은 행복이다. 맑은 공기, 아름다운 경치, 좋은 벗이 있어 지금 이 순간 더 부러울 게 없었다.

중턱에 올라가니 '쉬었다 가세요!'라고 말하는 듯 자리를 내어주는 큰 바위가 있었다. 넓고 평평하게 펼쳐져 있어서 두 다리를 쭉 뻗어 편안하게 쉴 수 있을 정도였다. 어떻게 '딱' 쉬어야 할 타이밍에 이런 바위가 있는지 신기했다. 나무 그늘까지 있어서 신선놀음이 따로 없을 정도로 좋은 장소였다.

집에서 챙겨온 간식을 가방에서 꺼냈다. 어디선가 지켜 본 듯이 청솔모와 다람쥐가 '부스럭' 거리며 낙엽을 밟고 오는 소리가 들렸다. 등산객들이 많이 오르락내리락하는 길목이어서 사람을 무서워하지 않았다. 오히려 사람들을 반기는 듯했다. 견과류를 여기저기 던져주면서 '골고루 나누어 먹어'라고 했다. 따뜻한 커피와 과일, 견과류로 에너지를 보충한 뒤 잠시 휴식을 가지고 다시 길을 나섰다. 암자와 가까워질수록 길은 좁아졌다. 나무 사이사이로 보이는 암자는 안도의 한숨을 쉬게 했고 도착했다는 생각에 마음이 내려졌다.

입구에 있는 백운암 약수 물가에서 발을 씻었다. 찬물이 발에 닿는 순간 개운해지면서 한결 건강해진 느낌이었다. 발바닥은 상처 하나 없이 깨끗했다. 땅의 기운을 받은 듯 생동감이 더 해졌다.

주차장에서 백운암까지 800m 거리는 가까울 것 같지만 가파른 능선을 따라 올라가야 하는 암자는 쉬운 코스는 아니다. 쉬엄쉬엄 단풍 구경도 하고 친구랑 이야기도 하고 도착한 암자는 1시간 걸렸다.

암자에서 내려다본 전경에 스트레스가 확 풀렸다. 시원하게 불어오는 가을 바람은 열로 데워져 있는 얼굴과 땀을 식혀주었다. '힘들게 올라온 보람 있네!' 라고 말을 하듯 친구는 그냥 환한 웃음을 지었다. "와! 와!"하면서 우리는 서로 얼굴을 마주 보며 광활하게 펼쳐져 있는 아름다움에 감탄했다.

암자 입구에는 쌀, 생수, 초 등 몇 가지를 판매했으며 기도신청을 받았다. 우리는 쌀을 두 개 사서 대웅전 안 부처님 앞에 놓고 세 번의 절을 했다. 비구니 스님이 예불을 드리고 계셔서 조용히 나와 암자 주위를 돌아보았다. 산 중턱에 있는 암자에 용왕당(석간수)이 있었다. 바닷가 근처 절에 있을 것 같은 용왕당이 산에 있다는 것이 의외였다. 흘러나오는 깨끗한 물 한 모금으로 목을 축이고 가파른 계단을 올라가니 새로 건축한 지 오래되지 않은 산신각이 자리를 잡고 있었다. 우리는 가족의 건강과 행복을 기도하는 108배를 했다. 법당 문을 열어놓고 시원한 바람을 맞으며 올리는 기도는 자연과 한 몸이 되어 기도에 전념할 수 있는 힘을 더해 주었다.

가파른 산에 위치 한 암자는 날아갈 듯이 깨끗한 선을 가지고 있는 추녀와 단청이 서로 잘 어우러져 있었다. 점심 공양을 하고 먹은 밥그릇을 깨끗이 씻어 바구니에 담았다. 공양간 보살님께 "잘 먹었습니다." 인사를 하고 암자를 내려왔다. 내려오는 시간은 40분 정도밖에 걸리지 않았다. 백운암에서 극락암으로 내려가는 넓은 길은 운치를 더해 최고의 힐링 코스를 내어준다. 멋진 우아함을 품은 소나무가 어우러져 있는 길은 말할 수 없는 광경으로 펼쳐져 있다. 가장 좋아하는 길이다.

극락암을 거쳐 주차장으로 가는 길이었다. 암자에서 행사를 했는지 사람들이 매우 북적거렸다. 그 사이로 친구와 웃으며 이야기를 하면서 내려가고 있었다. 뒤에서 "뭐가! 그렇게 즐거우세요?" 말을 건넸다. 깜짝 놀라 친구와 둘이 동시에 뒤를 돌아보니 스님이 다가 오고 있었다.

피부가 뽀얗고 날씬해 보이는 몸매에 환하게 웃는 얼굴은 약간 개구쟁이 미소년 같은 느낌을 주었다. 극락암에 머물고 있는 스님이었다. 황당하기도 하고 많은 사람 중에 우리에게 말을 건네주시는 것이 감사하기도 했다.

"어딜 다녀오십니까?" 스님이 말했다.

"백운암에 다녀옵니다. 스님! 차 한 잔 주실 수 있으세요?" 친구와 장난기 섞인 목소리로 말했다.

시간이 된다고 하시면서 차를 한 잔 주실 수 있다고 했다. 스님들이 머무르시는 곳 '아라한'으로 내려가자고 했다. 스님 승용차를 따라 내려 간 곳은 평지에 나무들이 둘러싸여 있었다. 아담한 숙소 옆에는 계곡과 물이 고여 있는 연못보다는 조금 큰 저수지가 있었다. 위쪽 담장 안쪽에 '차 방'이 따로 만들어져 있다. '차 방'에서 내려다보이는 작은 저수지는 물이 조금 고여 있었다. 잔잔하게 바람에 일렁이는 물결은 생각 없이 바라보게 했다. 스님들이 모여 회의하는 곳이며 손님을 맞이하는 방이라고 말했다. 맛있는 차를 마시자며 스님 방에서 조그마한 상자를 가지고 왔다. 선물 받은 차라고 하시며 맛이 좋다고 한다. 겉으로 보이는 포장된 차는 비싸 보이기는 했다. 상자 안에 종이로 싸여 있는 보이차였다.

친구와 나는 얼굴을 마주 보며 '이런! 일도 있네.' 하며 입가에 미소가 떠나지를 않았다. 생각지도 못 한 일에 놀랍기도 하고 어리둥절했다. 친분이 있는 사람들만 스님을 친견할 수 있다고만 생각했다. 스님들의 삶이 궁금했다. 스님들과 대면하면서 차를 마시고 대화를 한다는 것은 상상도 못 한 일이라 마음이 들뜨고 기대가 되었다. 초면인 우리에게 스님이 마음을 열어 주신 것이 고맙기도 하고 부담스럽기도 했다. 신분을 밝히고 '여기에 온 목적' 등을 주고받으며 시간 가는 줄 몰랐다. 스님 법명은 '지현'이라고 했다. '지현스님'이다. 스님의 눈에는 우리가 밝아 보였다고 하셨다. 50대 중, 후반 정도 되어 보이는 스님은 에너지가 넘쳤고 강했다. 궁금한 게 많은 우리는 절에서 지켜야 하는 기본 사찰 예절에 대해서 말씀해 달라고 했다. 스님은 아주 기초적인 예절부터 말해 주었다.

승복을 입으시고 맛있는 차를 내려 주시기 위해 집중하시는 지현스님은 멋있어 보였다. 보이차 맛은 깔끔하면서 목 넘김이 부드러웠고 맛이 있었다. 발효차는 냄새가 날 것이라는 선입견이 있었는데 전혀 없었다. 따뜻하게 마시는 차는 몸을 편안하게 해주었다.

"스님! 차가 맛있어요!" 라고 말하자마자 스님은 생각해보시지도 않으시고

"그래! 남아 있는 차 가지고 가서 마셔!" 웃으시며 말했다.

"진짜! 주시려고요."

"그래! 가지고 가" 생각 못 한 베풂이었다.

스님은 우리에게 하고 싶은 말씀이 따로 있었다. 공양간 봉사 활동을 하는 게 어떠냐고 물었다. 마음의 업을 빨리 닦을 수 있다고 하셨다. 기도, 염불, 불경 공부를 하는 것은 깨우침이 늦을 수 있다고 말한다. 공양간 봉사 활동은 국도로 갈 것을 고속도로로 달리는 것과 같다고 말했다. 공양간은 기운이 엄청나게 센 곳이어서 버티고 이겨내면 못 할 것이 없다고 말했다. 일하는 공양주 보살님들의 텃새에 못할 수도 있다고 했다. 남들이 가장 하기 싫어하는 곳에서 우리보고 해 보라고 한다. 고민에 빠졌다. 불자도 아니고 집에서 집안일만 하는 사람도 아닌 직장인이다. 주말밖에는 시간이 없었다. 주말이면 평일에 가족

들과 함께하지 못한 시간을 보내야 하고 집안일을 해야 한다. 지현스님은 하면 좋을 것 같다는 말씀을 계속했다. 숙이와 나는 한참 고민을 하다 "한 번 해보겠다."라고 스님께 말했다. 부딪혀 보고 싶은 오기가 발동했다. '그곳이 어떤 곳인데 스님이 저렇게까지 강조하실까?'하는 생각이 들었다. 숙이와 나는 다음 주부터 주말에 한 번 공양간으로 출근하기로 했다. 스님은 봉사활동에 있어서 주의해야 할 한 가지만 말씀해 주었다. 일하는 도중에 울화가 치밀어 오르거나 짜증이 나면 하던 일을 그만두고 조용히 밖으로 나오라고 강조했다. 안 좋은 마음으로 일을 계속할 의미가 없다는 것이다.

3년을 봉사 활동했다. 그런 일은 한 번도 없었다. 바뀌는 공양주 보살님들과 문제없이 조화를 이루었고 매주 나를 기다릴 정도로 좋아해 주고 반겨 주었다. 인생을 살아가면서 값진 체험을 하게 해주었다. 큰 가르침을 주신 것이다. 생각하지도 않았던 일들이 정신적으로 육체적으로 부딪칠 때마다 두려워하지 않았다. 피하지 않고 받아들였다. 힘든 공양간 생활을 잘 이겨내서 그런지 작은 부딪힘은 아무것도 아니었다.

참고 이겨내면 나의 것이 된다는 삶의 지혜를 알게 되었다. 공양간 봉사 활동은 힘듦에도 불구하고 즐겁고, 웃을 수 있는 여유를 주었다. 지현스님이 소개해서 같이 시작한 여래화 보살님은 여전히 봉사 활동을 하고 있다. 스스로 복 짓는 일을 하고 있다. 따뜻함과 편안함이 묻어 있으시고 배려하는 마음이 몸에 배어 있다.

지현스님은 연락도 없이 홀연히 떠났다. 공부하기 위해 토굴로 들어가셨나 보다. 삶은 어떤 인연을 만나는가에 따라 가는 길이 달라지는 것 같다. 참 좋은 시절 인연이었다.

이른 새벽에 마시는 한 잔의 보이차에서 느껴지는 매력은 지현스님이다.

새롭게 맞이하는 아침

새벽 5시 알람이 울리기 시작한다. 휴대폰 알람이 최고 높은음으로 울린다. 음악이 울리는 동시에 손이 먼저 휴대폰에서 울리는 소리를 멈추게 한다. 몸을 일으켜 세운다. 무릎을 꿇고 엉덩이와 아랫배, 윗몸을 낮춰 최대한 팔을 앞으로 쭈욱 뻗는다. 그런 다음 두 다리를 뻗어 양쪽으로 치켜세우고 손가락으로 발가락을 잡고 쭉쭉 늘린다. 몸을 깨우기 위한 간단한 스트레칭으로 아침을 맞이한다. 게으름 피우지 않고 일어난 내 몸에 감사함을 주는 것이다. 옆에 자고 있는 남편의 잠을 방해하지 않으려고 최소한의 움직임으로 한다. 휴대폰 램프로 어둠을 밝히고 살금살금 까치발을 하고 거실로 나온다. 거실의 불빛을 밝히고 창밖을 바라보면 멀리 네온사인이 꺼져 있는 간판들이 희미하게 보인다. 어둠이 세상을 장악하고 있는 시간이다. 고요하고 적막하다. 거실의 불빛이 켜지는 순간 베란다에 있는 두 마리의 앵무새들이 소리를 낸다. 노란색과 파란 계통의 앵무새 두 마리는 컴컴한 밤중에는 조용하게 있다가 '굿모닝' 인사말 하는 소리처럼 '왱할 앵할'한다.

　주말 아침이면 가족들이 아침 식사를 할 수 있게 준비해 놓고 차를 운전해서 향하는 곳 통도사 극락암 공양간이다. 2014년 10월부터 주말이 되면 공양간 봉사 활동을 다녔다. 통도사 요금소를 지나 도착한 암자 뒤편은 아름다운 병풍을 펼쳐 놓은 것 같다. 한 폭의 그림이 따로 없다. 하늘 바로 아래 희귀한 바위들이 넓게 펼쳐져 있으며, 그 다음 온갖 것들의 나무들이 줄지어 서 있고, 세 번째로 암자를 둘러싸고 있는 대나무들이 푸르름을 더해 주고 있다. 암자는 최고의 명당자리를 품고 있는 것 같다.

　양산 팔경의 제1경인 영축산 아래에 있다. 암자를 올라가는 길은 사색을 즐길 수 있는 최고의 길이다. 양쪽 길옆으로 웅장한 소나무들이 멋진 자태를 뽐내고 있다. 아침에 올라가는 길은 맑은 공기가 가득하다. 피톤치드 냄새는 정신을 맑게 해 주는 것 같았다. 입구에 들어서면 마음을 내려놓게 된다.

　아침 9시쯤 공양간에 들어서면 공양주 보살님들이 반갑게 맞이해 주신다. '저 왔습니다.' 아침 인사를 한다. 웃는 얼굴로 서로의 안부를 확인하고 수세전(원래의 법당)을 시작으로 네 군데를 거쳐 삼배를 하고 공양간으로 다시 향했다.

　공양간에서는 무수리 일을 했다. 막내이기도 하고 공양간 허드렛일을 돕는 초보였다. 지현스님께서 무수리 일이라고 붙여주신 것이다. 공양간에 들어서는 순간 '나'라는 존재를 잠시 잊어버리게 만든다. 말은 최소한으로 적게 하게 되고, 맡은 일에 최선을 다하게 된다. 바쁘게 움직여야 하는 아침은 생각을 일으킬 시간이 없다. 주어진 일만 생각하면서 묵묵히 하고 있다.

　매달 첫째 주 일요일은 큰 스님 법회 날이다. 그날은 부산에서 대형버스로 사람들을 실어 올 정도로 많이들 온다. 봄, 가을이면 등산객들이 점심시간 전부터 미리 줄을 서 있는 풍경이 펼쳐진다. 이 시기엔 오래된 공양간은 비좁아서 앉을 자리가 부족하다. 밖에 감나무 밑 정자나 평상에 앉아 밥을 먹곤 한다. 운치 있는 전경과 가을에 빨갛게 익어가는 감은 밥의 맛을 한층 더 올려준다.

어떤 날에는 '제사' 까지 겹치는 날이 있다. 그 날은 잠시도 쉴 틈 없이 움직여야 한다. 예상하지 못한 방문객까지 오는 날은 중간에 음식준비와 밥을 해야 할 때도 있었다. 소란하지 않게 다들 잘 맞춰서 음식이 모자라지 않게 내 놓는다. 비빔밥이 맛있다는 소문이 났다고 한다. 별스럽게 들어가는 양념이 없는 것 같은데 맛이 있긴 하다. 절에서 무료로 밥을 제공하니 다른 암자를 들러 점심 공양을 극락암에서 하기 위해 오는 사람이 많았다.

공양간 보살님들에겐 각자가 해야 하는 일들이 정해져 있다. 최고봉 보살님은 스님들과 절에 오시는 보살님, 방문객의 반찬을 담당하시고, 배 보살님은 밥 담당, 정 보살님과 박 보살님은 국을 끓이시고 정리를 담당하신다. 보살님들은 새벽 3시부터 일어나서 준비하신다. 얼마나 힘드시겠는가? 우리 같은 봉사자들이 일손을 들어줘야 한다. 대형 냉장고에서 깨끗하게 다듬어야 하는 채소들을 꺼내 주신다. 손이 많이 가는 것들이다. 삼삼오오 둘러앉아 이야기하면서 나물을 다듬고 있으면 금방 끝이 난다. 겨울이면 냉 추위가 드는 바깥에서 나물을 다듬기도 한다. 추위도 모르고 신나는 마음으로 웃으며 하다 보면 어느새 시간이 후딱 지나가 버린다.

오전 11시가 되면 스님들 공양 시간이다. 스님들 음식은 따로 준비하고 차려진다. 뷔페식으로 10가지 정도의 반찬들이 식탁 대 위에 올려 져 있다. 공양간 보살님들이 최고의 맛을 내기 위해 정성을 들이는 음식이다. 채소 위주의 음식들은 자연에서 얻은 양념들을 사용해서 맛을 낸다. 음식마다 맛과 향이 다르고 무엇보다 보기 좋은 음식이 먹기도 좋다. 다양하고 예쁜 모양으로, 정갈하게 만든 음식은 한층 더 맛있게 보이게 한다. 종류도 가지각색이며, 계절마다 나오는 재료들이 음식의 다양함을 더한다. 스님들의 공양이 끝나면 절에서 일하시는 분들과 봉사자들이 식사한다. 처음 먹어 보는 맛들이 음식을 당기게 한다. 각각의 음식 맛을 보면 담백하고 신선하며 무엇보다 맛이 있다. 채소들이 가지고 있는 맛과 향을 느끼며 먹는 음식은 몸이 절로 기운이 나는 것 같았다. 배를 채우고 나면 스님들의 식판과 사기로 된 그릇을 씻어야 한다. 선방에 스님들이 공부하러 들어오는 시기에는 그릇이 많다. 씻어서 물이 잘 빠질 수 있게 따로 두어야 하는 자리가 있다.

설거지가 마무리될 때쯤 6가지 정도의 나물을 그릇에 담는다. 비빔밥을 위한 나물들이다. 예쁘게 색깔들이 겹치지 않게 조금씩 담아야 한다. 옆에서 지켜보고 계시는 최고봉 보살님은 한마디 하신다.

"색깔들이 겹치지 않게 깔끔하게 조금씩 담으세요."

나물을 담은 그릇을 2단, 3단으로 줄을 세워 층층이 올려놓을 수 있을 때까지 올려놓는다. 점심시간을 알리는 방문이 열리면 법회를 마친 보살님들과 등산객들이 한 줄로 서서 공양을 시작한다. 순식간에 쌓여 있던 그릇들은 바닥을 보인다. 떡과 과일도 수북하게 비치해 놓고 한 사람이 서서 나눠 줘야 한다. 그렇게 하지 않으면 순간적으로 이른 시간에 없어져 버린다. 뒷사람은 생각하지도 않고 탐욕으로 많은 양을 가지고 가버리는 사람들이 많았다. 욕심을 내려놓으러 절에 기도하러 다닌다고 생각했었다. 노보살님들은 음식을 눈앞에 두면 마음이 달라지는 것 같이 보였다. 절에 대한 고정관념이 깨지는 순간이다. 음식을 다 드시지도 못하면서 그릇 가득 채워 가는 사람, 눈 깜짝할 사이에 물건이 없어지는 경우도 종종 있었다. 절에 왜 오는지 모르겠다. 공양간 보살님들은 한두 번 겪는 일들이 아니라서 그러려니 하신다. 처음 일이 있었을 때는 당황하고 황당하였다.

'제사'가 두세 번 겹쳐 있는 날에는 음식 담은 그릇과 제사를 지내러 오는 사람들이 먹은 그릇을 봉사자들이 씻어야 한다. 어깨가 아프고 오랫동안 서 있던 다리가 저려올 정도로 씻어야 할 그릇이 많다. 싱크대 안은 가득 차서 빈 그릇들이 옆으로 쌓이기 시작한다. 끝이 보이지 않는 것 같았다. 손놀림을 빨리해야 처리할 수 있다. 날이 갈수록 설거지 기술도 늘어나는 것 같았다. 깨뜨린 그릇 하나 없었다. 힘들고 뛰쳐나가고 싶다는 마음 한번 들지 않았다. 묵묵히 그릇을 씻는 일에만 집중했다.

공양간 봉사자들은 몇 명 되지 않는다. 자원해서 허드렛일을 할 사람이 있겠는가? 그것도 공양간에서 내내 서서 손에 물을 묻혀가며 해야 하는 설거지 일과 잡다한 일들이다. 불평불만 없이 시키는 대로 손발을 맞춰가며 일을 척척하니 노 보살님들은 흐뭇해 하며 좋아했다. 큰 행사가 있는 날에는 어김없이 와야 한다며 챙긴다. 설거지 일이 마무리될 때쯤 신도들과 등산객들이 먹고 씻은 그릇들이 안으로 들어온다. 절에서는 각자가 먹은 그릇은 각자가 씻어야 한다. 씻은 그릇들이 들어오면 마른행주로 밥그릇과 국그릇을 닦는다. 하나둘씩 제자리를 찾아가며 정리 정돈이 된다. 숟가락, 젓가락을 큰 대야에 끓여 소독하고 마른행주로 닦아 수저통에 꽂는다. 긴 호수를 연결한 수돗물로 빗자루를 이용해 바닥을 깨끗하게 씻어내고 나면 끝이 보이지 않을 것 같던 공양간 일도 마무리가 되어간다. 제정신이 드는지 시계 소리가 '찰칵찰칵' 들린다.

짝지 도반 언니와는 손, 발이 착착 잘 맞았다. 부산에서 매주 시간이 있을 때마다 온다. 가족을 위해 자신을 위해 봉사를 하니 힘들지 않고 보람되며 행복하단다. 나를 항상 먼저 챙겨주고 보살펴 준다. 우리는 커피를 한잔씩 손에 들고 산책로를 걷는다. 자연이 주는 아름다움과 여유로움은 오늘 우리가 한 일에 보람을 느끼게 해준다. 몸은 지치고 힘들었지만, 마음은 행복으로 가득하다. 우리는 힘든 기색 하나 없이 영축산 중턱에 있는 백운암까지 올라 간 적도 있었다. 나의 두 손을 통해 많은 사람에게 행복을 주었다는 것이 좋았다.

주말에 갈 곳이 있다는 것에 위안이 되고 좋았다. 나를 기다리고 계시는 보살님들을 생각하면 흐뭇하다. 아침에 절에 가는 길은 행복 그 자체이다. 안식처를 제공해 주고, 주위를 돌아볼 수 있는 여유를 줬다. 처음 시작은 의무감이었지만 갈수록 스스로 우러나오는 마음으로 향했다.

봄이 오면 텃밭에 고추, 가지, 오이, 호박 등의 모종을 심어야 한다. 스님께서 전화하셔서 시간이 되면 오라고 하신다. 밀짚모자를 쓰고 밭에 쪼그려 앉아 모종을 심는 마음은 아기 다루듯이 조심조심 정성을 다한다. 일렬로 나란히 심어 놓은 모종들은 바람이 불면 재롱부리는 것 같아 보인다. 초록의 모종들은 앙증맞고 귀엽다. 입가에 미소만 흐뭇하다. 열매들이 주렁주렁 달리면 많은 사람이 먹을 수 있다는 생각이 든다. 작은 소소함이 나를 행복하게 해주었다.

제3장
명상을 통한 마음 챙김

명상이란 무엇인가

요가를 시작한 지 4년쯤 되는 해였다. 요가를 조금씩 알아가는 단계였다. 일반적으로 생각할 때 요가는 스트레칭 정도의 수준으로 생각하는 사람들이 많다. 요가는 알면 알수록 까면 깔수록 빠져든다. 오랜 시간과 끈기가 필요하다. 한순간에 느낄 수 있는 것이 아니다. 진정 원함을 가지려면 성급한 마음을 없애고 '참을 인'자를 써가면서 버텨야 한다. 그래야 진정한 맛을 알 수 있다.

나를 극복하기 위해 시작한 요가는 삶을 완전 송두리째 바꾸어 놓았다. 내 인생에 있어서 요가와 명상을 만난 것은 최고의 행복이었다. 올바른 길을 선택할 수 있게 가르쳐 주고 있는 요가 선생님과의 인연도 큰 행운이다.

선생님은 대학원 졸업을 앞두고 명상 수업을 개강하실 계획이라 한다. 인원 확인을 하기 위해 전화가 걸려왔다. 요가를 통해 어느 정도의 수련 단계가 되어 있는 사람들로 인원이 되면 수업을 시작할 것이라고 한다. 기초가 되어 있지 않은 사람과 수업을 진행하면 에너지가 맞지 않아 서로가 힘들어지기 때문이다. 한두 번 하다가 포기를 하는 사람들이 많다. 잘 알고 계시는 선생님 입장에서는 고민을 많이 했을 것이다. 센터의 회원들 정신 수준이 높다는 의미이기도 하다.

수업 개강을 위해서는 최소의 인원이 맞춰져야 할 수 있다. 하고 싶다고 해서 되는 문제도 아니다.

"정심 님! 명상수업을 진행하려고 하는데 하실래요? 같이 합시다." 라고 강한 어투로 물어본다.

'어느 정도 수준이 되니깐 같이 동참해서 하면 좋겠다.'는 뉘앙스의 말이었다.

"당연히 해야지요."라고 말했다. 사실 명상 수업 개강을 기다리고 있었다.

"제가 수업 진행을 하는 것은 아니고 맹 선생님이 명상 수업을 할 겁니다."라고 했다. 맹 선생님과는 오랜 기간 같이 요가 수업을 하고 있는 친구이다. 무조건 '오케이'했다.

맹 선생님은 요가 선생님의 대학교 요가학과 동창이고 대학원 친구이다. 같이 공부하고 있는 요가 전문 과정을 마친 요가, 명상 강사이다. 현역에서 수업하고 있기 때문에 믿음이 있었다. 나이는 나보다 어리지만, 정신적인 수준과 소통 면에서는 친구다. 나이가 같다고 친구가 되는 것이 아니라는 것을 알았다. 나이와 상관없이 지적 수준이 비슷하고 소통적인 면에서 같은 점을 바라보고 가는 사람이면 나는 친구라 생각한다.

가나 명상에 대한 궁금증이 생기면 잊기 전에 시간과 상관없이 문자나 전화를 한다. 이론적인 전문 지식이나 자기의 체험에서 알고 있는 한 해결해 준다. 마음이 든든하고 편한 친구다. 같이 수련하고 있는 오래된 친구들의 특성은 진

정성과 솔직함이 공통적이다. 스승이 없는 나로서는 먼저 길을 가 본 사람의 말을 귀담아들어야 한다. 사람마다 느끼는 체험이 다르다 보니 이것이 맞고 틀리다는 것은 없다고 한다. 자칫 잘못하면 정신세계가 다른 곳으로 갈 수 있다고 한다. 그래서 스승이 중요하다고 한다.

매주 일요일 저녁 9시에 진행하는 명상수업은 7명이 고정적이다. 한 주를 명상으로 마무리하고 다음 한 주의 삶을 시작하는 마음을 가질 수 있는 시간이다.

명상 첫 수업을 시작할 때에는 이론 수업과 명상하는 시간을 4 : 1로 했다. 10분 앉아 있는 것은 고통이었다. 요가 동작을 하면서 느끼는 고통과는 차원이 달랐다. 눈으로 주위에 있는 사람들의 동작을 보면서 진행순서를 따라가는 요가는 끝을 안다. 명상은 눈을 감고 일어나는 현상을 자각하면서 바라보아야 하기 때문에 끝이 어디인지 시간이 얼마 남았는지를 알 수 없다. 고통이 더 크게 느껴진다. 도중에 끝낼 수도 없다. 계속 깨어있는 마음으로 보려고 노력했다. 눈을 감고 다리가 저려오는 통증을 느끼며 선생님의 멘트가 들릴 때까지 참고 기다려야 한다. 10분의 시간은 길게만 느껴졌다.

수업 진행에서 이론 수업을 줄이고 명상하는 시간을 조금씩 늘려 간다고 한다. 적응할 수 있는 시간을 가지는 것이다. 깨어있는 마음으로 바라볼 수만 있다면 힘들게 앉아 시간의 흐름에 고민할 필요가 없다. 진정한 나를 만나면 시간이라는 개념은 없다. 육체에서 오는 통증은 느껴지지도 않는다. 주위가 아무리 시끄러워도 들리지 않는다. 명상의 힘이다. 마음의 동굴에 들어가면 기쁜 감정을 느끼고 평온한 안식처가 되는 것을 알고 있다. 평온한 마음을 알기에 더 머물고 싶어진다. 바라보며 자각하는 시간을 늘려야 한다. 명상하는 이유다.

두 번째, 세 번째 수업이 진행될 때마다 스스로 '집중하자. 집중하자.'하면서 마음에게 알아차림 하라 했다. 조금씩 늘어나는 명상 시간에 적응이 되어 간다. 선생님이 하는 말에 집중하고 흐름에 따라서 가려 했다. 현상을 보고 느끼려고 하다 보면 짧은 집중력은 잡념을 억누르지 못한다. 잠깐 의식이 깨어 있다. 잡념에 사로잡혀 있다는 것을 알아차림 하고 나면 의식에 다시 집중하여 바라본다. 그런 과정을 몇 번씩 체험하게 된다. 더 깊은 명상을 체험하고 싶었다. 잠시 잠깐 하는 명상이라도 에너지를 느끼면 마음이 차분해진다.

선생님께 명상 집중도를 높이기 위한 방법이 없냐고 물었다. 진정한 나를 만나는 시간을 오래 가지고 싶다고 했다. 본인이 명상을 시작할 때 하는 방법이라며 말해 주었다. 걸음을 걸을 때마다 의식을 오른쪽 발을 뗄 때 '오른발' 왼쪽 발을 뗄 때 '왼발' 하며 마음속으로 바라보면서 걷기를 하라 한다. 평상시 걷는 것을 좋아하는 나에게 잘 맞을 듯했다. 집 앞에 있는 대공원은 운동을 오랜 시간 안전하게 할 수 있는 장소였다. 집을 나가는 순간부터 '오른발, 왼발' 하며 자각하려고 노력했다. 의식이 머무는 시간은 오래가지 않았다. 그럴 때면 마음속으로 큰 소리를 내며 걸었다. 집중해서 그런지 운동을 하는 시간은 힘들지 않고 짧게만 느껴졌다. 자각하고 걷는 순간은 구름 위를 걸어가는 것처럼 발걸음이 가볍고 마음이 편안하다. 1시간을 운동하든지 3시간을 운동하든지 힘들지 않다. 시간이 후딱 지나 있다. 반복과 꾸준함 그리고 노력이 단계를 높이는 유일한 방법이다. 생활 속의 명상이다. 시간 내어 가부좌로 앉은 자세로 명상을 하는 방법만 있는 것이 아니다. 생활 속 모든 행위에 집중하면 명상인 것이다.

사람들이 경험했던 일, 행동, 가졌던 생각, 감정들, 그리고 했던 말들이 깨어 있는 의식 상태에서 튀어 오르는 것이 잡념이다. 알아차림을 한다는 것은 감정과 잡념에 빠져 생각에 생각을 가지고 있다는 것을 아는 것이다. '생각이 올라왔네. 감정을 느끼네.'하고 그냥 보는 것이다. 흘러가는 길로 보내야 한다. 막혀 흘려보내지 못하면 잡념에 잡혀 놀고 있게 된다. 그 시간은 명상을 한 시간이 아니다. 명상은 온전히 깨어 있는 시간을 말한다.

신생아가 태어나 가지는 마음이 '진정한 나'가 아닐까 하는 생각이 든다. 자라면서 소리가 차츰 들리고 행동하고 말할 때 즉, 세상을 알아 가게 되는 시기에 겪고 있는 모든 것들이 마음의 때가 묻어가는 것으로 생각한다. 정화의 과정을 거치면서 성장을 해야 하는데 우리는 모르고 살아가는 것 같다. 명상이라는 지우개로 때를 한 번씩 지우고 벗겨 내줘야 한다. 백지처럼 깨끗한 마음의 상태로 돌려놓는다. 살다 보면 묻어지는 마음의 때를 명상으로 정화해 주자. 최고의 단계는 마음에 때가 묻지 않게 하는 것일 거다. 삶을 깨어있는 마음으로 가득하게 채우면 그렇게 될 것이라 본다. 해탈하면 삶 자체가 여여 하지 않을까? 그 과정까지 도달하기 위해 열심히 노력하고 마음공부를 하는 것이다.

대학원 시절 시험을 앞두고 도서관에서 온종일 책상에 앉아 공부에 몰입하고 있었다. 직장을 다니며 공부를 해야 하는 시기였다. 주말에 시간을 따로 내지 않으면 공부시간이 부족했다. 전문지식을 공부하는 것은 이해도를 높여야 한다. 많은 시간이 필요했다. 시험 한 달 전 주말은 온전히 공부에 집중하는 시간으로 채워야 했다. 점심 먹는 시간을 빼고는 책상에 궁둥이를 붙이고 앉아 있어야 한다. 싸움이 시작된다. 어둠이 짙게 내려앉은 밤이 되어야 집으로 가야 한다는 생각이 들 정도로 몰입했다. 머리는 멍하고 눈은 침침해서 앞에 있는 물건들이 흐릿하게 보였다. 짓누르는 어깨는 무겁고 목은 계속 숙이고 공부를 해서 뻐근했다. 온몸은 오랜 자세의 긴장감으로 통증이 있어도 급한 마음은 편히 쉬어 줄 여유가 없었다. 집에 가서 눕는 시간이 몸의 긴장감을 풀어주는 시간이었다. 도서관에서 계단을 내려와 주차장에 세워져 있는 차로 향해갔다. 빨리 집에 가서 쉬고 싶은 마음뿐이었다.

그 순간 카 스토프에 걸려 바닥에 넘어졌다. 얼굴이 바닥과 맞닿이는 순간

짜릿한 흥분의 희열이 느껴질 정도로 마음이 편안하고 가벼우면서 정신은 맑은 느낌으로 들어왔다. 내가 어디론가 사라지고 없는 아주 짧은 찰나였다. 흥분된 희열감이 지나가는 순간 시원하면서 아픔과 통증이 다가왔다. 짧은 순간 어떻게 감정이 교차하며 느낄 수 있었는지 의문스럽기만 했다. 얼굴이 쓰리면서 아팠다. 넘어지면서 손이 먼저 나와서 받쳐줘야 하는데 호주머니에 들어 있던 손은 무거운 머리보다 한발 늦게 땅을 짚었다. 얼굴을 시멘트 바닥에 그대로 맞닿게 되었다. 작은 알맹이들이 얼굴 볼에 박혀 있었고 피가 나면서 흐르기 시작했다. 머리가 찌릿할 정도로 아픔에 눈물이 '핑' 돌았다. 창피한 것보다는 아픔이 우선이었다.

순간 느낀 현상을 선생님께 말했더니, 몽롱한 상태에서 맞이하거나 죽음을 눈앞에 두었을 때 느끼는 희열이라고 했다. 짧은 찰나에 느낀 것이 내 안에 있는 '참 자아'였던 것인가? 뒷날 회사에 출근하니 볼 짝에 크게 붙어 있는 밴드를 보고 사람들은 놀란 듯이 눈을 크게 뜨고 한마디씩 했다.

"어제 한 잔 마시고 얼굴을 갈았네. 얼마나 마셨기에 그래요?" 하면서 웃으며 말했다.

"많이 마셔서 넘어졌어요." 시시콜콜 말하고 싶지 않았다. 오히려 진짜 경험한 일을 말하면 바보가 될 것 같다는 생각이 들었다.

의식하지 않았고 부끄럽지 않았다. 나에게 진실하면 된다. 서서히 시간이 지날수록 흔적 없이 상처는 깨끗하게 아물었다. 진정한 명상은 온전히 깨어 있는 마음으로 나를 바라보는 것이라 한다. 진정한 마음의 동굴을 보려 집중하지 않아도 떠오르는 생각들을 하나씩 지나가는 길로 보내고 나면 자연스럽게 보여진다고 한다. 잡념을 부여잡지 않으면 되는 것이다. 마음에 걸려 있는 생각들을 치유하는 것부터 집중해야겠다.

하루 20분

　명상은 마음의 동굴이다. 영혼의 동굴로 들어가는 문이다. 명상을 시작하고 마음 다스리는 법을 알게 되었다. 꾸준한 명상은 나도 모르는 사이에 성품을 변화시켰다. 스펀지에 물이 스며들 듯이 천천히 변화한 성품은 시간이 지나면서 의식 속에 자리를 잡았다. 충만함 속에서 평화로움이 생겼고 가식이 없어지고 진솔함이 나왔다. 오로지 개인적으로 겪은 것, 본 것, 느낀 것을 말한다. 사람마다 명상 체험이 다르다고 한다. 체험한 현상을 나답게 표현한 것이다. 혁명의 시작점이 되었다.

　꾸준히 하는 명상은 하루 5시간 ~ 5시간 30분의 잠을 깊이 자게 한다. 처음부터 그런 건 아니다. 20대~30대에는 잠이 많았다. 잠을 충분히 잤다고 생각했는데도 부족했다. '잠보'라는 별명을 가질 정도였다. 온종일 잠만 자는 날도 있었다. 밤에 잠을 자야 하는 시간을 놓치거나, 충분히 잠을 깊이 자지 못하면 뒷날은 끔찍이도 힘든 하루였다. 밤을 지새운다는 것은 상상할 수 없는 일이다. 명상을 알고 시작하면서 생활 방식과 습관이 바뀌고 있다. 잠을 조절할 힘이 생겼다. 어느 순간부터 나이가 들면서 자연적인 현상이라고 생각했다. 친구나 주위 사람에게 물어보니 사람마다 달랐다. 한 친구는 잠이 늘었다고 한다. 예전에는 잠을 잘 때 뒤척이며 힘들게 잠자리에 들곤 했는데 지금은 베개에 머리만 닿으면 잔다고 말한다.

명상하고 부터는 정해진 시간에 취침하려고 했다. 되도록 밤 12시를 넘기지 않으려 한다. 고등학생 딸아이가 학교에서 야자를 하고 집에 들어오는 시간은 밤 10시 반이다. 주중에 학원을 가야 할 때는 자정이 되어 집에 온다. 정신은 긴장을 유지하려 하고 내려오는 눈꺼풀은 무거운 느낌이다. 힘들게 공부하고 오는 딸아이에게 미안해서 먼저 잠을 잘 수가 없다. 부모가 자고 있으면 실망해서 힘이 빠질 것 같은 생각이 들었다. 마치고 돌아오는 길에는 어김없이 딸아이는 전화한다. 확인이라도 하는 것처럼 말이다. 견디기 힘든 날에는 남편에게 미룬다. 둘이서 번갈아 가며 기다린다. 딸아이가 오면 서로 눈도장을 찍고 잠자리에 든다. 고요함 속에서 잠을 깊이 잔다.

새벽 5시가 되면 휴대폰 알람 소리에 정신이 알아차림 한다.

정신을 가다듬고 잠을 깨우기 위해 몸을 '찰싹찰싹' 자극한다. 머리부터 발끝까지 하나하나 근육들을 깨운다. 눈을 반쯤 뜨고 몸을 일으켜 화장실로 향한다. 의식을 차리기 위해 행하는 일은 양치질이다. 명상하기 전 '정화를 시킨다.' 라는 의미에서 나름 정한 것이다. 세안하고 나면 정신이 맑음이다. 전기 포트에 물을 끓이고, 원형의 딱딱한 보이차(병차)를 조금 떼어서 티 포트에 넣는다. 물을 부어 처음 우려낸 차는 버린다. 보이차는 오랫동안 발효를 시킨 차다. 먼지나 이물질을 제거하고 맛과 향을 순하게 해주는 과정이다.

뜨겁게 한 모금 마시는 첫차는 식도를 타고 내려가면서 오장육부를 깨우듯 편안하게 정신을 맑게 해준다. 온몸에 온기가 전해지는 순간 '나 이제 준비가 되었소' 하고 몸이 신호를 준다. 목 넘김이 편안함을 준다. 새벽에 마시는 보이차 맛은 하루 중에 가장 맛이 있다.

몸의 온기를 불어넣고 요가 매트 위에 서서 마음과 정신을 가다듬는다. 7년을 같이 하는 나의 짝지 요가 매트는 나의 기운이 머무는 곳이다. 요가 매트는 오로지 나의 손길에만 머물게 해야 한다. 요가와 명상을 할 때만 펼쳐진다. 가족들이 밟고 지나가는 것도 안 되며, 타인의 손에 펼쳐지는 것도 안 된다. 매트에 머무는 기운과 하나가 된다는 편안함이 집중을 준다.

잡념이 올라오지 않게 아랫배에 힘을 주고 바른 자세로 잠시 눈을 감고 있다. '이 순간만큼은 행위에 집중하자.'는 마음을 낸다. 세 번의 횡격막 호흡으로 들숨 날숨에 집중한다. 호흡에 오로지 몸을 맡긴다. 숨을 들이마시면서 두 팔을 위로 쭉 뻗어 손바닥을 붙인다. 숨을 내 쉬면서 엉덩이가 하늘을 쳐다보게 다리에 힘을 주고 상체는 쭉 뻗어 고관절을 움직여 발 옆으로 손을 내려 놓는다. 폴더 휴대폰 접은 모양처럼 된다. 수리야 나마스카라 A동작으로 사상가사나 세 번, 아두무카 두 번을 해서 다섯 번 천천히 한다. 호흡으로 몸을 움직이면 몸이 가볍게 느껴진다. 깊이 있는 명상을 하기 위해 집중을 시키는 것이다.

다섯 번을 마치고 나면 몸에서 열이 난다. 열이 몸에서 나가지 않게 따뜻하게 옷으로 감싸준다. 부교감 신경이 활발해져서 명상을 하다 보면 몸의 온도가 내려가 추위를 느낀다고 한다. 양말을 신고 두꺼운 옷으로 몸이 춥지 않게 한다. 선생님은 명상할 때에만 입는 옷을 따로 정해 놓으라고 한다. 옷에 머물러 있는 기운이 집중에 도움을 주기 때문이라고 했다.

명상 방석 위에 가부좌로 앉아 허리를 쭉 펴고 어깨는 힘을 빼고 떨군다. 배는 말랑말랑하게 부드럽게 힘을 빼고 어깨와 목을 가볍게 의식은 바닥에 맞닿은 곳 아래쪽에 둔다. 호흡에 집중하면서 들숨의 끝과 날숨의 끝을 바라보라고 한다. 끊어짐 없이 숨을 연결해야 한다. 자각하고 있어야 알 수가 있다.

사람은 태어나면서 날숨으로, 날숨과 들숨 사이의 작은 멈춤이 삶, 들숨을 끝으로 죽음이라 한다. 그렇다면 우리는 너무나 짧은 삶을 살고 있다. 나 라는 존재는 더없이 소중하고 고귀하다.

호흡에 집중하면서 코끝에 의식을 두고 한 점을 바라보아야 한다. 깨어 있어야 한다. 영혼의 동굴로 들어가는 통로를 보는 것이다. 집중에 집중을 더한다. 호흡은 자연스럽게 들숨, 날숨을 해야 한다. 두 눈을 감고 한 곳을 바라보고 있으면 현상들이 일어나기 시작한다. 나타나는 현상들은 사람마다 다르다고 한다. 알지 못하는 얼굴들이 선명하게 나타났다가 사라지기를 반복한다. 잠시 잠깐 졸았다. 아주 짧은 순간이었다. 알아차림으로 다시 자각하며 정신을 가다듬는다. 짧은 찰나에 순간 이동한 것처럼 마음의 동굴 안으로 들어와 있다. 정신이 맑아지면서 황홀한 기분이 든다. 등에서 끌어당기는 에너지의 힘을 느낀다. 내가 인위적으로 자세를 세우는 게 아니라 에너지가 자세를 유지 시켜준다. 내 육체의 움직임은 느껴지지 않는다. 마음으로, 생각으로 느껴질 뿐이다. 끌려가는 듯한 느낌은 부드럽다. 의식에서 내가 관여할 수 있는 것이 아니다. 에너지가 나를 깨우고 영혼의 동굴로 '탁' 안착시킨 것이다.

나만의 공간이다. 내 안의 나인 것이다. 조용하고 고요하다. 그 속으로 들어가면 정신이 맑아지고 아무것도 들리지 않게 귀를 닫아준다. 오로지 공간에 집중이 되게 바라보게 한다. 공간에서만 머물게 해준다. 나의 에너지를 마음으로 볼 수 있고 강한 빛의 움직임을 느낄수 있다. 사라진다. 여러 색깔이 보이기도 하고 어떤 모양을 가지고 있는 형태도 보인다. 집중하다가 불쑥 잡념이 생긴다. 의도하지 않은 생각이 튀어나온다. 생각에 따라가지 않고 바라보고 있어야 한다. 잡념과 놀기 시작하면 육체의 통증이 느껴지고 주위에 있는 소리가 들리기 시작한다. 집중되지 않고 흐름이 깨어진다. 빨리 눈을 뜨고 싶다는 생각이 든다. 다리 저림은 고통으로 느껴지고 앉아 있는 자세가 불편하게 느껴진다.

현상들은 명상할 때마다 다른 것 같다. 잠시 만나는 내 안의 세계는 넓고 깊어서 경이롭다. 깊게 따라 내려가는 것을 바라볼 때는 깜짝깜짝 놀라게 한다. 오늘보다 나은 내일의 시간에 침묵의 세계에서 더 머물고 싶기 때문에 명상을 하는가 보다. 내안의 공간은 한계가 없이 넓고 넓어 무한한 곳이다.

새벽에 하는 20분의 명상. 명상의 단계가 높은 사람이든 초보자이든 꾸준히 한다는 것이 중요하다. 꾸준하게 하지 못했던 나는 계속 초보자인 것이다. 단계를 오르지 못하는 것도 꾸준함을 유지 못하기 때문이다.

하루 20분의 명상은 아침의 출발이다. 마음을 정리해주고 하루를 시작하게 하는 에너지이다. 잡념으로 가득했던 마음이 비워지고 원래의 마음으로 돌아가게 하는 것 같다. 정신은 맑아지면서 마음이 밝게 비치고 편안하며 성스럽다. 집중하는 시간이 빨라지고 이해심이 늘어나는 것 같다. 기쁨과 희열을 느끼게 하는 명상.

참 자아의 세계로 들어가 깨어있는 바라봄이 생기면 시간 가는 줄 모른다. 자꾸 찾아가고 싶고 만나고 싶어진다. 명상이 깊어지면 경험해보지 못한 현상들이 나타난다. 현상들에 이끌리면 안 된다고 한다. 현상들은 지나가는 것이기 때문에 길을 열어주고 바라보는 것이라 한다. 잘못 받아들이게 되면 이상한 길로 가게 된다고 하니 그래서 올바른 스승이 중요하다고 말한다. 하루를 꽉 채우게 하는 마음가짐이 생긴다. 참 자아는 깨어 있게 한다. 몸과 마음을 정화 시키는 하루 20분은 소중하다.

따뜻한 마음을 만나다

남편이 가입하고 있는 단체에서 봉사 활동을 하러 갔다. 모임 단체는 해외, 국내에서 봉사 활동을 하고 있다. 매번 실시하는 봉사 활동과는 사뭇 달랐다. 이번 기회가 아니면 언제 가 볼지 모른다는 생각이 들었다. 남편과 함께 신청했다. 부부동반으로 신청한 봉사 활동은 생각보다 많이 참석하였다.

태연 학교 봉사 활동이었다. 정신지체 특수학교이다. 학생들이 장애를 이겨낼 수 있게 교육으로 자립심을 키워 준다. 다양한 체험을 통해 사회적응 활동과 인성교육에 중점을 두고 있는 학교이다.

나를 사랑하고 남을 사랑할 수 있는 마음이 없었다면 태연 학교에는 가지 못했을 것이다. 가 보고 싶었지만, 마음에서 받아들이기 힘든 일이 있었다. 예전 같으면 정신적 장애를 가진 사람 가까이 가지도 못하고 쳐다보는 것도 힘들었을 것이다. 장애인들에 대한 경계심이 심했다.

초등학교 시절 6년과 중학교 3년을 같이 다닌 정신지체 장애우가 있었다. 그 아이 이름은 아직도 생생하게 기억이 난다. '오진영'이다. '용강'이라는 산 중턱에 있는 작은 마을에 사는 아이였다. 집에서 학교까지 1시간을 걸어서 내려와야 하는 곳에 살았다. 보자기에 책을 싸서 봇짐을 어깨에 메고 다녔다. 키는 멀대 같이 컸고 왜소한 몸에 잘 생긴 미남이었다. 그 친구 자리는 항상 뒷자리였다. 나도 청소년기에는 키가 커서 뒤쪽 자리 위주로 앉았다. 진영이가 있는 주변이 내 자리이다. 시골에 있는 학교는 2학급뿐이다. 같은 반이 되는 게 너무 끔찍하고 싫었다. 그러나 확률은 반이었다. 언제나 웃음은 해맑았다. 너덜너덜한 낡은 옷은 중간에 다른 천으로 바느질이 되어 있었다. 몸에서 풍기는 냄새는 더욱 멀어지게 만들고 옆에 가지도 못한다.

갑자기 수업시간에 간질을 일으키는 진영이는 친구들을 놀라게 했다. 가슴이 철렁 내려앉으면서 온몸에 힘이 빠졌다. 입에서 나오는 이물질을 내뱉으며 몸을 흔들며 쓰러져 누워 있다. 냄새가 반에 순식간에 퍼지고 손으로 코를 막으면서 헛구역질을 했다. 머리가 무겁고 가슴이 답답해져 온다. 선생님은 수업시간에 창문을 다 열라고 고함지른다. 반 친구들은 웅성웅성하며 진영이 주위를 둘러싸고 있다. 선생님은 혹시나 이물질 때문에 진영이 숨을 못 쉴까 봐 얼굴을 옆으로 돌려놓는다. 학기 내에 이런 현상들이 종종 있었다.

이유 없이 친구들을 때리기도 한다. 폭력을 할 정도가 아니고 가볍게 치는 정도이다. 좋다는 표현이 아니었을까 생각해 본다. 나를 괴롭히거나 무섭게 위협을 하지 않는데도 두려운 존재였다. 옆에 다가오는 것조차 무서웠다. 사람을 뚫어지게 쳐다보는 눈빛조차도 싫었다. 친구들과 정신없이 놀고 있을 때 진영이가 나타나면 피하고 본다. 잡으러 뛰어오면 '걸음아 나 살려라'하면서 도망쳐서 숨어버린다. 진영이는 좋다고 웃으면서 친구들을 따라 다닌다. 학교에 못

오는 날이면 편하고 좋았다.

진영이가 말하는 것을 보지 못했다. 잘 들을 수 있는 것도 아니었다. 얼굴에 감정 표현은 할 수 있었다. 어릴 적 남자 친구들이 진영이를 놀리거나 때리면 울고 짜증을 냈다. 신체적으로 장애를 가진 친구는 아니다. 정신지체 장애인이다.

학교에 자주 오지는 못했다. 진영이에게 학교는 교육을 받기 위해 오는 곳이 아니었다. 시험을 치지도 않았다. 졸업할 수도 없었다. 진영이가 오고 싶으면 오는 곳이다. 나와 9년이라는 시간을 같이 학교생활을 하면서 보냈다. 안 좋은 추억을 간직하게 만들어 준 친구이기도 하지만 그래도 우리는 친구였다.

신체적, 정신적 장애를 가진 친구를 보면 피하고 돌아서 가곤 한다. 눈도 마주치지 않고 곁눈질을 하면서 혹시나 위협하지는 않을까 생각하고 무덤덤한 척 지나간다. 마음속은 초긴장 상태이면서 얼굴은 표 나지 않게 표정 관리 한다. 두려움에 대한 경계이다.

진영이가 나를 만지기라도 하면 온 몸에 소름 돋듯이 긴장감을 주었다. 가까이하기에는 너무 먼 당신이었다. 무섭고 두려운 존재로 나에게 확실하게 각인을 시켜주었다. 진영이는 지금 나와 다른 차원의 세상에서 편히 쉬고 있다. 영혼의 자유로움을 느꼈으면 한다.

정신지체 장애인 봉사 활동은 자연스럽게 마음 작용이 일어났다. 수련을 통해 마음이 넓어지고 한결 부드러워진 모양이다. 가고 싶었다. 부딪혀 보고 싶은 마음이 강했다.

산속을 굽이굽이 한 참이나 들어가서 만난 태연 학교. 가는 길은 쉬운 게 아니었다. 태풍이 지나간 지 며칠이 되지 않아 찾아갔다. 가는 길은 좁고 오르락내리락 스릴감을 주었고 낭떠러지가 곳곳에 있어 위험했다. 길가에는 나무들이 뿌리가 뽑혀 길을 막고 있었다. 쓰레기들은 군데군데 군집을 이루고 있었고 작은 산사태들로 인해 크고 작은 돌멩이들이 길을 장악하고 있었다. 길옆 계곡에는 많은 비로 물살들이 무겁고 힘차게 내려가고 있어 긴장을 놓을 수가 없다. 조수석에 앉은 나는 '천천히 조심히 가'라고 하면서 다리에 힘을 주고 있었다.

산을 둘러싸고 있는 아담한 태연 학교를 보는 순간 '다 왔구나!'하는 안도감이 들었다. 각자 차를 가지고 왔기 때문에 태연 학교에서 봉사자 얼굴을 볼 수 있었다. 오래간만에 뵙는 분들이 많았다. 서로 안부 인사를 나누고 웃으며 반겨주었다.

학교 측에서 인도해 주실 선생님이 왔다. 선생님이 풍기는 이미지는 태연 학교 선생님답게 너그러움이 있어 보이고 고우시며 편안하게 보였다. 학교 설명을 자세히 이야기해 주었고, 봉사자들이 해야 하는 일과 주의 사항을 알려주었다. 3~4명이 한 팀씩 조 구성을 해주었다. 팀마다 해야 할 일을 정해준 다음 해당하는 장소로 찾아가라고 한다. 작은 학교라서 금방 알 수 있었다. 남편 친구네 부부와 내가 한 팀이 되었다. 우리의 미션은 장애인들과 같이 산책로를 돌면서 운동을 시키는 일이었다.

311호 방에 들어갔다. 그 방안에는 여자 담당 선생님들과 6명의 정신지체 장애인들이 옹기종기 모여 앉아 텔레비전을 보고 있었다. 남녀 혼합 방이었다. 가운데 거실을 두고 큰방이 2개가 있었다. 현관을 지나 들어가는 순간 오줌에 절인 냄새와 몸에서 나는 향기롭지 못한 냄새가 났다. 참아야 한다. 계속 마음속으로 '괜찮아, 괜찮아' 마음을 안정시켰다. 표정 관리를 하려고 노력했다. 이름표를 목에 걸고 있는 장애인들은 우리를 기다리고 있었다. 나보다 어린 장애인, 나이가 많이 든 장애인이 섞여 있었다. 우리는 이른 시간 안에 친해지려고 이름을 부르며 "반갑습니다." 인사를 했다.

그런 사이 20대 초반으로 보이는 여자 한 명이 들어왔다. 담당 선생님은 "경애 씨, 인사해. 오늘 봉사해 주러 오신 분들이야."라고 소개를 한다. 경애 씨는 고개만 까딱거렸다. 큰 이름표를 목에 걸고 있었다. '정 경 애'라고 쓰여 있었다. 선생님은 경애 씨 자랑을 하기 시작했다. 정신지체 장애인이긴 하지만 사무 능력과 인지 능력이 뛰어나다고 한다. 조만간 사회활동을 하기 위해 취직을 준비하고 있다 한다. 컴퓨터를 잘 다루어서 서류 만드는 일을 사무실에서 돕고 있다고 했다. 선생님은 경애 씨를 보며 말했다.

"경애 씨, 산책로에 같이 갔다 와. 사람들 안내 부탁할게."

고개를 끄떡했다. 선생님은 경애 씨를 내 짝지로 정해 주었다. 멀리 떨어져 있다가 내 옆으로 다가왔다. 경애 씨 얼굴을 보며 인사를 했다. "잘 부탁해요." 말했다. 고개를 드는 순간 경애 씨와 눈이 마주쳤다. 두 눈은 짝짝이였다. 신체에 장애도 있었다. 한쪽 눈은 작았고 한쪽 눈은 엄청 큰 왕눈이다. 얼굴은 비대칭이고 인상은 조금 무서운 편이었다. 키는 162cm 정도 되는 뚱뚱한 몸매를 가진 23살 아가씨였다. 두렵지는 않았다. 나는 덥석 경애 씨와 손을 잡았다. 싫지 않은 듯 내 손을 잡아 주었다.

산책로는 잘 정돈되어 있었다. 비탈진 산책길 올라가는 시작점에 '해먹'이 소나무와 소나무 사이에 걸어져 있었다. 나는 경애 씨 손을 뿌리치고 누웠다. 편안하고 좋았다. 소나무 잎 사이로 비치는 하늘은 높고 맑았다. 솔내음 냄새가 편안하고 상쾌함을 더해 주었다. 맑은 공기와 신선함이 느껴지는 산속은 기분을 들뜨게 했다. 경애 씨는 장난기가 발동했다. 힘차게 나를 밀기 시작했다. 처음에는 가슴이 '철렁' 할 정도로 놀라워했다. 그런 나를 보며 재미있는지 연신 '해먹'을 세게 밀었다. 온몸이 짜릿하게 무서웠다. 같이 간 남편 친구 부부와 옆에 서 있는 다른 장애인들도 장난치는 모습을 보고 재미있어했다. 경애 씨도 잇몸이 보이게 밝게 웃는 모습이 좋았다. 우리는 동심으로 돌아간 듯 기분이 상승하여 있었다. 철부지 아이처럼 신나게 웃었다.

오르막 오솔길 옆으로 신기한 나무들과 열매들이 많았다. 무성해 보이지는 않았다. 사람의 손길이 닿았다는 정갈함을 주었다. 땅을 비집고 올라와 고개를 빼곡히 내민 버섯들은 만지고 싶어질 정도로 앙증맞으며 귀여웠다. 가까이 다가 가서 자세히 보려고 하는 순간이었다.

경애 씨는 "만지면 안 돼! 독이 있어"라고 나를 잡아당겼다. 경애 씨를 '툭' 치며 "말할 수 있네. 잘 하네"하고 놀라워했다. 경애 씨는 말문이 열렸다. 내가 어느 정도 친숙해지고 편안해졌다는 것이다. 경애 씨는 말을 계속했다. 아는 것도 많았다. 책을 많이 읽는다고 한다. 선입견을 버리고 바라본 경애 씨는 지식도 풍부했고 정신지체 장애를 가지고 있는 그 어떤 사람들보다 박식했다. 산속에 있는 나무에 대해서 많은 이야기를 했고 물어보면 척척 대답해 주었다. 산책길이 짧게 느껴질 정도로 우리는 서로 이야기를 나누었다. 생긴 모습은 다르게 보이지만 마음은 따뜻하고 해맑았다. 순수함이 보였다.

가족 이야기를 자연스럽게 했다. 아버지 이야기를 많이 했다. 굽이진 산길을 1시간 정도 내려가면 집이라고 한다. 경애씨가 다니는 학교 근처에 부모님이 살고 있었다. 일주일에 한 번씩 아버지를 만나러 내려간다고 한다. 목에 걸고 있는 휴대폰을 만지작거리며 기다리고 있는 눈치처럼 보였다. 아버지가 전화해야 받을 수 있다고 한다. 아버지와 둘이 산다고 한다. 물어보지 않았는데도 경애 씨는 속마음을 비추어 주었다. 들어주는 것만으로 경애 씨에게 위로가 될 거라는 생각이 들었다. 대화에 집중했다. 경애 씨는 좋은 듯 내 주위를 떠나지 않았다.

시간 가는 줄 모르고 우리는 이야기하고 웃으며 놀았다. 운동장 바깥쪽에 세워져 있는 나무 그네를 발견했다. 나는 뛰어가서 그네에 앉았다. 커플이 앉을 수 있는 나지막한 그네였다. 두 다리로 밀며 그네에 몸을 맡겼다. 내가 한번 밀면 경애 씨가 한 번 밀고 둘이서 번갈아 가며 밀었다. 장난을 좋아하는 경애 씨는 내려서 그네를 세게 밀어주었다. 신나해 하는 내 모습을 보고 경애씨는 좋아했다. 흐뭇한 표정이었다.

도착해서 헤어지는 순간까지 태안학교에 마음을 두었다. 같이한 4시간은 후딱 지나갔다. 예전의 경애 씨 나이만큼 돌아가 있는 듯 설레고 청순한 마음이었다. 경애 씨를 통해 마음의 안정이 생겼다. 마주하기 힘들었던 장애인에 대한 편견이 깨지고 있었다. 경애씨를 통해 자연스럽게 마음의 문이 열린것 같다.

도움을 주기 위해 태연 학교에 간 것이 아니라, 오히려 경애 씨한테서 많은 용기를 얻어오는 것 같았다. 더욱더 열심히 살아야겠다는 마음이다. 이 순간까지 감사해야 한다는 마음이다. 잠시 되돌아볼 수 있는 시간이었다. 진심, 사랑으로 사람의 마음을 본다면 이해하지 못할 것이 없는 것 같다. 눈을 감고 고요한 나의 마음을 본다. 감사함과 사랑으로 충만 된 마음으로 다시 일상으로 복귀하러 간다.

나를 깨운 시간

2015년 10월 말에 권고사직을 받았다. 10년을 다닌 회사에서 갑작스러운 통보였다. 생각하지도 않았던 일에 막막했다. 화학 공단의 작은 프로젝트를 혼자 수행하고 있었다. 화학 공단에서는 외부 업체 여사원들을 금지하는 회사가 많았다. 공장 안 현장에 들어가 확인을 하고 도면을 스케치해야 한다. 언제든지 위험한 상황이 생길 수 있는 공장 안이다. 그래서 업체 여사원들이 들어오는 것을 부담스러워 한다. 화학 공단의 설계를 하는 여사원을 점점 줄이고 있는 상황이었다. 업무가 어느 정도 마무리될 때쯤 거제도 ○○중공업 프로젝트 업무를 해야 한다고 상무님은 말했다. 중공업 쪽의 설계일은 현장을 가지 않아도 되는 장점이 있었다. 중공업 업무 일에 많은 경험은 없었지만, 회사에서 내린 결정을 받아들여야 했다. 'PDMS' 라는 3D 프로그램을 사용하는 설계 업무이다. 2D 프로그램 설계 업무만 했던 나로서는 상당한 부담이었지만 이번 기회로 3D 프로그램을 배울 수 있는 시간이라고 생각하니 업무 수행하기가 훨씬 편했다. 거제도 지사를 포함해서 업무수행을 하기 위해 조직된 인원이 20명이 넘었다. 먼 거리에 있는 우리는 랜 선을 이용해서 거제도 사무실에 가지 않아도 업무를 하는 데는 무리가 없었다.

울산 본사 사무실에서 별도로 여사원 4명 남자 사원 1명이 구성되었다. 나를 포함한 여사원 3명은 오랫동안 설계업무를 했던 직원이었고, 남자사원 1명과 여사원 1명은 초보로서 배관 서포트 작업 업무를 했다. 1년 6개월 스케줄 진행 업무였다. 어느 정도 마무리가 될 때 쯤, 삼성중공업 업무를 끝으로 회사 업무 종결을 하라고 한다. 중공업 관련 업무 진행을 하고 있는 직원들에게 내려진 회사 통보였다.

우리나라 중공업 3사 회사들의 위기가 시작되었다. 수주 계약이 확 줄어들면서 회사들은 살기 위해 정리해고가 필요했다. 정식 직원들에게 명예퇴직을 받기 시작했다. 내가 다니고 있던 회사는 화학 공단과 중공업 협력 업체였다. 피할 수 없는 일이었다. 회사에서 내린 결정은 중공업 업무를 진행하고 있는 직원들을 권고 사직하는 것이었다. 거제도 지사 직원들을 포함 40명이 회사를 떠나게 되었다. 현실을 받아들여야 한다는 것은 알지만, 10년을 다닌 회사를 떠나야 한다는 생각에 마음이 울적했다. 자발적인 퇴사가 아니라 떠밀려서 나가는 회사는 더욱 미련을 남기게 만드는 것 같았다. 정든 동료들을 만날 수 없다는 것과 익숙해져 있는 업무, 회사 분위기들을 마음에서 보내야 하는 것은 시간이 필요했다. 별도로 구성된 울산 팀은 협상을 했다. 사장님은 노고에 대한 보상을 섭섭하지 않게 해줬다. 준비할 시간도 주지 않은 한달 반 시간이었다.

나와 같이 중공업 설계 업무를 하고 있던 여사원들이 모두 권고사직을 받았다. '무엇을 해야 할지? 어떻게 해야 할지?' 고민이었다. 고개를 떨구고 힘없이 출근하는 모습을 보고 이사님은 한마디 위로의 말처럼 "여기 나가도 들어갈 수 있는 회사들 많아요. 너무 걱정하지 마시고, 그동안 수고했으니깐 좀 쉬세요. 안되면 내가 알아봐 줄게요."

"예, 감사합니다. 쉬면서 생각해 봐야겠습니다." 애써 웃으며 말했다.

이사님은 회사 들어온 지 얼마 되지 않았다. 다니던 회사가 정리되면서 한동안 쉬는 시간을 가져야 했다. 실력이 있는 분이어서 고민 끝에 들어온 회사다. 누구보다 나의 심정을 잘 알고 이해할 수 있는 사람이었다.

회사를 그만둔 뒷날부터 한 팀을 이루고 있던 우리는 매일 같이 만났다. 허전한 마음을 서로 달래주기 위해서다. 모두가 마음이 안정되지 않고 우울했다. 바닷가에 있는 카페에서 시간 가는 줄 모르고 서로의 생각에 '멍' 때리는 경우가 많았다. 그렇게 마음잡지 못하고 보낸 한 달의 시간이었다.

우연히 딸아이 친구 아빠를 만났다. 필리핀에서 어학원 캠프를 운영하고 있는 원장님이다. 아들과 딸이 겨울 방학 때 원장님이 운영하는 캠프에 다녀왔었다.

중학교 다닐 때 딸아이 친구가

"방학 때 나와 같이 필리핀 갈래. 아빠가 운영하는 캠프가 있는데. 같이 가자." 말 한 것이 인연이 되었다. 우리 집 근처 5분 거리에 살고 있다. 필리핀과 한국을 왔다갔다 한다. 집 근처 카페에서 커피를 한잔 마시며 그동안 있었던 이야기를 나누었다. 본인도 겪었다는 것이다. 현지 어학원을 운영하게 된 것도 그런 계기로 시작한 것이라고 말한다.

"아무 생각하지 마시고 그냥 오셔서 며칠만 쉬고 가세요. 쉬시면서 앞으로 계획도 생각해 보세요. 이번 겨울방학 캠프에 학부모님도 몇 분 오시니깐, 심심하지는 않으실 겁니다. 비행기 표만 끊어서 오세요." 편안하게 말해주셨다.

"감사합니다. 원장님! 그렇게 해도 될까요? 일단 남편과 의논해 볼게요."

혼자 필리핀을 간다는 건 있을 수 없는 일이다. 남편이 허락해 줄 일이 아니건 분명하다. 딸아이를 설득시키기 시작했다. 안 가고 싶다는 딸아이는 협상이 들어왔다.

"엄마, 그럼 딱 2주 만 그것도 영어 공부 안 하고 놀다가 오는 것만 하자. 그럼 갈게. 나! 공부하기 싫어. 생각해 봐!" 딸아이는 확고했다.

나의 마음은 어떻게 해서든 딸아이를 데리고 떠나야 한다. 가족들을 챙겨야 하는 부담감에서 벗어나 혼자만의 시간을 가지고 싶은 것이 솔직한 심정이었다. 어떤 삶으로 살아가야 할지를 충분히 생각하고 싶었다. 충전의 시간이 필요할 때였다. 남편 입장에서는 딸아이와 같이 가면 안정적이고 마음이 편할 것이다. 남편은 결혼해서 쉬어보지도 못하고 육아에 직장 다닌다고 수고했다면서 이번 기회에 좀 쉬라고 허락해 주었다. 딸아이와 같이 가는 조건이었다. 어떻게 해서든 협상을 해야 했다.

"그럼! 2주 만 공부하고 2주 정도는 쉬다 오자. 맛있는 것도 먹고 구경도 다니고 하면 되겠다."

"그럼! 딱 한 달이다. 더는 안 돼. 딴소리하기 없기다." 딸아이는 말한다.

"응. 알았어. 그럼 간다고 원장님께 말할게."라고 가는 거로 확답을 받았다.

사실 나는 한 달 반의 일정을 잡고 떠났다. 우리의 협상은 일단 그렇게 맺었다. 그냥 쉬러 가기에는 부담이 컸다. 마음이 편하지가 않았다. 고민 끝에 이번 기회에 가서 어학연수를 딸아이와 같이 받는 것이 좋을 것 같았다. 그렇게 떠난 짧은 어학연수 길이다. 잠깐이지만 온전히 나를 위한 시간을 가질 수 있다는 생각에 충분히 즐기고 싶었다.

원장님한테는 일찍이 말해 두었다. 딸아이와는 각 방을 사용하게 해달라고 했다. 딸아이는 친구와 같은 방에서 지낼 것이라고 말했다. 고민하지 않아도 해결되는 문제였다.

2015년 12월 26일 저녁 8시 35분 필리핀 항공에 몸을 싣고 마닐라로 딸과 함께 떠났다. 마닐라에서 1시간 반 정도 위쪽으로 가야 하는 '따가이 따이'라는 지역이다. 한국 엄마들과 아이들이 어학연수를 많이 오는 곳이고, 다른 지역보다는 안전한 곳이라고 한다. 한국과는 1시간 시차다. 숙소에 도착한 시간은 필리핀 시각으로 새벽 2시였다. 화려했던 마닐라의 밤거리보다는 갈수록 거리는 한산하고 낙후되어 보이는 변두리 느낌을 주었다. 숙소에 도착해 방을 배정받았다. 딸아이 방은 4명이 같이 사용하였다. 딸, 딸아이 친구(원장 딸), 원장 처조카, 처형이 룸메이트가 되었다. 나는 2주 정도는 같이 간 조카와 같은 방을 사용했다. 2주 이후에는 혼자 생활을 하게 되었다.

어학원에 도착해 보니 아이들을 돌보기 위해 4명의 엄마가 있었다. 공부하기 위해서 온 것이 아니라 아이들을 돌보기 위해서이다. 심심하지는 않을 것 같았다. 새벽에 동생은 우리가 도착했단 소리를 듣고 얼굴을 보러 나왔다. 서로의 안부를 확인하고 아침에 다시 만나자 했다. 나보다 2개월 먼저 와서 공부하고 있는 친한 동생네 가족들이다. 원장님한테 내가 소개해서 왔기 때문에 신경이 쓰였다. 유치원생 딸, 4살 된 아들을 데리고 왔었다. 4살 된 아들은 따로 보모를 구해 돌보고 있었다. 다행스럽게 동생과 아이들은 낯선 환경에 적응을 잘하고 있었다. 어렵게 결정해서 온 시간인 만큼 서로 열심히 하고 돌아가자 했다.

배정받은 방으로 짐을 옮겨 대충 정리하고 씻고 자려니 잠이 오지를 않았다. 낯선 환경에 몸이 반응하는 것 같았다. 이리저리 뒤척이다가 겨우 잠이 들었다. 새벽 5시쯤 주변에서 닭 우는 소리는 잠을 잘 수 없을 정도로 아침을 알렸다. 잠이 오지 않아 눈을 감고 침대에 누워 잠시 생각에 들었다. 숙소 안의 주위 환경이 궁금해졌다. 조카에게 방해되지 않게 조심스럽게 방을 나와 혼자 산책길을 나섰다.

필리핀의 첫 아침을 맞이했다. 추운 한국보다 따뜻해서 좋았다. 이 자리에 있는 것이 실감 나지 않았다. 시간이 잠시 멈추어 있는 것 같은 느낌이었다. '설마 꿈은 아니겠지?'라는 생각도 잠시 가졌다. 그 정도로 행복 가득이었다.

아침에 원장님한테 닭들 때문에 잠을 잘 수가 없었다고 말했다. 싸움닭을 키우는 것이라 한다. 싸움닭들은 최고의 대접을 받고 있다고 했다. 보호해주는 관리인이 따로 있고 넓은 집안에 경기장이 갖추어져 있었다. 각각의 닭장 안에 닭이 보호되고 있었다. 며칠이 지나니 새벽닭 울음소리에 익숙해졌다. 피할 수 없으면 즐겨야 했다. 광활하게 펼쳐져 있는 대지 위에 닭장이 셀 수없이 많았다.

아침을 준비해야 하는 부담감도, 청소도, 빨래도, 어느 것도 내가 신경을 써야 하는 것은 없었다. 오로지 '나'만 챙기면 되었다. 도착한 후 깊은 잠을 자지 못했다. 정신은 맑고 좋은데 몸은 나도 모르게 긴장 상태를 유지하고 있는 듯했다. 날씨 변화로 피곤함은 느껴졌지만 견뎌 낼 수는 있었다.

아침에 같이 식사를 마친 엄마들과 커피를 한 잔 마시며 산책길을 나섰다. 5천 평이 넘는 대 저택 안 산책로는 시멘트를 깔끔하게 깔아 놓았다. 산책로 옆으로 온갖 열대 나무들과 과일나무는 처음 보는 게 많았다. 보는 것 자체만으로 싱그럽고 행복했다. 대 저택 정문은 사설 경비원들이 지키고 있었다. 높은 울타리는 누구 하나 들어올 수 없을 정도로 안전한 곳이다. 관리하는 사람만 족히 10명은 되었다. 시간이 갈수록 필리핀 생활에 익숙해졌다. 아침에 눈 뜨자마자 편한 옷차림으로 슬리퍼를 끌면서 혼자 정원을 산책하였다. 비가 오면 우산을 쓰고 가는 산책로는 영화의 한 장면처럼 분위기를 내어준다. 매일 매일 맞이하는 아침은 달랐다. 구석 쪽에 숨어 있어 보지 못한 나무들이 하나씩 눈에 들어오기 시작했다. 마음의 여유가 생겼다는 것이다. 카카오 열매, 빨간 열매 상태의 커피, 혼자 들어도 못 드는 잭 플롯, 망고나무, 바나나, 코코넛, 파파야, 산책로를 따라 심어져 있는 파인애플, 카사바 등 이름 모를 열대 식물들이 즐비했다.

새벽 5시 기상으로 영어 공부를 했다. 조용한 새벽은 집중이 잘 된다. 아침 식사 전까지는 몰입할 수 있다. 차려주는 아침 식사를 마치고 아침 9시부터 시작하는 공부는 오후 6시가 되어야지 하루 일정이 끝났다. 짜여 있는 공부 스케줄대로 학생들과 똑같이 움직였다. 힘든 기색은 전혀 없었다. 시킨 공부가 아니라 모든 것이 내가 원해서 하는 공부다. 의욕과 열정이 넘쳤다. 학생들과 같이 한 수업시간은 나도 잠시 학생의 나이로 돌아가는 기분이었다. 잠을 몇 시간 못 자도 행복이다.

한국에 있는 아들과 남편 생각이 나지 않을 정도로 필리핀 생활에 빠져 있었다. 전화를 로밍하지 않았다. 와이파이 사용은 숙소에 있을 때만 사용 가능하다. 잘 잡히지도 않는다. 휴대폰은 나에게 짐일 뿐이었다. 휴대폰을 만지작만지작할 이유가 없다. 나의 손을 떠나 책상 서랍에 보관되었다. 집착에서 벗어나니 더 홀가분해졌다.

하루의 영어공부 마무리는 단어 테스트 시험이다. 외워도 잘 외워지지 않는 단어는 스트레스지만 해야 한다. 결과가 좋지 않으면 부끄러울까 봐 최선을 다해 그 날의 단어를 외운다. 해야 한다는 마음으로 집중했다. 긴장을 가지고 하니 뇌는 잘 기억했다.

시간이 나면 틈틈이 책을 읽었다. 큰 나무 그늘 밑 벤치에 누워서 책을 보는 여유는 진한 에스프레소 같은 맛이다. 여운이 강하다. 가끔 맛을 볼 수 있는 여유로움이었다. 나를 위한 시간에 충실히 하고자 했다. 잡념은 사치고 시간을 나에게 맞추며 생활하려고 했다. 오로지 하고 있는 행동에 집중했다. 힘들지만 나태해지지 않으려 노력했다. 두번 다시 오지 않는 시간이다.

수업으로 친해진 원어민 선생님들과 친구가 되었다. 20대 초반부터 30대까지 나이 차이를 느낄 수 없을 정도로 다정했다. 우리는 하나였다. 음악을 삶이라고 하는 원어민 선생님들은 항상 음악을 듣고 있었다. 밤새도록 노래를 부르고 음악을 들으면서 춤추는 것을 좋아한다. 손에 마이크를 잡으면 놓지를 않는다. 남녀노소, 어린아이 할 것 없이 모두가 어울린다. 자신감 없어 하면 '괜찮다고' 부끄러워하지 말라 한다. 남자, 여자라는 성에 대한 개념을 넘었다. 그냥 친구이다. 원어민 선생님들은 같이 손잡고 누워 있어도 개입하지 않는다. 이해할 수 없는 행동들이다. 그들의 문화다. 내일에 대한 걱정을 하지 않았고 오늘 현재만 생각하고 사는 사람들 같았다. 내가 먼저 주지도 않았는데 아낌없이 환대해 주었다. 입가에는 웃음이 떠나지 않는다. 가진 돈이 없으면 월급을 '가불' 해 간다. 우선 받아 간 돈으로 마음의 표시로 선물을 사주는 사람들이다. 전혀 부끄럽게 생각하지도 이상하게 생각하지도 않는다. 무엇 때문일까? 그래도 즐거워하며 행복해 한다. 쫓기는 마음 없이 평온하게 사는 필리핀 사람들의 삶이다. 편안하고 욕심 없는 느긋함과 계산하지 않는 삶, 그리고 남을 의식하지 않은 삶이 좋다. 내가 만난 필리핀 사람들이다. 좋은 마음만 보려 한다.

남을 의식하지 않고 오로지 나를 바라보게 해준 시간이다. 나에게 착한 사람이고 싶다. 마음의 여유를 가지고 내려놓는 삶을 알게 한다. 마음이 여유로우니 얼굴에 꽃이 피고 마음에서 향기가 난다. 모든 것들이 예쁘고 아름답다. 향기 나는 꽃이 되어 가고 있다. 다시 그들을 만나고 싶다.

사색의 시간
- 19호 힐링 공간

'19호 힐링 공간'은 내가 붙인 나만의 공간이다. 잠시 회사를 쉬고 있는 동안 나에게 집중하는 시간을 가졌다. 새벽에 일찍 일어나 하루를 맞이하는 운동을 하고 딸아이와 함께 밥을 꼭 챙겨 먹는다. 딸아이와 아침밥을 먹는 시간에 대화할 수 있다. 고등학생이다. 아침에 일찍 등교하면 밤늦게 집에 들어오는 딸은 대화할 시간이 없다. 아침에 일찍 일어나는 딸아이는 아침밥을 꼭 챙긴다. 둘이서 식탁에 마주 앉아 아침을 먹을 때 나는 딸의 눈치를 본다. 그 날의 컨디션을 확인하고 말을 꺼낸다. 우리 집 NO.1이다. 오춘기를 겪고 있는 딸아이에 대한 사랑의 표현이다. 짜증을 내면서도 좋아한다. 그 마음을 알기에 관심을 보이려 한다. 아침밥을 먹고 뒷정리가 끝나면 우리 집 NO.3인 남편이 출근을 준비한다. 아침에 마시는 즙이 아침 식사 대용이다. 싱싱한 야채즙을 하루도 빼놓지 않고 챙긴다. 남편에 대한 사랑이자 배려이다. 아침밥보다 잠이 더 소중한 사람이다. 나이 들어 아파하는 모습을 보면 챙겨주지 못한 미안함이 들까

봐 해주고 있다. 사실 내 마음 편해지자고 하는 것이다. 귀찮지가 않다. 잘 마
서 주는 남편이 고맙다.

　남편과 딸이 현관문을 나가는 순간 나의 공간으로 향한다. 집 정리를 대충
해 놓고 나가야 한다. 그렇지 않으면 게을러져서 나가는 것이 귀찮아진다. 게
으름과 타협하고 싶지 않다. 이기고 지는 것은 마음의 문제이다. 하고자 하는
일을 해내지 못할 때는 후회가 되었다. 그 마음을 가지고 싶지 않아 습관을 만
드는 것이다. 계속하는 반복이 습관이 된다고 한다. 무의식 속으로 잠재시키면
자동으로 나의 뇌는 움직이게 되어 있다.

　처음에는 집 근처에 있는 대공원을 1시간 30분에서 2시간을 운동했다. 친구
와 같이 가는 길은 힘들지 않고 즐거웠다. 서로의 몰랐던 부분을 알아가는 좋
은 기회였다. 시간도 '후딱' 지나갔다. 친구는 나를 챙겼고 나는 친구를 챙겨가
며 서로 힘이 되어 주었다. 함께하는 시간이 많아지면서 이해하는 마음이 생겼
고 서로에 대한 신뢰감과 믿음이 생겼다. 오랜 시간을 두고 사람을 사귀어 보
아야 '진정으로 상대를 알 수 있구나' 하는 마음도 일깨워졌다.

　어느 날 친구가 일이 있어서 같이 못 가는 날이 있었다. 혼자 가려니 가고 싶
지 않았다. 가기 싫은 마음을 달래가며 몸을 일으켜 세웠다. 마음을 굳게 먹고
시작한 일들을 생각해 보면 만족할 정도로 끈기 있게 하지 못했다. 만족, 희열,
뿌듯함, 성취감보다 후회, 낙심이라는 감정이 먼저였다.

　온전히 '혼자만을 위한 시간을 즐겨보자' 라고 마음을 잡고 음악을 들으며 대
공원 산책길을 나섰다. 마음의 여유를 가지고 천천히 하나하나 주변을 보고 느
끼면서 운동이 아닌 산책을 했다. 시간에 쫓길 필요도 친구에게 맞춰야 할 이
유도 없었다. 마음의 여유와 시간만 있으면 된다. 대공원 안에 연못이 있다. 연
못 안으로 연잎과 잉어들을 볼 수 있게 산책로가 만들어져 있다. 주황색, 금색,

흰색 잉어들이 헤엄치며 노는 모습과 소금쟁이들이 물 위를 걷는 모습을 무상 무념으로 바라보았다. 묘한 감정이 들었다. 마음의 뭉클함과 풍만함이 편안함을 주었다. 중요한 것은 나의 행위들에 집중하고 있다는 것이다. 나를 들여다보면서 현재를 자각하는 마음은 편안함에서 느껴지는 잔잔한 곡선이다. 또 다른 느낌이다. 친구나 주위 친한 사람들과 같이해야만 즐겁고 행복한 시간을 보낸다고만 생각했었다. 아니었다. 혼자만의 시간은 오로지 내면의 나와 만나 함께하고 있다는 즐거움이 있었다. 혼자만으로도 충분히 행복을 느낄 수 있다는 감정이 들었다. 요가 선생님이 말하는 생활 명상이다. 생활을 하면서 관찰하는 힘이 있고 편안한 마음을 가질 수 있는 것 또한 명상이라는 말을 아는 순간이었다. 가부좌를 틀고 앉아서 하는 것 만이 명상이 아니다. 대공원 산책길에서 내가 나의 마음의 문을 열었다는 생각이 들었다. 안으로 깊숙이 들어가 보고 싶었다.

집 주위를 둘러싼 솔마루 길이 있다. 단계를 높여 나를 훈련하고 더 깊은 사색을 하고 싶어졌다. 내 안의 나와 한마음이 되고 싶기도 했다. 혼자 무섭고 겁이 나서 도전조차 할 수 없는 길이었다. 산속을 혼자 걷는다는 것은 정신적으로 육체적으로 강해져야 도전할 수 있는 것이다. 갈 수 있다는 용기와 자신감이 두려움을 극복시켰다.

하루, 이틀, 사흘이 지나면서 산속의 분위기에 익숙해지고 편안해졌다. 가족들이 아침에 집을 나서고 나면 흥분된 마음을 챙겨서 떠날 준비를 한다. 등산화를 신고 휴대폰에 이어폰을 꽂고 잔잔한 음악을 들으며 솔마루 길로 향했다. 아웃도어 한쪽에는 음악을 켜놓은 휴대폰이 다른 한쪽은 따뜻한 차를 준비해서 간다. 계단을 올라 산속에 첫발을 내딛는 순간 소나무에서 뿜어져 나오는 솔잎 향이 머리를 맑게 해준다.

'나 왔어!' 친구를 만나는 것처럼 산에 인사하며 출발한다. 생각하고 나오는 인사가 아니다. 마음에서 절로 우러나오는 것이다. 나무에서 내보내는 피톤치드를 깊이 들이마시며 산과 한 몸이 된다. 몸과 발걸음이 가볍다. 걸음걸이에 집중하며 어제와 다른 오늘의 산에 변화가 없나 바라보며 걷는다. 처음 맞이하는 오르막길은 숨을 헐떡이게 한다. 고지만 넘어서면 평평한 길이 나온다. 숨의 긴장감이 풀어지면서 힘듦도 내려진다. 두 명이 나란히 걸어가면 맞을 넓이의 길이다.

본격적으로 산에서 휴식과 안락을 알게 된 때는 가을이었다. 간간이 친구와 같이 올 때도 있었지만 산이 주는 편안함을 못 느꼈다. 운동으로만 생각하고 산을 맞이했다. 친구와 대화하면서 가는 오솔길은 주위를 돌아보면서 갈 수 있는 여유를 주지 않았다. 산속에서의 분위기가 주는 느낌은 우리의 대화를 깊고 자연스럽게 해주었다. 엉킨 실타래처럼 하나씩 풀어가며 위로와 격려를 해주고 힘내라는 용기를 북돋아 준다. 때로는 언니처럼, 동생처럼 말이다. 대화에 집중이 우선이다. 집중하지 못하면 흐름이 깨지고 대화의 연속성을 잃어버린다. 친구에게 몰입해야 한다. 집중은 관심이다. 그렇게 친구와 다니던 솔마루 길은 내 몸의 건강을 위한 운동장이었다.

아침 산은 잔잔하면서 조용하고 상쾌하다. 엄마 배속에 들어 있는 아이가 편안함을 느끼는 것처럼 아침 산속은 나에게 그런 느낌이다. 안락하고 편안하면서 차분함을 유지해 준다.

가을 산은 사색의 맛을 주는 최고의 시기이다. 메말라 있는 낙엽 위를 걸을 때마다 '바스락'거리는 소리는 가을이라는 느낌이 들게 한다. 소리는 보는 것이 아니라 느끼는 것이다. 일부러 낙엽 위를 걷는다. 온전히 가을이라는 느낌을 나의 마음에 담기 위해서다. 내가 밟지 않았는데도 '바스락' 거리는 소리가 들렸다. 처음에는 소리에 놀라 가슴이 철렁 내려앉는 것 같았다. 뒤를 돌아봐도 주위를 돌아봐도 사람은 보이지 않는데 소리는 나고 '뭐지!' 하면서 공포가 확 밀려들어 왔다. 식은땀이 나는 것 같았다. 자세히 들여다보니 산 주인이 낙엽 밟는 소리였다. 청솔모가 먹이를 찾아다니는 소리다. 나를 깜짝 놀라게 한 녀석들이다. 앞에서 재롱부리는 청솔모는 불안과 긴장감을 내려놓게 한다. 검은 색을 띠고 있는 청솔모는 배 부분만 흰색의 타원 모양을 하고 있다. 산속의 또 다른 즐거움이다. 사람을 피하지도 않고 주위를 살피며 꼬리를 흔들어 댄다. 가까이 다가가니 겁을 먹고 나무 위로 피신한다. 나무가지 위에서 나의 움직임을 지켜 보는 것 같다.

　하루는 한 나무에 세 마리의 청솔모가 있었다. "안녕! 애들아!" 하고 인사를 하니 세 마리가 동시에 나를 쳐다보았다. 나의 손바닥 크기 정도 되는 청솔모는 빠릇빠릇한 몸짓의 행동이 앙증맞고 곱살스럽고 귀엽다. 행복 미소가 절로 나오게 만들어 주는 아침이다. 귓가에 들리는 발라드의 음악 소리와 귀여운 청솔모는 사색의 깊이를 더 해주었다.

　산속은 운동하러 온 곳이 아니다. 급할 것이 하나 없다. 마음을 정화시키고 나를 내려놓기 위한 장소이다. 찬찬히 둘러보면서 오르락내리락하는 오솔길은 마음을 가볍게 한다. 그런데도 덥고, 땀이 나서 옷이 젖을 정도로 흘렀다. 느긋하게 가는 길에서 정신과 육체가 하나가 된다. 잠시 잠깐 찰나에 만나는 진정한 나를 본다. 정신의 안락함은 육체의 고통을 감싸 느끼지 못하게 하는 것 같았다.

　산속에서 나오는 기운을 온몸으로 내 안의 에너지로 흡수시킨다. 좋은 에너지들은 정신적으로, 육체적으로 점점 더 강하게 만들고 있는 것 같았다. 힘들고 괴로울 때 맞이하는 산은 내려놓고 가라고 한다. 넓고 깊게 퍼져 있는 산은 나의 마음을 그렇게 펼치라 한다. 얽매이지 말라고 한다. 거칠어지는 숨소리와 발걸음에 집중해서 가다 보면 괴롭고 힘들게 만든 생각들이 어느 순간 나도 모르게 사라지고 없다. 몸속 한구석에 숨어 있을지언정 산속에 오면 자각하지 못하게 없어져 버린다. 가슴에 남아 있는 찌꺼기가 날아가고 몸은 가벼워지면서 시원하다. 검은 그림자가 덮고 있던 마음과 복잡한 머릿속은 어느새 높고 넓은 구름 한 점 없는 가을 하늘처럼 맑아진다.

산속이 주는 황홀함과 매력에 빠진다. 혼자만의 시간을 갖는 즐거움은 나를 외롭고 쓸쓸하게 만들지 않는다. 천천히 익숙해져 가고 혼자 있어도 진심 행복하다.

나는 즐긴다. 나는 나를 사랑한다. 집에서 출발해서 솔 마루길 3km 정도 가면 앉아서 쉴 수 있는 긴 나무 의자가 있는 곳을 목표 거리로 정해두었다. 왕복 6km를 산책하는 코스로 1시간 40분이 걸린다. 소나무 밑 의자에 앉아 따뜻한 차를 한 모금 마시는 순간 긴장했던 온몸이 풀린다. 온기가 온몸에 느껴질 때 의자에 누워서 보는 하늘은 평화롭다.

소나무 가지 사이사이로 보이는 파란 하늘은 광활하고 맑디맑다. 잠시 눈을 감고 코끝에 스치는 가을바람의 속삭임을 느껴본다. 사색의 시간은 심신을 정화 시키는 시간이다. 정화를 시키는 것은 마음을 내려놓는 것이다. 큰마음으로 키우기 위한 과정이다. 어두운 마음을 버리고 청정함을 유지하게 한다.

건강한 생각과 순수한 마음가짐을 가지게 해주는 19호 힐링 공간. 나만의 힐링 공간이 있다는 것은 축복이다. 마음의 크기를 키우면 슬프거나 괴로운 일을 맞이할 때 감정이 폭발하지 않고 요동치지 않는다. 선을 유지할 수 있다. 온전히 바라보게 하는 힘이 있다. 차분하게 바라보는 마음은 오르락내리락하지 않는다. 화를 일으키는 횟수가 줄어들게 된다. 이 평온한 마음이 지금 나의 것이다.

내 안의 나를 보다

무더운 8월은 사람의 마음을 처지게 하고 무력감을 준다. 나태해지기 쉬운 계절이기도 하다. 예전에 다니던 회사 사장님한테서 전화가 왔다. 고향 선배이자 중학교 선배이다. 10년을 다녔던 회사 사장님이다. 바쁘신 분이 무슨 일로 전화를 다 주시고? 하며 전화를 받았다. 사장님은 1년 정도의 일이 있다고 한다. 회사 직원을 다른 회사로 파견 근무시킬 여력이 안 된다고 하시며 업무 담당을 할 수 있냐고 묻는다. 일하던 사람이 집에 있으려니 무료하기도 해서 들어보고 할 수 있는 일이면 해볼 생각으로 만나서 대화하자고 했다. 1년 계약 업무라서 급여도 높은 수준이고 무엇보다 대기업 파견 업무라 근무 조건이 좋았다. 계약일 안에 업무만 마무리해 주면 된다고 했다. 근태 관리는 탄력적으로 알아서 스스로 결정하면 되는 것이었다. 문제는 일이었는데 고민되게 했다. 도면을 그려야 하는 업무가 아니라 관리 업무였다.

공정안전관리(PSM) 관련 업무라고 한다. 한 번도 해보지 않은 업무라 망설였다. 사장은 일을 진행했으면 하는 분위기로 이끌었다. 충분히 할 수 있다는 자신감을 불어넣어 주었다. 회사를 위해 하는 말인지 진심 나를 위한 말인지는 알 수 없었다. 설계 업무를 20년 넘게 하다 보니 조금만 옆에서 지원해 주면 할 수 있을 것 같았다. 사장은 "너 정도면 옆에서 조금만 도와주면 충분히 할 수 있는 일이다"라고 강조한다. 말대로 된다면 별문제 없는 일이긴 했다.

회사 프로젝트 업무를 처음부터 끝까지 관리하고 설계 일을 해 본 경험이 있는 나는 자료를 찾는 일은 금방 파악할 수 있다. 남자들처럼 현장 경험은 많이 없지만, 나처럼 설계 관리 업무에 강점을 가진 사람도 많이 없었다. 사장 입장에서는 나의 조건이 적합하다고 생각한 것 같았다. 회사 차원에서도 하나의 실적이 되기도 한다. 모든 업무의 진행을 옆에서 서포트해 줄 사람을 붙여 주겠다는 약속을 받고 진행하기로 했다. 공정안전관리 전문 회사와 연계하여 업무의 어려움이 생기면 문제점을 바로 해결할 수 있도록 '김 실장'을 소개해 주었다. 업무 전 회사로 찾아가 업무 협조 부탁을 하며 먼저 인사를 나누었다.

무엇보다 나의 24년 지기 친구 '박 이사'가 곁에 있어서 든든하다. 박 이사는 20대 초반에 같은 회사에서 근무했다. 친구이기도 하고 선배이기도 한 친구 남편이다. 업무적인 면에서는 성격이 잘 맞았다. 한 우물만 판 박 이사는 화학 분야의 장치(TANK) 전문가가 되어있다. 몸값이 비싼 사람으로 성장하여 있다. 힘든 과정에서 참고 일구어낸 결과이리라. 인정받아도 될 사람이다. 정신적으로 그리고 육체적으로 너덜너덜해질 정도로 자신을 내 던져 얻은 것이다. 인생을 한번 던져 볼 만한 가치에 모험을 건 그가 대단하고 존경스럽다. 온전히 자기의 것으로 만들었다. 감히 누가 그렇게 할 수 있을까? 그 자리는 쉽게 이루어진 자리가 아니다. 옆에서 지켜본 나는 그의 성장 과정을 잘 안다. 그는 언제든 전화하면 힘들게 얻어 낸 지식을 아낌없이 나누어 준다.

대기업 파견 업무를 7년 동안 한 경험이 있다. 회사의 근무 조건과 환경에 잘 적응할 수 있었다. 대기업 출입 절차는 복잡하면서 시간이 걸린다. 혹시나 모를 사고를 예방하는 차원에서 건강 검진은 지정병원에 예약하고 검사를 받아야 한다. 주 5일 있는 안전 교육은 미리 교육 가능한 날짜에 신청해야 한다. 아침 일찍 있는 안전 교육은 시간 안에 도착해야 한다. 그렇지 않고 1분이라도 늦으면 교육장의 문은 굳게 닫혀 버린다. 냉정할 정도로 얄밉긴 하지만 많은 업체 사람들을 관리하는 회사 차원에서는 원칙에 임해야 하는 것은 당연하다.

업체 직원들에게 호의적이지 못한 주차장은 새벽같이 나와서 주차를 해야 한다. 정기 보수가 있는 기간에 도로 양옆은 주차장이다. 빼곡하게 빈틈이 없을 정도로 차들이 길게 줄지어 있다. 늦게 출근하는 날이면 끝이 보이지 않는 차들의 줄을 따라 맨 앞에 세워야 한다. 아침부터 운동이 시작된다. 뛰다가 걷다가 숨을 내몰아 쉬어 가며 출근 시간을 맞춰야 한다.

기대 반 걱정 반으로 10월 1일 첫날 업무가 시작되었다. 부서 팀장, 과 팀장, 담당자를 만나 업무 진행 미팅을 했다. 업무의 내용과 양을 미리 확인한 상태는 아니지만, 회사에서 윗분들이 굉장히 신경을 쓰고 관심을 가지고 있는 일이라 했다. 회사 내에서 굉장히 중요한 업무였다. 완전히 부담되는 순간이었다.

출입 전 여자 사원이라는 선입견을 품고 있었다. 공장 안 현장에 다니면서 확인해야 할 업무들이었다. 남자 사원만 일하고 있는 곳이라 편안하게 같이 일하면서 업무 관련 대화를 많이 해야 한다고 생각한 것 같았다. 담당자와 상의해서 해결해야 할 일들이 많았고 업무진행 방향을 서로 맞춰가야 하는 일이었다. 법적인 문제와 정해진 양식과 규정에 정확하게 맞춰 넣어야 하므로 중요한 업무였다. 남자 사원을 추천해 달라고 했지만, 이 업무를 할 수 있는 사람이 없다고 사장은 나를 최대한 추켜 세워주었다.

부서 팀장은 나를 보는 순간 "여자 분이라서 꼼꼼하게 잘 하시겠습니다. 잘 부탁합니다."라고 인사를 했다. 상황을 듣고 갔기 때문에 무슨 말인지 이해를 금방 했다. 과 팀장과 담당자는 "여자분이 이런 일을 하시는 게 대단합니다."라고 말한다. '잘 할 수 있을까?' 하는 의심적은 생각을 하는 것처럼 느껴졌다. 더당당하고 자신감을 보여 주기 위해 바른 자세를 유지하고 말에 힘을 주면서 내생각을 정확히 전달했다. 신뢰와 믿음을 주기 위한 행동이었다.

담당자는 해야 하는 업무를 상세히 설명해 주었다. 이미 계약을 완료하였기 때문에 업무를 할 수 있든 없든 그리고 많든 적든 의무적으로 수행해야 했다. 내가 하지 못하면 회사에서 다른 사람을 보내서라도 무조건 끝을 내야 하는 일이다. 담당자의 설명을 듣고 자료를 보는 순간 정신이 붕괴되는 느낌이었다. 머릿속은 복잡하기만 하고 담당자가 하는 말은 귀를 닫은 듯 아무 소리도 들리지 않았다.

'오 마이 갓' 이었다. '어떻게 하면 여기서 바로 빠져나갈 수 있을까' 하는 생각밖에 들지 않았다. 죽었다 깨어나도 혼자 할 수 있는 양의 업무가 아니었고 공학을 논해야 하는 전문적인 일이었다. 1년 안에 끝내야 한다는 건 '나 죽었소' 하고 업무에 파묻혀 일만 해도 못 끝내는 양의 일이었다. 회사 바로 직속 이 상무에게 바로 전화를 했다.

"상무님! 이 일 못할 것 같습니다. 안 하는 게 아니라 할 수 없는 일입니다. 빨리 포기하는 게 서로가 좋을 것 같습니다." 전화상으로 고충을 토해냈다.

"너 아니면 그 업무할 사람 아무도 없어. 양이 많니? 한 사람을 더 붙여 주고 싶어도 사람이 없어. 너 못하면 못하는 거지 뭐. 안되면 사장한테 말해 봐." 이 상무는 말한다. 사장한테 말하는 것은 최후의 선택이다. 방법을 찾아야 한다. 머리를 싸매 고민을 했다. 일을 포기할 방법은 딱 한 가지 있었다. 자존심이 상하고 치졸한 방법이긴 하지만 살고 싶었다. 그 정도로 업무의 압박이 크고 부담 백배였다.

계약 문구에 담당 부서장이 판단했을 때 업무에 대한 능력이 떨어지거나 회사 규정을 위반할 시에는 부서장 권한으로 제명할 수 있다.'라고 되어 있다. 대기업의 회사 로비는 만남의 장으로 카페가 입점되어 있다. 담당자는 나보다 15살 정도 어렸다. 젊고 유능한 사원이다. 성과를 올리고 싶어 하는 욕망이 강했다. 하나의 실적이 생기는 것이다. 최대한 업무가 잘 진행될 수 있도록 보조를 해주었고 처리 능력이 빨랐다. 서울이 고향인 담당자는 친절하고 매너가 좋고 유머러스했다. 더군다나 S대 출신이었다. 커피 한잔하러 가자고 말했다. 담당자와 로비로 내려갔다. 내가 처해 있는 고충을 단독 직입적으로 말했다. 계약 문구를 인용해서 담당자에게 내가 '업무처리 능력이 안 되는 것 같다'라고 보고를 해달라고 했다. 담당자도 이 일이 엄청 중요하다는 걸 알고 있기 때문에 조금이라도 흔들어지면 업무 능력 저하로 고가에 마이너스가 갈 정도의 업무인 것이다. 담당자는 팀장께 보고를 하고 바로 회의 날짜가 정해졌다.

팀장, 담당자 2명, 회사 사장, 나 등 회의 탁자에 둘려 앉아서 업무 진행을 할 수 없는 이유를 말했다. 가만히 듣고만 있던 팀장은 결론을 내주었다. 업무 진행을 중지하는 것은 절대로 안 되고 끝까지 업무를 수행해 달라 했다. 대신 일을 줄여 주는 방향으로 잡아주었다. 팀장도 내 말을 들어보고 무리수가 있다는 생각이었는지 업무의 양을 줄여 주었다. 한결 심적인 부담감이 덜어졌고 할 수 있을 것 같은 자신감이 어디선지 나왔다. '죽어라! 는 법은 없구나!' 하는 생각이 들었다. 판단을 적절한 시기에 잘한 것 같았다. 어렵게 생각하고 내린 판단인데 오히려 쉽게 고충이 풀어졌다. 있을 수 없는 일이 벌어졌다. 계약상의 업무는 무조건 수행을 해야 한다. 그렇지 않으면 을의 회사에서 모든 책임을 져야 한다.

담당자들은 팀장의 말에 '어리둥절하다'는 듯이 서로의 얼굴을 쳐다보았다. 계약서대로 업무처리를 해주기를 원했다. 일의 흐름은 나에게 맞춰지는 것 같았다. 팀장은 내가 일을 잘 마무리할 수 있도록 지원해 주겠다고 했다. 나중에 다른 소리가 나오지 않게 하려고 담당자에게 못을 박기로 했다. 한 마디로 뒤통수치는 일들이 비일비재하다. 회사에서 불리해지면 있었던 일도 없다고 하는 경우가 많았다. 알면서도 눈감아 줘야 한다. 한마디로 갑질을 하는 것이다. 수행업무 속에서 해야 할 일들만 목록에 남겼다. 팀장이 내린 지시였기 때문에 담당자 입장에서 번복할 수 없는 일이었다.

　사장한테 말했다. "내일 하루만 '박 이사'를 나에게 보내주시면 마무리는 내가 깔끔하게 하겠습니다." 자신 있게 말하자 사장은 바로 '오케이'라고 했다. 업무 수행에 있어서 사장을 실망하게 한 일은 없었다. 박 이사는 바로 뒷날 나에게 왔다. 반나절을 둘이서 쉬지 않고 붙어 앉아 업무 파악을 했다. 자료를 찾아서 보는 방법과 계산하는 법을 가르쳐 주었다. 전문적인 일이기 때문에 짧은 시간에 배울 수 있는 일이 아니었다. 오랫동안 설계 업무를 해왔기 때문에 이해는 빨랐다. 공과 대학을 전공하지 않은 나로서는 이해하는 데 한계가 있다. 기계나 화학을 전공하고 공학을 알아야 할 수 있는 일이다. 쉽게 접근할 수 있는 업무가 아니었다.

　장치들이 제작된 나라들은 일본, 유럽, 독일 등 언어가 다른 자료에서 찾아내야 한다. 장치에 대해 명칭을 모르는 것은 자료를 메일로 받아 개념을 정확하게 알게 해 주었다. 간절하고 절실하다 보니 집중이 잘 되었고 개념을 빨리 이해했다. 학교 다닐 때 수학을 좋아하고 잘했다. 그래서 공학 개념을 익히는 데 별문제가 없었다. 전문가가 아니면 할 수 없는 업무를 수행한다는 것은 모험이다. 엄청나고 또, 중요한 일을 완성한다는 것은 내게 신의 한 수인 것 같았다.

　일을 수행하다 모르는 부분이 나오면 '박 실장' 아니면 '박 이사'에게 전화를 해서 물었다. 그들은 나의 전화를 잘 받아주었고 업무 흐름이 깨지지 않게 보조해 주었다. 물론 사장의 특별 지시이기도 했다. 3개월을 죽은 듯이 일을 하면서 업무 파악을 했다. 업무에 대한 스트레스 때문에 점심을 제대로 먹지 못했다. 얼굴은 까칠하게 되었고 다이어트를 하지 않아도 살이 빠졌다. '팍' 늙어버리는 느낌이었다. 나 자신과의 싸움에서 지고 싶지 않았다. 하나의 실적을 이루고 싶은 욕심과 성취감 그리고 인정을 받고 싶었다. 나 스스로가 그렇게 만들고 있었다.

많은 시행착오를 거치면서 업무파악을 하였다. 눈에 자료들이 들어오기 시작했고 일의 속도는 빨라졌다. 일은 곧 수행이라 한다. 깨우침이 생겼다. 인고의 시간과 역경을 이겨내지 못하면 도태되는 것이다. 정복하였을 때는 오로지 나의 것이 되고 앞으로 나아갈 수 있다. 계약 기간 끝나기 3개월은 정말 편안하게 업무를 조절할 수 있는 여유까지 생겼다. 설계 업무에서 공정 업무까지 한 단계 올라갔다. 계약 기간이 마무리되는 마지막 날에는 회사에서 원하는 자료 작성과 서류를 인계해 주었다. 같이 1년을 근무했던 대기업 직원들에게 감사의 표시로 커피를 한 잔씩 돌렸다. 한사람, 한사람 찾아가면서 인사를 나누었다. 그날은 늦게 퇴근을 했다. 회사에 들어와서 처음이자 마지막의 늦은 퇴근이었다. 힘들었던 지난 시간이 눈앞에 스쳐 지나갔다.

대기업 직원은 수고했다 하며 공장 전체를 차로 견학을 시켜주었다. 억수같이 비가 내린 날임에도 불구하고 친절을 베풀어 주었다. 정말 거대하게 컸다. 인정받는 순간 뿌듯하면서 자존감이 생겼다. 내 안의 나는 힘이 있었고 용기가 있었다. 숨어 있는 저력은 자신감과 도전정신이 생길 때 발휘되는 것 같다. 어떤 일이든 닥치면 마음먹기 나름인 것 같다. 자신을 던져 볼 가치가 있었던 일이었다. 성과를 일구어 낸 일이다. 멋진 경험이었다. 내 안의 나는 정말 장하고 대견했다.

진정한 자유로움을 가지다

지난 12월 24일 크리스마스 전날이었다. 겨울비는 앞이 보이지 않을 정도로 퍼붓는다. 목마른 갈증을 해소하듯 시원하게 내렸다. 바짝 긴장하면서 운전을 하고 있을 때 친한 동생한테 휴대폰 문자가 들어왔다.

"언니! 12월 27일부터 12월 31일까지 필리핀에 갔다 오시면 안 될까요?" 갑작스러운 문자에 전화를 했다.

"왜? 갑자기 필리핀?"하고 물었다.

동생은 12월 26일부터 내년 1월 25일까지 한 달 동안 어학 캠프를 열 계획이라 했다. 동생은 작은 어학 캠프를 운영하고 있다. 학생 수가 많지 않아 캠프를 열지 않으려고 했는데 주위 자녀 부모들의 요청으로 한 달만 진행하기로 결정했다고 한다. 동생은 필리핀 환경을 잘 알고 있었다. 지방에 있는 학생들은 동생이 데리고 들어가는데 서울에 있는 학생들이 문제였다. 날짜가 맞지 않아 나에게 부탁한 것이다. 서울에 있는 학생들은 주위 사람들 소개로 처음 캠프에 참가하는 것이라 했다. 그래서 신경을 더 써야 한다고 말한다.

동생은 12월 26일에 부산 출발이었다. 27일 서울에 있는 아이들을 데리고 필리핀에 와 달라고 한다. 일주일 뒤에 새로운 직장으로 출근 계획이 잡혀 있었다. 직장 출근 전에 잠시 휴식을 취하고 가라고 했다. 서로 상부상조할 기회였다. 혼자 결정할 수 없는 일이라 남편과 상의해 보겠다고 했다.

12월 18일부터 22일까지 태국을 갔다 온 상황에서 다시 필리핀을 간다는 게 남편은 탐탁지 않게 생각했다. 집을 비우는 일이 잦다는 것이다. 그리고 감당해야 할 가사 부담이 스트레스였다. 고등학교 다니는 딸아이의 아침 식사를 챙겨야 한다. 깨워야 일어나는 남편은 일주일 동안 긴장하며 잤다고 말했다. 미안한 마음이 들면서도 떠나고 싶은 마음이 더 강했다. 눈치를 보며 말했다.

"힘들어하는 동생 도와주고 싶다. 그리고 경비는 동생이 비용처리 해준다고 하니 최소 경비로 가면 된다. 갔다 오면 안 될까요?"

결국 나의 마음은 필리핀 행이었다. 남편은 내 마음을 읽고 있었다.

"쉬고 있을 때 푹 쉬다 오소." 마지못해 승낙을 해주었다.

남편과 내가 믿고 신뢰할 수 있는 착한 동생이고 우리에게 살면서 도움을 많이 준 상태였다. 도와주고 오라 한다. 시간이 얼마 남지 않은 상태라 남편에게 미안한 마음이 들었는지 동생은 우리 집으로 왔다.

남편에게 "형부, 고맙습니다. 미안해요" 말을 했다. 남편은 앞에서 말하는 동생에게 "괜찮습니다. 잘하고 오세요." 하면서 웃으며 말한다.

동생은 캠프 경험이 많다. 믿고 맡겨본 엄마들은 마음 편하게 보낼 수 있다고 해서 하는 것이다. 매년 학생 수가 조금씩 늘어나면서 자리를 잡아가고 있다. 한 번 믿고 맡긴 학부모들이 전화해서 캠프를 열어 달라고 부탁하며 안 되면 학생 수를 맞추어 주겠다고 한다. 진심을 다하고 정성을 쏟아 붓는 것을 사람들이 알기 때문이다.

아이들에게 좋은 최상의 먹거리를 제공하기 위해 한국에서 재료를 챙겨서 간다. 많은 짐들로 수화물이 초과 되어도 아이들을 위해서는 감수한다. 현지에서도 맛있는 과일과 싱싱한 채소 그리고 방목해서 기르는 고기만 사용한다. 고기에서는 특유의 냄새가 전혀 나지 않는다. 담백하면서 쫄깃하고 갓 잡은 고기는 맛이 있다. 내 자녀들과 같다는 생각으로 동생은 임한다. 아낌없이 주는 사랑을 실천한다.

남는 장사는 아닌데 동생이 선택하는 이유는 하나이다. 필리핀이 주는 마음의 여유와 행복의 치유를 돈에 비유할 수 없다는 것이다. 돈보다는 마음의 평화가 삶에 큰 가치를 부여해 준다는 것을 안다. 챙겨야 하는 일들과 해야 하는 일들이 많다. 하루 3시간~4시간 자는 잠은 부족하다. 새벽에 눈을 떠서 아이들이 잠자리에 들 때까지 긴장 상태이다. 그런데도 피곤해하지 않고 행복해한다. 정신적인 안락함과 기쁨은 모든 일에 대해 걸림이 없게 한다. 몸무게가 3kg은 기본으로 빠져온다. 매년 동생이 캠프를 열려고 하는 마음을 완전 공감하고 있다. 우리는 같은 공간에서 같이 느꼈기 때문이다. 그래서 나를 편하게 생각한다. 필리핀에 대한 경험과 아이들의 인솔 절차를 잘 알고 있다. 믿고 맡기는 것이다.

12월 26일에 먼저 동생의 자녀들과 다른 학생들을 데리고 부산 김해공항에서 저녁 8시 30분 필리핀 항공으로 출국했다. 공항에서 사진을 찍어 보내 왔다. 층층이 쌓여 있는 수화물 박스는 보통 남자 키를 넘었다. 힘든 내색 없이 환한 미소를 짓고 있다.

출국 이틀 전에 아이들의 개인 서류와 출국 절차 등을 설명해 주었다. 미리 준비해 놓아야 할 일들이 많았다. 마음은 급하고 시간은 부족했다. 마음을 차분하게 하고 빠진 것이 없는지 확인 후 우선순위 일을 정해서 순서대로 처리했다.

서울에 있는 학생 엄마들 연락처를 받았다. 출발 전 전화해서 불안한 마음을 내려놓게 하였다. 만날 장소와 시간을 정하고 건강하게 만나자고 했다.

27일 정오 12시 23분 인천공항 도착 KTX 열차에 몸을 실었다. 소요시간 3시간 30분이다. KTX 열차 안 여행용 가방 보관 장소가 따로 있었다. 짐을 보관할 수 있는 칸은 이미 가득 차 있었다. 같이 함께 탄 중년의 아저씨는 내가 어쩔 줄 몰라 하는 표정을 보고 도와주셨다. 가방을 잃어버리는 경우가 종종 있다고 하시면서 아저씨 가방과 내 가방을 같이 묶어 고리를 채워 자물쇠로 잠갔다. 감사하다고 여러 번 말했다. 황당함 속에서 챙김을 받는다는 것이 더 기뻤다. '공항에 내리면 커피라도 한잔 대접 해야겠다.'라고 마음을 먹었다.

처음 가본 인천공항은 넓어서 정신이 없었다. 항공기마다 탑승하는 구역이 달랐다. 친절을 베풀어 주신 아저씨는 샌프란시스코에 간다고 하시면서 나와는 다른 방향으로 가셨다. 짐도 챙겨주시고 공항 길까지 친절하게 가르쳐 주신 것에 성의 표현을 못 해 아쉬웠다. 이정표를 보면서 혼자 찾아갔다. 긴 통로를 지나니 음악 소리가 들려왔다. 공항 가장자리에 공연장소가 있었다. 무대복을 입은 아가씨 2명이 클래식 연주를 하고 있었다. 뒤로 큰 스크린 화면에서는 손으로 그림을 그린다. 마술 같아 보이기도 하면서 사라졌다 다시 예쁜 그림이 순식간에 그려졌다. 전달하고자 하는 이야기를 그림으로 표현하고 음악으로 들려주었다. 그림이 순식간에 변하는 게 신기했다. 새벽부터 서둘러 오전에 해야 할 일을 마무리하고 3시간 30분간 기차에 앉아 있는 시간은 몸과 마음을 지치게 했다. 한순간에 녹아내리는 것 같았다. 음악과 그림에 집중했다. 일찍 도착한 덕분에 마음과 시간의 여유를 즐길 수 있었다. 공연이 끝날 때까지 음악에 심취되어 있었다. 생각지도 못한 선물이고 감동이었다. 피로가 날아가듯 눈과 귀가 잠시나마 행복했었다. 인천공항의 첫 만남은 좋은 이미지를 가지게 해 주었다.

'E' 구역 필리핀 항공 티케팅 하는 자리에 앉아 있었다. 미리 서류를 보고 학생들의 이름을 외웠다. 우진이, 희진이를 오후 6시에 만나자고 한 장소에서 만났다.

아이들의 첫인상은 순해 보였다. 우진이는 초등 5학년 남자 학생인데 어른스러웠다. 근접할 수 없는 포스가 있었다. 뽀얀 피부를 가졌고 얼굴은 작으면서 영특해 보이는 이미지는 믿음과 신뢰성을 주었다. 순하면서 자기만의 고집이 있었지만, 잘 수긍해 주었다. 키는 또래보다는 작아 보였지만 신체 비율은 좋았다. 챙겨주고 싶을 만큼 차분하고 순하며 맑은 아이였다.

희진이는 초등 6학년 여자 학생이다. 궁금한 게 많은 희진이는 피곤해서 잠을 잘 때 빼고는 말을 많이 했다. 사교성과 사회성이 좋았다. 긴 생머리를 한 희진이는 사춘기임에도 까칠하게 굴지 않았다. 감정의 기복은 있었지만, 통제 가능할 정도였다. 중학교 입학하기 전 마지막 방학이라고 놀고 싶어 했다. 엄마가 영어 공부를 해야 한다고 자기의 생각과 상관없이 필리핀 행을 택한 것이라 한다. 엄마에게 반항하고 싶지만 맞서 싸울 용기가 없어 받아들여야 했다고 말한다. 가기 싫은 마음의 표현은 엄마의 전화를 거부하는 것이었다. 마음은 아팠지만, 중학교 입학하기 전에 '열심히 해야 한다.'고 다독였다.

12월 27일 오후 8시 20분 필리핀 마닐라행 비행기를 탔다. 동생은 걱정이 되었는지 출발 전에 카카오톡으로 전화를 해왔다. 모든 준비 다 마치고 비행기 탑승 전이라 말했다. 4시간 뒤에 필리핀에서 만나자고 했다. 비행기 안 좌석에 앉으니 지쳐 있던 몸의 피로가 잠으로 밀려왔다. 학생들을 챙겨야 한다는 긴장감 때문에 깊은 잠을 자지 못했다. 기내식을 먹고 커피를 마시니 각성효과로 정신이 깨었다. 맑은 머리와 마음으로 정리할 수 있는 시간을 가졌다. 우진이와 희진이는 오래전부터 아는 사이라 했다. 오랜만에 만났는지 긴 이야기를 나누다가 어느새 조용히 깊은 잠을 자고 있었다. 잠자는 아이들 얼굴은 순수함 그 자체다. 매끈한 피부와 작은 얼굴을 가진 우진이는 아기 천사였다.

조용한 분위기의 비행기 안은 많은 생각을 하게 했다. 3박 5일의 짧은 여행을 충분히 만족하는 시간으로 보내고 싶다는 생각이 들었다. 관광도 하지 않고 리조트에서 나만을 위한 휴식을 하기로 했다. 충분한 쉼을 주고 싶었다. 새로운 회사 출근이 기대되기도 했다. 출근 전 나를 위한 여유다.

있는 그대로 바라보면서 생각을 가지지 않고 나를 느끼고 싶다. 꽉 찬 영양 덩어리를 몸에 주고 싶다. 신체적으로 정신적으로 건강하게 만들어야 한다. 그래야 좋은 생각이 나온다. 마닐라의 야경은 아름답다. 무사히 도착했다는 안도감이 긴장을 내려놓게 한다.

공항에 도착하여 입국 절차를 확인하는 길은 멀었다. 학생들의 부모가 아니기 때문에 절차가 다르다. 시간이 많이 지체되었다. 밖에서 기다리고 있을 원어민 선생님을 생각하니 걱정이 되었다. 로밍을 안 한 전화는 무용지물이었고 와이파이도 안 되었다. 한 참 지나 만난 선생님은 지친 얼굴이었지만, 나를 보자 웃으며 안아 주었다. 우리는 서로 아는 사이다.

'라구나'에 위치한 리조트에 도착하니 12월 28일 새벽 2시 30분이었다. 마닐라에서 남쪽으로 조금 떨어져 있는 도시이다. 동생은 우리가 무사히 도착한 것을 확인하고 잠자리에 들었다. 수다쟁이 희진이와 같은 방에 잤다. 여전히 잠들기 전까지 희진이는 말을 걸었다.

한국의 추운 날씨에는 몸이 저절로 웅크러지면서 긴장 속에 생활하는 반면 따뜻한 필리핀은 날씨만큼 마음도 축 늘어지면서 편안했다. 동생은 내가 왔다고 아침 식사에 신경을 썼다. 음식을 하는 '렉시'라는 '꾸야'는 남자 요리사다. 필리핀에서는 우리나라 아주머니를 '아떼'라고 부르고 아저씨를 '꾸야'라고 부른다. 한국 음식을 잘했다. 입맛에 맞고 맛이 있었다. 맛있다고 계속 칭찬을 해주었다. 렉시는 웃음으로 답했다.

한국에서 원두커피를 갈아서 가지고 갔다. 필리핀에서 맛볼 수 없는 아메리카노 커피이다. '스타벅스'가 있지만, 마을 안쪽에 있는 리조트는 커피 한 잔을 마시러 가기에는 먼 거리에 있다. 글로벌 브랜드는 어느 나라를 가든 가격이 같다. 필리핀의 커피 한 잔 값은 트라이시클 운전사의 하루 일당과 비슷하다고 한다. 필리핀 사람들은 아메리카노를 즐겨 마시지 않는다. 커피 자체를 좋아하지 않는다. 식사 후 원두를 내려 마시는 커피 향은 풍미를 더 해주고 맛을 한층 올려 주었다. 한 모금의 커피가 몸 안에 퍼질 때 몸속의 피로들이 달아나듯 깨어나고 정신이 맑아졌다. 이 여유로움이 좋다. 커피 맛을 제대로 느낄 수 있다. 동생과 마주 앉아 '행복하다. 좋다. 편안하다.'를 연신 주고받았다.

여행의 묘미는 몸과 마음을 제대로 쉬게 하는 휴식이다. 완전히 느낌을 받고 있다. 나 자신에 관여하지 않고 자비로움만이 여기 지금 이 순간에 있는 것 같았다. 마음의 휴식에서 오는 좋은 기운을 내면으로 끌어당겨 나의 에너지로 축적해 두려 한다. 3일 동안 리조트 안에 있는 마사지 샵에서 동생과 함께 하루에 2시간씩 내 몸에 선물했다. 마사지 받는 것을 좋아하는 나는 몸의 얽히고 막힌 기운과 감정들이 모두 풀리고 원활하게 흘러가는 느낌이 들었다. 기분이 상승하니 행복지수가 최고였다.

안전한 곳에서 혼자만의 시간을 가지고 보내는 여유로움은 걱정거리가 없다. 당장 눈에 보이는 것은 나에게 익숙하지 않은 환경들이다. 걱정해야 하는 것도 조심해야 하는 것도 없는 것 같다. 내려놓은 마음은 모든게 평화롭다. 주위를 두리번거리며 산책하는 낯선 풍경은 신기하고 이색적이며 아름답다. 야자수 나무가 지붕을 뚫고 올라가 있는 것이 신기해 한참을 바라보았다. 대형 수영장이 세 군데로 나누어져 있고 리조트 안에 동물원을 가지고 있었다. 파티를 할 수 있는 체육관 크기의 야외 빅 홀과 실내 빅 홀이 2개 있다. 만평이 넘을 정도로 리조트는 어마어마한 크기를 가지고 있었다. 답답함을 주지 않는 리조트는 더 머물게 만드는 것 같았다. 어디에 있든 자유로워지는 것 같다.

떠나기 전날 밤에는 맥도날드 라구나 지점 직원들의 파티가 열렸다. 수백 명이 파티를 즐겼다. 화려한 장신구와 조명들 그리고 음악이 함께했다. 팀별로 나가서 대항하듯이 춤을 추고 있었다. 다 같이 함께 즐기고 있는 모습이 행복해 보였다. 한쪽 구석진 곳에 앉아 시간 가는 줄 모르고, 그 들과 하나가 되어 즐거움에 빠져 있었다. 짙은 화장을 한 여자가 나에게 다가왔다. 영어로 한국에서 왔냐고 물어본다. 한류 열풍을 실감 나게 했다. '태양의 후예'에 대한 드라마 이야기와 한국 음식에 대한 이야기를 쉬지 않고 말 했다. 한국을 사랑하고 음식을 좋아한다고 한다. 나는 그 덕분에 한국 사람이라는 것이 자랑스러웠다. 남을 의식하지 않고 모두가 같은 마음으로 파티를 즐기는 것 같았다. 모든 삶 자체가 즐거움이다. 3박 5일의 필리핀 여행은 목마른 나의 갈증 해소를 시켜주고, 충전시켜 준 오아시스였다. 내 안의 자유로움을 가진 것 같다.

제4장
내 삶을 바꾼 독서

파견 근무시절 만난 스승님 두 분

삶을 살아가면서 1년에 책 한 권 읽을 시간조차 못 내는 사람들이 많을 것이다. 나의 삶도 그랬다. 힘들고 지친 시기에 책을 만났다. 조금 더 일찍 만났더라면 인생이 바뀌었을까? 지금은 장담하건대 그럴 것이다. 책이 주는 선물을 몰랐다. 만나 보아야 진정한 맛을 알게 된다. 나의 올바른 길잡이가 되어 주었다. 어두운 길을 밝혀주는 빛이다. 소중한 친구이자 스승이다.

2006년 11월 대기업에 도면 설계 업무일로 파견 근무를 했다. 화학 공장 안에 있는 회사는 1공장, 2공장으로 나뉘어 있고 1공장만 9만 평정도 되는 규모를 가졌다. 설계 팀장한테 인사를 하고 둘러보니 청색 작업복을 입은 남자직원들이 나를 쳐다보고 있었다. 업무 특성상 남자들과 같이 일을 해왔기 때문에 부끄러워하지 않고 도도하게 악수를 하며 인사했다.

"처음 뵙겠습니다. '박 정 심' 이라고 합니다. 잘 부탁합니다."

같은 사무실 공간에 다른 팀원들과도 인사를 다 나누었다. 남자직원들은 모두

"잘 부탁드립니다." 하며 말했다.

공정팀에 여직원이 한 명 있었다. 20대 중반 정도 되어 보이는 여직원은 키도 크고 날씬하면서 얼굴이 예뻤다. 우리는 고개만 까딱거리는 인사를 하며 미소를 띠웠다. 설계팀은 팀장을 비롯한 15명이 한 팀을 이루고 있다. 내 자리는 중간급의 직급을 가지고 있는 유 과장 옆이었다. 1, 2공장 전체 도면관리시스템을 담당하고 있는 직원이다.

열심히 하는 모습을 보여야 한다는 생각에 자리에서 일어나지도 않고 집중을 하다 보니 몸살이 날 정도였다. 입안은 가시가 돋친 듯이 하루에 몇 마디 하지 못했다. 각자 자리에 다 앉아 있는데도 아무도 없는 것처럼 조용했다. 전화를 받는 사람의 목소리가 크게 들릴 정도였다. 무슨 업무의 내용으로 통화를 하는지 알 수 있을 정도다. 유일하게 눈치를 보지 않는 한 사람은 유 과장 앞에 앉아 있는 심 과장이다. 유과장과 심 과장은 입사 동기이자 친구이다. 웃기는 것은 심 과장이 나이가 2살 위인데도 입사 동기라는 이유로 친구가 되었다고 한다. 전혀 남을 의식하지 않았다.

심 과장은 나를 유심히 보더니 말을 던졌다.

"키가 큰 여자들치고 머리 똑똑한 여자가 없는데……" 머리를 흔들며 조그마한 소리로 말했다. 내 키는 170cm이다. 키가 크다. 나를 보고 한 말인지도 모르겠지만 기분은 좋았다. 의식하지 않고 웃으며 말했다.

"아! 그런가요. 꼭! 그렇지만은 않을 겁니다."

선입견을 깨고 싶었다. 그 한마디가 별 이야깃거리도 아닌데 머릿속에 박혀

예민하게 굴었다. 더욱더 열심히 진도를 나갔다. 유 과장은 나의 업무 진행 상황과 속도를 보며 옆에서

"정심 씨! 좀 쉬었다 해요." 하며 한마디 했다. 순간 정말 감사했다.

"커피 한잔할까요?" 말을 건넸다.

"그럽시다." 하며 유 과장은 흔쾌히 받아 주었다.

커피를 마시지 않는 유 과장은 녹차 티를, 나는 커피를 각자 손에 들고 도면 자료실로 들어갔다. 도면 자료실 안은 회사의 모든 설계 자료들이 보관된 곳이다. 컴퓨터와 긴 회의용 탁자와 의자들이 놓여 있다. 도면 관리팀의 회의는 대부분 도면 자료실 안에서 이루어졌다.

유 과장은 업무 속도와 처리 능력을 제대로 하고 있다는 생각이 들었는지 회사 분위기와 업무 진행에 대해서 상세히 말해주었다. 어려운 업무 처리나 필요한 것이 있으면 언제든 말하라고 했다.

파견 전에 업무를 같이 했던 회사 직원이 유 과장은 원리원칙을 따지고 융통성이 없는 사람이라서 많이 피곤할 거라 했다. 키가 175cm 정도에 호리호리하고 잘생긴 얼굴이다. 한눈에 보아도 꼼꼼한 공무원 스타일의 인상으로 보인다. '공무원 스타일답게 업무일지와 스케줄 그리고 진행 상황을 잘 챙기는 것 같다.' 라는 생각이 들었지만 선입견이었다. 편안하게 일을 할 수 있게 문제점이 생기면 업무의 흐름이 잘 이어지도록 바로 해결해 주었다. 직원과의 업무 진행에 있어서 거절하기 힘든 일은 선을 분명하게 그어주니 엄청 편했다. 나에게만큼은 잘 맞고 고마운 사람이었다.

유 과장과 심 과장은 곧은 사람들이다. 아부성이 전혀 없었다. 자기 일에 최선을 다하고 사리 분별이 정확했다. 정해져 있는 업무에서 조금 벗어나는 일이나 개인적인 업무를 하는 것에 대해서는 엄격했다. 자기 계발과 관리를 계획해

서 실행하는 사람들이다. 공부습관이 완전 몸에 배 있다. 누가 더 많이 공부하는지 내기라도 하는 듯 보였다. 그 틈에서 나는 많은 것을 배울 수 있었다. 아침에 출근해서 보면 항상 두 사람은 책을 보거나 어학 공부를 한다. 유 과장은 매일 노트를 꺼내어서 하루 업무 시작 전에 좋은 글을 한 줄씩 쓴다. 본인의 스케줄을 계획하고 관리하는 일도 잊지 않고 했다. 유 과장, 심 과장, 나 세 명은 코드가 잘 맞았다. 날이 지날수록 같이 대화하는 시간도 많아지고 공부할 수 있는 자료들을 챙겨주셨다. 업무보다는 개인적인 도움을 많이 받았다.

잘 챙겨주는 유 과장에게 실적에 도움이 되고 싶었다. 업무 성과를 내는 것이 최선이었다. 업무에 몰입하면 화장실을 가는 것 빼고는 자리에서 일어나지 않았다. 옆에 사람이 와도 모를 정도로 집념을 보였다. 진행률이 계획보다 너무 많이 진도를 나가 버렸다. 업무 조절을 하며 일하라고 했다. 보고 있던 유 과장은 일의 진행도와 리듬을 조절해 주었다. 하루의 업무량을 정해 놓고 남는 시간은 공부했다.

옆자리에 앉아 있으니 자연스럽게 많은 대화를 하게 되었다. 마음이 힘들거나 고민스러운 일이 있으면 상담사 역할까지 해줬다. 풍부한 지식과 너그러운 마음으로 객관적인 입장에서 판단할 수 있게 조언을 해주었고 시간이 흐를수록 자연적으로 가족들을 알게 되다 보니 편했다. 남편과 인사를 하고 아이들 이름도 저절로 알아가졌다. 그들의 회사 소속에 내가 포함되어 있었다.

오랫동안 남자직원들과 일을 해오고 있다. 그들의 속성과 생리에 익숙해져 있다 보니 내성이 생겼다. 거리감도 없었고 감정에 대한 마음 단속이 잘 되었다.

유 과장은 도를 닦는 사람처럼 마음공부를 하는 수행자였다. 명상, 기 치료, 뜸, 한의학, 마음공부, 수지침 등을 직장 생활을 하면서 공부하고 있는 사람이다. 나는 약간의 우울증 증세가 있었다. 유 과장은 관련된 동영상 자료를 주었다. '사강의 마음공부, 전통 악기 소리(대금, 피리, 가야금 등) 음악, 물 흐르는 소리 음악, 다큐멘터리 시리즈, 주역' 자료를 주었다. '사강의 마음공부'는 정말 도움이 많이 되었다. 처음으로 '마음공부도 해야 하는구나!' 라는 것을 알게 해 주었다. 마음 알아주기, 다독거려주기, 들어주기, 사랑해주기, 안아주기 동영상을 들으면서 조금씩 치유가 되는 것 같았다. 마음공부의 시작이었다.

봄에 기운이 없어 처져 있을 때가 많았다. 유 과장은 귀신같이 알아낸다. 뜸 뜨는 방법과 위치를 가르쳐 주었다. 어디서 뜸을 사는지, 좋은 뜸은 어떤 것인지 공부시켜 주었다. 위장이 약한 나는 잘 체하는 편이다. 신기하게 얼굴형을 보고 위장이 약하다는 것을 알아맞혔다. 조그마한 주삿바늘을 가지고 따는 곳을 가리켜 주면 직접 바늘로 땄다. 뭉쳐있던 음식들은 금방 내려갔다. 화가 치밀어 오를 때 마시면 좋은 차, 나에게 맞는 음식을 알려줬다.

유 과장은 웃으며 말한다.

"사이비 교주 말을 잘 들으시네요."

근데 믿음이 가게끔 효과들이 있었다. 틈틈이 공부하는 한의학 공부는 날이 갈수록 전문가적인 냄새를 풍겼다. 신체적인 현상을 말하면 몸의 어느 부분이 좋지 않다고 하면 맞았다. 유 과장 사이비 종교 1번 신도다. 마음공부를 시켜주었고 건강관리 하는 법을 잘 가르쳐 주었다. 업무에 대한 스트레스를 많이 받으면 유 과장이 준 음악으로 잠시나마 마음을 가라앉게 했다. 물소리, 대금 소리는 심신을 편안하게 해 주었고 정신을 맑게 해주는 데 효과를 주었다.

유 과장은 회사 문고를 담당하는 책임자였다. 한 달에 한 번씩 책 구매를 해야 한다. 직원들의 문화, 교양을 장려하는 차원에서 책 구매 비용이 따로 지급되었다. 같이 책을 선별하면서 읽고 싶은 책도 간간이 신청해 주었다. 책이 도착하면 책 리스트를 만들고 책 도장을 찍는 일을 도왔다. 그러면서 신청한 새 책을 따끈따끈할 때 먼저 읽을 수 있었다. 업무시간에 몰래 읽는 책은 맛이 월등히 좋다.

일하기 싫다고 투덜거리면, 유 과장은 옆에서 한마디 한다.

"지금은 못 느끼겠지만, 정심 씨 나이가 조금 더 들면 일이 있다는 것에 감사할 겁니다."

세월이 흐를수록 유 과장 말이 맞았다. 일은 나의 즐거움이고 성취감을 준다. 일이 있어서 행복하다는 것을 절실히 느낀다. 일하던 사람들은 집에서 쉴수가 없다. 숨 막히고 답답하다. 몰입할 수 있다는 것에 감사하다. 일은 또한 수행을 저절로 시켜준다.

내 인생의 멘토로서 역할을 톡톡히 해 준 유 과장은 내가 그 회사에서 나온 후 한 번도 못 만났다. 딱 만 7년을 근무하고 나왔다. 그런 인간적인 사람 또 만날 수 있을까?

심 과장은 어학에 대한 천부적인 재능이 있는 사람이다. 생각하는 것이 보통사람들과는 차원이 다르다. 독특한 자기만의 세계를 가지고 있다. 중국어, 영어, 일본어를 마스터하고 화학 공장 장치 전문가로서의 실력을 겸비한 장치 엔지니어다. 영어에 대한 두려움을 깨버리고 싶다고 했다.

심 과장은 나보고 "진짜 공부를 해봤어요?" 하고 말했다.

"진짜 공부는 어떤 건데요?" 하며 물었다.

"정심 씨! 영어는 외운다고 되는 게 아닙니다. 언어는 계속 노출을 시켜서 습득해야 하는 겁니다. 아이고! 정심 씨는 아직은 희망 있네. 마흔 살 넘어가면 언어 공부는 포기해야 합니다." 낄낄 웃으며 말했다. 중국어 공부를 어떻게 했는지 말해주었다.

중국에 주재원으로 갔을 때 유치원생들 책과 학습지를 사서 기초 공부부터 했다고 한다. 그러면서 단계를 높이고 초등, 중등, 고등으로 올라갔다고 한다. 현지에 친하게 지낼 수 있는 친구가 있어야 듣기, 말하기가 된다고 했다. 중국 현지에 5년을 살면서 완전 마스터를 해오신거다. 점심시간에 간간이 중국어 감각을 잃어버리지 않게 중국에 있는 친구나 현지 공장 사람에게 전화를 했다. 옆에서 듣고 있으면 부러움이 절로 생긴다. '중국어는 힘드니까 영어라도 저렇게 말을 할 수 있으면 얼마나 좋을까' 하는 마음이 들 정도였다. 심 과장은 영어를 무척 힘들어했는데 차근차근 기초 공부부터 하니 들리기 시작하고 원서를 읽는다고 했다. 옆에서 봐온 나는 신뢰감이 확 들었다.

"정심 씨! '한 일'이라는 EBS 강사인데 내가 들어 본 것 중에 제일 귀에 '쏙쏙' 들어오게 강의하니깐 이거 한 번 들어 보세요." 하며 자료를 주었다.

"근데 영어 공부를 하는데 지켜야 할 사항이 있어요. 3일 정도는 영어 공부를 안 해도 되는데 4일이 지나기 전에는 영어 공부를 해야 합니다. 그래야 기억이 나서 공부한 내용이 생각이 나는데 4일이 지나는 날에는 생각이 연결이 안 됩니다. 그러니 영어 공부를 안 하더라도 TV에 영어로 말하는 영화라도 보세요." 라며 신신당부하듯이 말했다.

"알겠습니다. 감사합니다." 열심히 해야겠다는 마음으로 말했다.

"정심 씨처럼 바쁘면 영어공부는 못하는데……. 시간을 충분히 가지고 공부하세요." 하며 걱정스러운 듯 말했다.

점심시간 '땡' 하면 내려가서 점심을 후딱 먹고 올라와서 동영상 강의를 들었다. 60강까지 있는 강의를 8번 정도 들었다. 연습장에 정리하듯이 공부하지 않았다. 오로지 한 것은 동영상을 꾸준히 들었다. 기초 영문법이 조금씩 이해가 되면서 들렸다. '어! 된다.' 막힌 것이 뚫어지는 시원한 느낌으로 영어의 맛을 보게 되었다. 혼자서도 충분히 공부할 수 있었다. 중급을 넘어가면서 기초가 확실히 서 있으니 이해가 잘 되었다.

심 과장은 명작 600단어짜리 책으로 같이 공부를 해 주었다. 문법 개념을 잡아 주었다. 시간이 부족해서 많은 영어 공부를 하지는 못했지만, 남들과 다르게 가르쳐 주었다. 학원이나 학교에서 가르치는 방법으로는 백날을 해도 안 된다고 말한다. 애들을 지치게 하고 영어에 대한 흥미를 떨어뜨리게 하는 공부 방법이라 했다. 알고 보면 영어는 진짜 쉽다고 한다. 핵심만 잡아주면 빨리 갈 수 있다고 했다. 짧은 시간에 나에게 시험적으로 가르쳐 준 영어 공부 방법은 적중했다. 실속 있고 알찼다. 영어에 대한 두려움을 덜어 주었고 재미를 더해 주었다.

심 과장이 말한 것처럼 마흔이 넘어가면 한계가 있었다. 열심히 공부해서 외워도 뒷날이 되면 새롭다. 원어민과 화상 영어로 일주일에 3번씩 수업을 하고 있다. 쉽지 않은 것이 어학인 것 같다. 한계를 느끼면서도 부딪쳐 본다. 고급영어를 하지는 못하지만, 기본적인 영어 수준으로 만족을 한다. 꾸준히 하는 습관이 중요하다. 언젠가는 자유로운 영어 대화를 위해 즐기면서 노력하고 있다. 재미를 더하며 가고 있는 영어수업은 나를 성장시키고 있다.

유 과장, 심 과장은 더해지면 배가 되는 나눔을 심어 주었다. 계산하지 않고 아낌없이 나누어 준 사랑은 잊지 못한다. 평생 살아가면서 힘이 된다. 책과 공부는 삶을 밝혀 주고 있는 통로이다. 공부하는 재미를 심어 준 심 과장은 죽을 때까지 공부해야 한다며 여전히 성장하고 계신다.

독서를 통해
나의 한계를 확장하다

　부모가 모범이 되어 아이에게 보여주는 삶을 살아야 했는데, 지나치게 아이에게만 책을 가까이하라고 했다. 어릴 때 마음의 씨앗을 잘 심어줘야 하는 것을 알면서도 귀찮아했다. 지금 생각하니 '왜? 그랬을까?' 하는 아쉬움이 남는다. 책에 쏙 빠지게 만들어 준 한 권의 에세이. 그로부터 책을 손에 놓지 않은 지가 20년이 되어 간다.

　책을 읽게 되는 시기를 살펴보니 삶이 보이는 것 같다. 미칠 것같이 힘든 시기와 괴로운 시기 그리고 이겨 내어야 하는 시기에는 마음이 저절로 책을 찾게 된다. '이 또한 지나가리오.' 하는 마음으로 책과 시간을 보내고 있다. 그 시간도 소중한 시간이다. 헛되이 보내고 싶지 않은 시간이다. 눈에 책이 들어오지 않지만 나 스스로 최면을 걸며 집중한다. 한 줄이라도 천천히 몰입해서 읽으려고 노력한다. 시간 투자에 비하면 몇 장이 넘어가지는 않는다. 잡념으로 보내는 시간이 더 많을 정도이다. 정신을 차리고 읽다 보면 몰입이 되어 좋은 글귀들이 눈에 들어오다가 또 지루해지면 잡념이 떠오른다. 반복적이긴 하지만 그래도 책은 많은 것을 내어준다. 이겨내고 참고 기다리라 한다.

현재 마음에 상처를 받았다면 스님들의 법문 집을 본다. 구분해서 책들을 분류해 놓았다. 책을 읽다 보면 괴로움이나 슬픔을 달래 주기도 하고 마음을 편안하게 만들어 주기도 한다. 집중력을 향상시켜 마음을 다지게 하고 소화가 잘 되게 해준다.

복잡한 문제나 결정을 내려야 하는 일들이 생기면 마음의 속도를 늦출 수 있는 책을 찾는다. 영감을 받고 결정에 대한 정보를 얻기 위한 것이다. 올바른 판단과 스스로의 만족감을 주어 위안을 받게 한다. 간접 경험을 통해 견문을 넓히고 지혜를 만드는 힘이 된다. 책에서 답을 얻고 있다.

그래서 나는 책을 사서 소장한다. 한번 읽고 끝내는 책들이 아니다. 몇 번씩 같은 책을 읽을 때가 있다. 시간이 지나 읽는 책은 읽을 때마다 새롭다. 완전히 다른 느낌을 준다.

바쁜 일로 시간 가는 줄 모르고 지내는 시기가 있다. 다른 배움으로 그곳에 몰입이 되어 있으면 책을 보는 시간이 확연히 줄어든다. 그것은 책에서 받은 영감으로 삶을 나아가는 시간이다. 책 읽는 시간이 짧아진다는 것은 행복한 성장을 하기 위해 가는 길이다. 아픔을 잘 치유하고 극복했다는 것이다. 책의 힘이 필요하면 책과 함께하는 시간이 많아진다. 지금은 감정에 휩쓸리지 않고 꾸준한 계획과 시간 관리에 의해 책을 읽고 있다.

책을 읽다 보니 문득 책을 효율적으로 읽고 싶다는 생각이 들었다. 책 읽는 것을 초월해서 기록하고 한눈에 책의 내용이 들어오게끔 맵을 만들고 싶었다. 세상에 하나뿐인 나의 독서록이다. 책을 읽는 시간에 비교해 보면 기억 속에 머무는 시간이 짧다. 피로와 싸워 어렵게 시간을 내어 책을 읽는다. 책 읽는 시간은 투자다. 인생의 가치를 높이기 위해 독서에 투자하는 것이다.

과거에 읽은 책을 책장에서 꺼내어 펼치면 색깔이 조금씩 발해있다. 펼쳐 책장을 넘기면 깨끗하다. 나의 흔적이 없다. 읽을 당시에는 책이 주는 감명을 머릿속으로, 가슴으로 담아 두기 위해 몰입하며 읽었다. 너무 좋아 꼭꼭 씹어서 내 것으로 완전히 만들기 위해 세 번을 읽은 책도 있다. 시간이 지날수록 감흥이 떨어지고 책이 주는 빛과 색깔들이 희미해졌다. 오랜 시간은 책 제목과 내용을 잊어버리게 하고는 읽었는지 기억조차 해내지 못하는 것이 안타까웠다.

책을 읽다 보면 읽는 것도 기술이 필요하다는 생각이 들었다. 효율적인 책 읽기를 하고 싶었다. 책 읽기도 공부를 해야 한다. 책 읽기도 공부를 해야 한다는 것이 웃기지 않는가?

나만 가지는 문제라고 생각했다. 책을 찾아보니 많은 사람이 나처럼 공감하고 있었다. 효과적이고 효율적인 책 읽기 기술 책이 세상 밖에 나와 있었다. 훨씬 수월하게 문제를 해결할 수 있었다. 책이 말하는 이야기를 잘 이해하고 나만의 것으로 만들어야 한다.

처음에는 책을 눈으로만 읽으면서 뇌로 전달시키고 가슴으로 느낌을 남게 했다. 완벽하게 완독을 했다. 내용 파악을 잘했다는 생각에 뿌듯함이 들었다. 그러나 책을 덮으면 전달해 주고자 하는 내용이 오래가지 못했다. 허탈감이 들었다.

다음으로 시도한 것은 공부하듯이 밑줄을 그었다. 검정색 볼펜으로 감동적인 글에 표시하고 빨간색 볼펜은 적용하고 싶은 글에 박스를 치고 별 표시를 했다. 눈에 확 띄게 형광으로 밑줄을 긋고, 다 읽고 나면 밑줄 친 부분만 다시 눈으로 읽고 확인하며 기억시켰다.

책을 읽으면서 노트에 정리했다. 노트를 항상 책과 같이 들고 다니다 보니 짐이 두 배다. 알찬 책을 읽게 되면 책 한 권을 필기해야 할 정도였다. 읽는 시간과 필기하는 시간이 오래 걸렸다. 정리한 내용들은 노트의 3~4장은 되었다. 정리할 때는 온 힘을 다해 필기했는데 자주 들여다보지 않았다. 책을 많이 읽을 수가 없었다. 읽는 방법이 점점 진화하게 되었다.

여러 종류의 독서 기술 책을 읽고 경험에서 깨우친 방법을 적용해서 나만의 책 읽는 방법을 찾아가고 있는 단계이다. 눈으로 책을 읽고 중요 부분은 펜으로 밑줄을 긋는다. 난이도에 따라서 표기 방법이 달라진다. 많이 중요하고 명언 같은 글귀가 있으면 포스트잇으로 붙여 놓는다. 깨닫게 해주는 글이나 적용해야 할 것은 책 속의 빈 공간에 내 생각을 적어 놓는다. 형광펜으로 밑줄을 긋고 포스트잇을 붙인다.

익숙하지 않은 단어나 중요 단어도 빈 공간에 크게 적는다. 익히는 나만의 방법이다. 다 읽은 책은 맨 뒷장의 공백에 한 번을 읽었으면 1을 적고 읽은 년도와 날짜를 적어 놓는다. 짤막하게 생각과 깨우친 것을 적는다. 두 번을 읽었을 때도 한 번 읽은 방법과 같이 적용한다. 책을 몇 번 읽었는지 알 수 있다. 소장 가치가 있거나 삶에 힘이 되어 주는 책은 몇 번을 읽어도 좋다. 답을 찾을 수가 있고 위로를 받을 수 있다. 그래서 독서 모임이나 카페에서 추천하는 책이나 베스트셀러로 올라오는 책은 대여하지 않고 구매를 해서 소장한다. 나의 책들을 가만두지 않는다. 책이 깨끗하지 않다. 과감하게 낙서도 하고 생각나는 글을 적기도 한다. 흔적을 남기면서 나의 것으로 만든다.

자녀들에게 최고의 선물로 손색이 없을 것 같다는 생각이 들었다. 소장 가치가 있는 책들은 영원한 진리의 글들이다. 힘이 되어주고 열정을 만들게 한다. 자식들에게 아니 대대손손으로 물려주는 유산이 된다. 엄마의 흔적이, 아들과 딸의 흔적이, 손주의 흔적이, 다음 손주들의 흔적이 묻어나게 만들 수 있다. 아들은 책을 보면서 엄마인 나를 생각나게 만들고, 손주는 할아버지, 할머니, 아버지, 어머니를 생각나게 할 것이다. 생각만 해도 가슴이 벅차고 행복해진다. 얼마나 가치 있는 일인가? 그렇게 되길 희망한다. 될 것이다.

책 읽기를 끝내고 마지막 단계로 마무리한다. 독서록 보다 독서 맵을 만들기 시작했다. 책 제목을 쓰고 읽은 년도와 날짜를 적는다. 중요한 내용을 적고 가지치기를 하면서 중요한 단어들만 적는다. 단어만 보아도 연상이 되게끔 연결하는 것이다. B5 한 장에 책의 중요 내용을 다 적는다. 핵심 정리를 한 것이다. 독서록은 '3P 바인더'에 포스트잇으로 날짜를 적어 관리한다. '3P 바인더'는 하루에도 몇 번을 펼쳤다 덮었다 한다. 일과를 점검하고 기록하면서 모든 내용을 낱낱이 기록을 한다.

약속 시간에 조금 일찍 나가거나, 기다려야 하는 시간이 생기면 독서 맵을 본다. 계속 노출을 시키는 것이다. 그러면서 장기 기억 속으로 넣는다. 1년 동안 꾸준히 채워지는 독서 맵은 년도 별로 구분하여 리스트를 작성하여 바인더에 보관한다. 가치가 있는 책들은 빠른 시간 안에 여러 번 읽을 수 있다. 개념 정리를 확실하게 할 수 있다.

처음에는 정독으로 한 번 읽는다. 두 번째는 밑줄 그은 부분과 형광색이 그어져 있는 부분을 집중적으로 보면서 책 읽는 시간을 단축시킨다. 세 번째는 독서 맵으로 책과 내용을 일치시킨다. 바인더에 첨부된 리스트로 독서 맵을 찾아 내용을 상기 시킬 수 있다.

몇 번의 시행착오를 거치면서 실행하고 있는 독서법이다. 보람되고 재미가 쏠쏠하다. 책에 몰입도가 더 생기는 것 같다. 내용을 자세히 보게 되고 요점 정리를 통해 책이 전하고자 하는 핵심을 찾게 되는 것이다. 공부하는 방법인 것이다. 방법을 깨우치고 나니 공부가 쉬워지고 알아가는 재미가 있다.

현재로서는 이 방법으로 정리하고 있다. 독서 맵을 그릴 때는 시간이 오래 걸린다. 왜냐면 나의 방식으로 화려하게 색을 사용하고 그림을 그리면서 작품을 만든다. 꾸미는 재미가 있다.

아들과 딸에게 재미를 더해주는 선물을 해주고 싶어서이다. 엄마의 마음을 고스란히 가득 묻혀 주고 싶다. 아들과 딸의 삶이 나의 삶보다 소중하다. 그런 아들과 딸을 사랑한다. 사랑의 표현이다. 아이들이 성장하여 어른이 되면 내가 없는 빈자리를 나의 흔적으로 채워 주었으면 한다. 나의 자식들이 알아주기를 바라는 마음은 아니다. 그것은 그들의 몫인 거다.

천천히 가는 독서법도 좋다. 빠르게 많이 읽는 것보다 하나를 제대로 정독하면서 내 것으로 만드는 것이 가치를 더 많이 부여할 수도 있다. 디테일해지고 정확성을 가지게 되는 것 같다. 실행력을 높이는 나만의 독서법이다.

나의 한계는 내가 정한 틀이라는 것을 알았다. 한 단계씩 넘을 때마다 커지고 있는 나 자신을 바라보게 된다. 무에서 유를 창조하듯이 찬찬히, 그리고 바보처럼 욕심내지 않고 진화하고 있다.

독서는 배움이다.

힘든 마음을 녹이는 강력한 힘이 있다. 지치지 않는 삶의 온도는 어디까지가 나의 한계일까?

세상의 깊이와 넓이를 배우며

대학원 시절에 친한 짝지가 있었다. 어울리지 않을 것 같으면서 어울렸던 사이다. 나이 차이가 많이 나는데도 불구하고 서로 소통이 되었다. 닮은 점이 많았다. 그래서 우리는 더 자주 만나고 서로를 챙겼다. 학우들은 나의 짝지가 학교를 나오지 않으면 나에게 물어본다. 우리는 그런 사이가 되었다. 수업 첫날 우연히 옆자리에 앉았다. 한눈에 보아도 '보통 사람은 아니구나!' 라는 느낌을 주는 얼굴과 몸매는 나이를 가늠할 수 없을 정도였다. 늘 미소를 머금고 있는 환한 얼굴과 자전거 타기로 만들어 낸 탄력 있는 몸은 건강해 보인다. '알고 싶다.' 라는 마음이 들 정도로 매력을 품고 있었다. 서로를 모르는 사이임에도 같은 동기생으로 나를 반겨 주고 챙겨 주었다. 수업 쉬는 시간에는 조금씩 알아가는 시간이 되었다. 서로 인사하며 인적 사항을 공유했다. 어떻게 불러야 할지 몰라 고민하다가 먼저 물어봤다. 나보다 14살 연상 언니다.

"편하게 '언니'라고 부르세요. 잘 해봅시다. 우리."

"예! 언니."

서로 얼굴을 마주 보며 웃었다. 여태까지 화내는 얼굴을 한 번도 보지를 못했다. 항상 환하게 웃고 차분하며 침착하다. 지혜롭고 어진 분이다.

나이는 숫자에 불과하다는 것을 생각하게 만들어 줬다. 삶의 열정이 이 자리까지 오게 했다고 한다. 식지 않는 열정은 늙게 만들지 않는 것 같았다. 활동적이며 적극적이고 진취적이다. 울산 전통 학춤 보유자이신 스님께 학춤을 배우고 계신다고 했다. 여고 동창생들과 자전거 동호회를 만들어 정기적으로 자전거를 타고 전국 순회를 하고, 회사 경영을 위해 공부하려 입학 했다고 한다. 회사를 운영하고 있는 CEO다. 유연하고 아름다움이 느껴지면서 카리스마가 있다. 미모와 지성과 재력을 고루 갖추고 있는 분이었다. 회사를 경영하면서 자기 계발에 적극적이고 시간 관리를 잘 하는 언니는 본받아야 할 점이 많았다.

우리가 앉는 자리는 정해져 있다. 맨 앞줄이다. 졸업 때까지 우리 자리였다. 언니와 내가 회사 일로 늦어 수업시간 중간에 들어가도 앞자리는 비어 있다. 다른 사람들은 넘볼 수 없을 정도로 고정석이 되었다. 비싼 수업료를 내면서 제대로 공부하기로 마음먹고 입학했다. 집중하기 위해서 앞자리를 택했다. 수업시간에 눈꺼풀이 내려오는 일도 많았지만 견뎌 내야 하는 자리이다.

수업이 없는 날에는 가끔 언니와 만나 밥을 먹었다. 수업이 있는 날에는 대화할 시간이 부족했다. 서로가 바쁘고 마치는 시간과 동시에 집으로 향했다. 빨리 집에 가서 쉬고 싶은 마음뿐이었다. 학교생활은 혼자만 잘해서는 되지 않는다. 정보도 공유해야 하고 팀별 프리젠테이션 수업이 있기 때문에 만나서 친해져야 한다. 다른 학우들은 언니와 나의 관계를 부러워한다. 우리처럼 환상적인 짝꿍은 없었다. 지금도 서로를 챙기고 안부를 물어본다. 힘든 시간을 서로

의지하며 견뎌내었다. 영광의 졸업장을 받을 수 있었던 것은 서로의 사랑으로 일구어낸 결과물이다.

서로에게 "고맙습니다. 감사합니다." 인사말을 했다.

책 읽기를 좋아했던 나와 언니는 좋은 책을 추천하기도 하고 선물을 했다.

어느 날 방학 기간이었다. 저녁 같이 먹자고 연락이 왔다. 아무리 바빠도 언니와의 약속은 중요했다. 우리가 자주 가는 학교 앞 '규합총서' 식당에서 만남을 가졌다. 언니의 표정은 그렇게 밝지가 않았다.

"언니! 무슨 일 있으셨어요?" 묻자 언니는

"마음이 좀 힘들었습니다. 친한 친구를 멀리 보냈습니다." 우울해하시며 말했다.

"언니! 무슨 말씀이세요?"

"여고 동창생입니다. 창원에 있는 삼성 병원에서 근무하던 친구인데 얼마 전에 암으로 먼저 갔습니다. 발견하고 오래되지 않았는데 그렇게 빨리 갈 줄은 몰랐습니다. 치료도 제대로 해보지도 못하고…… 정기 검진 때는 정상이었답니다. 아랫배가 계속 아파서 여러 병원을 검진을 다녔는데 그 부위가 찾아내기 힘든 곳이었다고 합니다. 발견했을 때는 이미 늦은 상태였다고 하네요. MRI를 찍었는데도 놓쳐지는 부분이 있다고 합니다. 병원에 근무했는데도 이런 일이 생깁니다. 정말 친한 친구였는데 믿기지 않습니다. 첫날부터 보내는 날까지 같이 있어 주고 싶어서 친구들과 장례식장에서 보냈습니다. 친구들도 다들 '멘붕' 상탭니다. 한동안 마음이 너무 힘들었습니다. 지금은 조금 괜찮습니다." 하며 애써 언니는 마음을 다잡으시며 웃으셨다.

"정심 씨! 건강관리 잘하세요."

"언니도 건강관리 잘하시고 빨리 마음을 회복하세요. 에고……." 하며 한숨이 나왔다. 힘들어하는 언니 모습을 보니 마음이 짠하면서 아팠다. 어떤 말을 해도 위로가 되지 않을 것 같았다. 마냥 듣고만 있었다. 언니는 나에게 책을 하나 주었다.

"정심 씨! 친구를 보내고 나서 죽음이 무엇인가? 생각해 보니 너무 궁금했습니다. 서점에 가서 죽음에 관련된 책을 찾다 보니 이 책이 괜찮은 것 같았습니다. 한 번 읽어 보세요."라고 하며 책을 주었다. 그 책은 죽음에 관한 내용을 다루고 있었다.

한 번도 '죽음'이라는 것을 생각해 보지 않았다. '죽음'은 남의 일인 듯했고 나에게 일어날 수 없는 일이라고만 생각하며 회피했었다. 영원히 살아 숨 쉬고 있을 것만 같다. 나만 특별한 존재인 것처럼……. 사실 아무것도 아닌데 말이다.

순간 궁금했다. 알고 싶었다. 요가나 명상을 하면서 가끔 선생님이 전해 주는 말은 있었지만 받아들이고 싶지 않았고 인정하고 싶지 않았었다. 나에게 '죽음'은 그랬다.

책을 읽고 나서 나에게 주어진 삶을 생각하니 온통 감사함이다. 건강하게 살아가는 것도 감사함이다. 믿거나 말거나 하는 이야기이지만 믿고 싶어졌다. 손해 볼 건 없다는 생각이다. 알고 있는 것과 모르고 살아가는 것에는 차이가 엄청나다. 삶을 함부로 살지 못할 것 같다. 삶의 온도가 뜨거워진다.

생각과 관점의 차이가 일어났다. 죽음이 두렵지 않다는 생각이 들었다. 이제는 죽음이 끝이 아니구나 하는 생각을 가지면서 편안하게 맞이할 수 있는 마음의 여유가 생겼다. 한 번은 가야 할 길이라면 편안히 받아들일 자신이 있다. 살아 있음이 소중하다. 나의 삶에 열정을 가지는 이유는 책을 통해서 내 생각을 정리할 수 있었기 때문이다. 바라보는 관점이 달라졌다.

내가 만나는 한 사람 한 사람이 과거에 나와 어떤 인연의 고리로 다시 이생에서 만나는 것일까? 생각하면 소홀히 대할 수 없다는 생각이 들었다. 소중하기만 하다. 악연이든, 좋은 인연이든……. 나를 비롯한 주위 사람들에게 따뜻하게 맞이해 주고 부드러운 말로 대면하려 노력한다. 진심으로 마음에서 우러나오는 사랑으로 맞이한다. 분별하지 않고 선입견을 품으려 하지 않는다. 있는 그대로의 모습들을 인정해주고 받아들이는 마음을 가지고 나니 마음이 훨씬 편하고 자연스러웠다.

　나의 부모님들, 형제자매에게 살아 있을 때 따뜻하게 해야 한다는 마음이다. 현세에 맞이한 인연은 분명 알 수는 없지만 만나야 할 원인이 있다고 생각하니 소중해졌다. 좋은 인연으로 가야 한다.

　죽기 전에 두고두고 꺼내서 읽어 보려고 책장의 한 가운데 고이 간직하고 있다. 삶이 지칠 때 읽어보기 좋은 책이다. 젊은 날에 삶을 알차고 보람되게 살아갈 수 있게 만들어 주는 불씨 같은 책이다. 내 자녀들에게 물려주고 싶은 책 중의 하나이다. 삶을 바르게 살아갈 수밖에 없는 지침서이다. 죽음에 대한 이야기이지만 결국은 삶을 어떻게 살았는가? 에 대한 심판의 결과로 이어지게 하는 것이 아닐까 생각해본다. 하루하루의 소중함으로 최선을 다하는 날들을 맞이한다. 내가 선택한 육신을 아끼며 사랑하고 살아야 한다는 마음이다.

자신감이 만들어 낸 재테크

한 번의 아픔이 있고부터는 돈이 무섭고 두려운 존재로 다가왔다. 그러면서도 돈을 이겨보고 싶고 가지고 싶은 욕구는 어쩔 수 없다. 20대 후반에 너무 빨리 나에게 돈이 왔다. 돈의 경제관념이 되어 있지 않은 나이에 붙어 버린 돈은 나의 삶과 영혼을 풍요롭게 해주었다. 부족함이 없을 정도로 행복을 주었다. 모르고 처음 시작한 장사는 운 좋게 성공이었다. 무서움을 몰랐다.

형부에게 자랑하듯이

"형부! 요즘 은행에 다니는 재미가 너무 좋아요." 말했더니,

"우리 처제 돈맛을 알아가네." 하시며 말했다.

태어나서 매일 현금을 만지며 많은 돈을 내 것으로 가져본 일이 없었다. 돈이 주는 행복은 4년 동안 저축을 꼬박꼬박하게 했다. 통장이 배불러 오는 재미는 힘든 생활을 녹아버리게 했다. 그렇게 모은 돈은 하나도 써보지도 못하고

고스란히 은행에 내주었다. 남편의 판단 오류로 빚을 지게 된 것이다. 마음을 비우고 내려놓는 일을 수없이 반복했다. 주어진 삶에 만족하자고 마음을 달랬다.

다시 시작하는 마음으로 검소한 생활을 했다. 돈을 버는 것이 중요한 것이 아니라 절약해서 모으는 것이 최선이라 생각했다. 열심히 노력하고 인내한 시간은 끝이 보이게 했다. 빚 정리가 되는 시점에는 삶의 희망이 보였다. 남편은 늘 미안함으로 가족을 더욱 챙기고 가정을 돌보았다. 죄책감에 표현하지는 않았지만, 얼굴에 그림자가 있었다. 훨씬 밝아진 표정은 삶의 여유를 주었다. 요즘은 즐기는 삶을 살려고 하는 것 같다. 남편과 내가 서로의 마음을 맞추고 충실한 삶을 살았기 때문이다.

돈은 속도가 붙어 우리에게 왔다. 남편 회사에서 성과급이 매년 알차게 나왔다. 많은 도움이 되었다. 1년 거치 기간 적금과 3년 거치 기간 적금으로 분산해서 넣었다. 그렇게 불린 돈은 목돈이 되었다. 회사 생활하는 틈틈이 경제 관련 공부를 했다. 책을 수십 권을 사서 읽고 자료를 찾았다. 추천하는 우수 카페 회원 등록을 하고 시간이 나면 카페에 들어가서 새로운 정보가 없나 확인했었다. 부동산 투자를 해보고 싶었다. 그래서 잘못 투자해서 날려버리면 다시 예전의 생활로 돌아가야 하는 게 끔찍이도 싫었다.

선택한 가난과 진짜 가난은 완전 다르다. 잘못 판단으로 다시 내려가는 삶을 살고 싶지는 않았다. 한 번의 경험은 감당하겠지만 두 번은 하고 싶지 않다. 나만 감당할 수 있는 일들이 아니다. 가족들의 희생이 없이는 이겨낼 수도 없다.

공부하면서 확실하게 개념 정리가 된 것은 있었다. 기본적인 프레임에 충실해야 한다는 것이다. 내가 살고 있는 지역과 가까운 외곽에 땅을 사야 한다고 한다. 실시간으로 정보를 알 수도 있고, 시간이 되면 눈으로 확인할 수도 있다는 장점이 있다. 조금 비싸게 주더라도 안정적인 땅을 사고 싶었다. 정확하게 땅에 투자해야겠다는 생각이 확고히 들었다. 많은 돈을 벌려면, 전문가들은 땅으로 가라고 이야기를 하고 있었다. 자기의 주관이 확실하게 있어야 투자할 수 있다. 투자의 방향은 많다. 우선 땅에 관심을 두었다. 늦다고 생각할 때가 빠른 것일 수 있다.

두 번째로 생각한 것은 아파트 분양권이다. 청약 할 수 있는 자격과 청약 통장만 있으면 그것은 문제가 없다. 분양하는 아파트에 청약하기로 했다.

새로 분양받아 살고 있는 아파트를 정리하기로 했다. 땅을 사려면 돈이 부족했다. 집에 돈을 깔고 있을 필요가 없다는 생각이 순간 들었다. 젊은 날에 좋은 아파트에서 큰 평수에 살아 보았으니 됐다는 생각이었다. 스스로 위안을 주었다. 발전하는 삶을 살기 위한 몸부림이다. 감당해야 한다.

월급을 받아서 생활하는데 문제는 없지만 여유 있는 미래를 준비하고 싶었다. 돈의 씨앗을 뿌려야 열매를 맺을 수 있다고 남편을 설득했다. 지인들을 통해 정보를 수집하고 위치가 좋으면서 전세가격이 맞는 곳으로 가야 했다. 아이들이 안전하게 학교에 다닐 수 있고 선호하는 곳으로 전세를 얻어서 갔다. 학교와 학원이 밀집되어 있는 곳으로 그 당시에는 전세가 잘 나오지 않는 아파트라 얼른 계약했다. 조금 오래되었지만, 위치가 좋았다

친한 친구들은 말렸다. '새 아파트도 아닌데 어떻게 살 거냐?' 며 걱정을 태산같이 해 주었다. 참고 인내할 수 있다고 했다. 큰 것을 얻기 위해서는 이 정도쯤은 감수해야 한다는 마음을 가졌다. 나중에 '더 창대할 거다'라는 믿음을 가졌다. '조금만 지나면 환경에 적응하게 된다. 사람 사는 곳에 못 살 것도 없다'라고 친구에게 말했다. 생각보다 참아 내는 것은 힘들고 우울했다. 그래도 미래의 성공한 모습을 생각하고 버텨야 한다.

같은 회사에서 근무한 친구는 언니가 부동산을 한다고 했다. 친구와 근무하고 있을 때 친 언니를 소개받았다. 친구 언니는 부동산을 하면서 경매로 돈을 불리고 있었다. 투자금이 모자랄 때는 친구와 내가 투자금을 보탰다. 경매를 받고 매매를 하고 남는 차익금을 배당으로 받았다. 월급 외에 들어오는 수익금이다. 생각보다 단위가 컸으며 안정적이었다.

친구 언니는 그렇게 해서 부동산을 키워 나갔다. 시간만 나면 사무실로 출근하듯 했다. '새로운 정보가 없나' 쉬엄쉬엄 놀러 다녔다. 나의 쉼터이자 정보 수집 창고였다. 나와 친구 언니는 같이 있는 시간이 많아지면서 거리감 없는 사이가 되었다. 돌아가는 부동산 시장을 알 수가 있었다. 직장에만 다니던 나는 친구 언니의 사무실에만 오면 별천지였다. 내가 생각하는 것과 부동산 시장은 다르게 움직였다. 그래서 그 속으로 들어가 보고 싶었다. 듣는 것만으로 공부가 많이 되었다.

부동산 카페를 통해 알게 된 정보를 알아보기 위해 친구 언니 사무실로 찾아갔다. 그렇게 해서 만난 우연한 기회의 땅 이주민 택지이다. 땅에 대해서 아는 것이 없었다. 카페에서 눈으로 공부하는 것과 스크랩 정도가 다였다. 내가 살고 있는 집 인근에 있는 안정적인 땅이고 투자해도 되겠다는 확신이 들었다. 호재가 있다고 무성하게 소문이 도는 지역이었다. 친구 언니에게 알아봐 달라고 부탁했다. 아파트 쪽만 매매해서 땅 쪽은 잘 모른다고 했다. 지인들을 통해 자세히 알아보고 연락을 주겠다고 한다. 알아본 친구 언니는 흥분을 하고 나에게 적극 땅을 추천했다.

도시공사에서 사업을 추진하면서 보상해 주는 땅이었다. 사업 추진하는 곳 안에 땅과 집이 있는 사람들만이 분양을 받을 수 있는 땅이었다. 철거 보상비를 적게 주고 이주지 땅을 저렴하게 분양해 주는 것이라 했다. 원주민들에게 분양하고 남은 땅을 일반 분양을 하는데 몇 개 남아 있지 않다고 한다. 천운이 있어야 당첨이 될 정도였다. 원주민보다는 훨씬 비싸게 분양을 한다. 비싸게 분양을 해도 당첨이 된다는 것은 하늘만이 알 수 있다. 내가 할 수 있는 것은 분양권을 사는 방법밖엔 없었다. 땅값의 두 배를 주고 사야 했다. 그것도 한 달 안에 한 번의 명의변경이 가능하다는 조건이 있어서 시간이 많이 없었다. 생각했던 것보다 땅값은 높았다. 내가 알고 있었을 때는 추첨을 하고 계약금을 납부한 뒤였다. 원주민들은 본인의 땅 위치를 확정 받았었다. 매도하려고 나와 있는 땅 중에서 선택하고 매도가를 알아보면 하루가 멀게 위치가 좋은 땅은 다른 주인을 찾아 떠나고 없었다. 친구 언니는 자기 믿고 사라고 권유했다. 매수를 하고 싶지만, 매매 금액 단위가 크다 보니 고민되었다. 위치가 좋은 땅들이 하나둘씩 매도되자 마음이 급해졌다. 혼자 결정을 내릴 수 있는 일이 아니어서 남편에게 전화를 걸어 상황을 설명하고 의견을 물었다.

한참을 말없이 생각을 하는 듯 "하지 않았으면 좋겠습니다." 포기하자고 했다. 그러기에는 아쉬움이 남아 후회가 될 것 같은 땅이었다. 돈 계산을 해보면 너무 큰 금액이긴 했다. 어디서 나온 자신감이었는지 모르지만 하면 되겠다는 생각이 들어 30분을 통화하면서 설득시켰다. 남편은 화를 잘 안 내는 사람이고 먼저 전화를 끊어버리는 경우도 없었다. 그래서 마음을 차분하게 가라앉히고 논리정연하게 사야 하는 이유를 말했다. 결론은 대출금에 대해 두려움이었다. 과거의 아픔이 딜레마에서 벗어나지 못하게 하는 것 같았다. 그때와 지금의 상황은 달랐다. 남편은 월급을 생각하더니 감당할 자신이 없다는 것이다. 모든 책임은 내가 진다고 해도 안 된다는 말만 할뿐 포기할 수 없었다. 답이 없는 대화에 지쳐갔다.

옆에서 전화 통화를 듣고 있던 친구 언니가 한 마디 했다.

"진짜 대단하다. 나 같으면 속에서 천불이 나서 너처럼 설득 못 한다. 벌써 그 만두자고 했을 거다." 웃으며 말했다. 듣고 있던 남편은 결론을 내주었다. 친구 언니와 같이 사는 조건이면 하겠다는 것이다. "왜냐면 부동산을 하고 있는 상황에서 일 처리를 잘 할 수 있고, 친구 언니 땅도 포함이 되어 있으니 손해 보는 장사는 하지 않을 것이다."라고 말한다. 현명한 생각이었다.

친구 언니는 바로 "콜" 했다.

모든 것을 내 명의로 하고 나에게 맡겨 주었고 믿어주었다. 땅 일부가 나의 소유가 되었다. 땅이라는 물건은 재미있는 것 같다. 우리가 산 땅 앞에 '군청 이전' 발표를 했는데도 불구하고 땅값이 치솟을 것 같았지만 생각만큼 움직임이 크지 않았다. 3년 동안 병아리 눈물만큼 조금씩 올랐다. 마음이 급한 나는 빠른 속도로 오르면 매매하고 싶었지만 빠르게 움직여 주지 않았다. 많은 시행착오 끝에 기다림이 필요할 때라는 것을 느꼈다. 잊고 지내는 게 속 편할 것 같아서 세월을 보내기로 했다. 군청 이전을 하고 지금은 두 배가 올랐지만, 땅이라는 것은 오랜 기다림 속에 주는 선물인 것 같았다.

친구 언니는 땅을 사서 건축을 하고 상가 분양하는 일을 하고 있었다. 부동산의 활황으로 엄청난 돈을 벌게 되었다. 찾아온 기회를 놓치지 않고 도전한 일은 대박이었다. 나에게 투자한 돈은 아무것도 아닐 정도로 큰 금액들이 왔다 갔다 하고 있다. 사업성이 뛰어난 머리를 가진 듯 부동산 환경들이 친구 언니 에게 시기적절하게 맞았다.

친구 언니는 나에게 기회를 주었다.

"언니는 그동안 많은 돈을 벌었으니, 땅을 매수할 때 내가 투자한 원금만 주면 되고, 이자는 돈 벌면 명품 가방 하나 사줘. 처음부터 그 땅은 너 거였다. 못 받아 가면 바보다. 너를 지켜보니 착한 것 같아서 선물로 주는 것이다." 전혀 예상도 하지 못한 말을 했다. 현실에서 어떻게 꿈같은 일이 일어날 수 있는 것인지 믿어지지가 않았다. 갑작스러운 선물은 마음을 깊이 감동시킨다.

"언니! 진짜 그렇게 해도 되겠어요? 나야 감사하죠. 언니한테 큰 빚을 지는 건데. 너무 감동을 주시는데요. 정말 고마워요. 언니! 살면서 갚을게요."

전화를 끊고 '이런 놀라운 일이 나에게' 하며 기쁠 듯이 좋았다. 시세차익은 안 받는다는 것이다. 믿기지 않을 만큼 혼란스러웠다. 내가 언니 친동생도 아니고 동생 친구인데 배포 크게 나에게 이런 기회를 줄 수 있는 마음은 도대체 어디서 나오는 것인지? 순간 '나도 남을 위해 나누는 마음을 가질 수 있을까?' 하는 생각이 들었다. 돈의 문제가 아니다. 사람의 마음이 움직이는 것이다. 감사한 마음뿐이었다. 삶을 정직하게 살아야겠다는 마음가짐을 가졌다.

친구 언니는 "돈이 많이 생기면 사회 환원하고 봉사해야 한다."라고 말했다.

실천하는 삶을 살아가고 있으며 닮고 싶은 사람이다. '좋은 생각으로 행동을 하니 일들이 잘되는구나!' 하는 마음을 가지게 해주는 친구 언니는 사회 환원에 적극적이다. 그러면서 자기 계발도 놓치지 않는다. 초심을 잃지 않고 나누어 주는 삶을 실천하고 살고 있다. 자존감을 가지고 용감하게 도전하는 정신력은 배워야 할 정도로 강하다. 생각은 따라갈 수 없을 만큼 넓고 깊다. 말에서 믿음을 주고 본인이 했던 말에 책임을 지려 한다. 그런 언니의 마음을 보았고 믿는다. 친구 언니로부터 삶을 배웠다. 계산되지 않은 마음으로 언니와 자주 만나고 이야기를 나눈다. 진심으로 솔직하게 모든 것을 공유하며 말했던 나의 태도가 친구 언니의 마음을 움직인 것 같았다. 거짓된 삶은 나를 힘들게 한다는 것을 안다. 정직하면 마음이 불안하지 않고 당당하고 행복하다. 친구 언니는 그런 나를 본 것인지 진정한 삶을 살았을 때 좋은 일이 생긴다는 것을 알았다.

제5장
나는 날마다 성장한다

성공보다 성장

 게으른 삶에서 실천하는 삶으로 살아가고 있다. 가르침을 주신 분은 회사 이전무이다. 같은 팀으로 일을 할 때 이 전무는 삶에 대한 동기부여가 될 수 있는 이야기를 많이 해주었다.

 "내가 조금 있으면 정년퇴임을 준비해야 하는 나인데. 아이고. 벌써 60살이 되어간다. 생각해보니 너무 일만 하고 살았던 것 같아. 버킷리스트를 만들어 이제부터는 죽기 전에 해보고 싶은 것을 하나씩 실행해 볼까 해." 이 전무는 말했다.

 "전무님! 인생은 60부터라고 하니 제2의 인생 시작이라 생각하시고 도전해 보세요." 말했다. 오히려 나를 뒤돌아볼 수 있게 한 계기가 되었다. 결혼 생활 20년이 넘었다. 하루의 낮과 밤을 생각하면 긴 시간이지만 한 달, 한 해를 생각하니 짧게만 느껴진다. 그렇다면 앞으로의 삶도 짧게만 느껴질 것이다. 의미

없는 삶을 살고 싶지 않았다. 살아가야 하는 삶이라면 신명나게, 행복하게, 보람되게 살고 싶다. 나만의 버킷 리스트를 만들었다. 하고 싶은 것, 가보고 싶은 곳, 배워야 할 것들 등의 목록을 적고 실천하는 삶은 열정을 만든다. 실천한 것의 항목을 보면 흐뭇하고 행복하다. 지금 나에게 맞는 상황에서 성과를 낼 수 있는 것에 도전하고 있다. '3P 바인더'를 만나고부터는 계획적이고 체계적으로 실천하는 삶에 도움이 된다. 매일 도전하는 삶이기 때문이다. 나 자신은 날마다 성장하고 있다.

버킷리스트에 '골프 80타 안에 들어보기'를 목표로 삼았다. 본격적으로 골프를 배워야겠다는 생각을 하고 있었는데 조금 더 빨리 실행에 옮겨야 할 일이 생겼다. 요즘 대세가 골프로 모임을 많이 하고 있다. '칠공주' 모임에서 동기들이 제안했다. 만나서 밥 먹고 차 마시는 것보다 야외에 나가서 맑은 공기도 마시고 운동도 할 겸 골프를 치러 나가자고 했다. 7명 중의 2명이 현재 공을 치지 않고 있다. 한 명은 거제도에 있는 회사에 취직이 되어서 자주 만날 수가 없게 되었다. 나만 공을 치면 아무 문제 될 게 없었다. 몇 명이 안 되는 모임이지만 이끌고 가야 하는 회장이다. 모임을 위해 해야 하는 상황이 된 것이다.

30대 중반의 나이에 일찍 시작했다. 친오빠와 올케언니의 권유로 시작했다. 오빠는 나에게 골프채 세트를 저렴하게 내려 주었고 남편은 오빠가 골프채를 바꾸면서 사용하던 것을 주었다. 골프를 칠 수 있는 조건이 갖추어져 있었다. 아이들이 어릴 때는 남편의 회사 근처에 살았다. 남편의 선배가 근린 생활 체육회장으로 있을 때 소개를 받아 저렴한 가격으로 개인지도를 1년 받았다. 일찍 들어오는 날에는 둘이서 번갈아 가며 아이들을 보호하고 챙겼다. 저렴한 비용으로 편안하게 공을 배울 수 있었다. 육아와 직장생활로 골프채를 놓은지 10년이 되었다. 다시 처음부터 배워야 했다. 젊은 날에 배웠던 자세는 몸이 조금이라도 기억하고 있었다.

마음이 급했다. 한 달 정도 집중적인 개인지도를 받으면 될 것으로 생각했다. 집 근처에 있는 야외 연습장에 남편과 같이 가서 상담을 받았다. 두 명의 프로는 개인지도비가 달랐다. 갖추어져 있는 자격조건이 다르기 때문에 차이가 있다고 했다. 실력을 알 수가 없으니 일단 만나서 상담을 해 보았다. 남편과 나는 2층과 3층을 오가며 프로들을 만나 지도하는 방법과 진행 방향을 자세히 들었다. 프로가 잘하는 것과 가르치는 것은 다르다는 생각이다. 남편과 나는 성격이 활달하고 적극적인 사람이 좋지 않겠냐는 공통점이 있었다. 개인지도비와 이용료, 락카 보증료와 사용료를 합치면 실내 연습장의 3개월 개인지도비와 같은 금액이었다. 고민이 되었다. 남편은 먼저 공을 치고 있는 사람으로서 고민하는 나에게 조언을 했다.

"자세를 제대로 배워 놓아야 잘 칠 수 있다. 기본기를 잘 배워놓으면 자세가 무너지지 않는다. 그리고 값이 비싸면 아까워서 열심히 하게 된다. 그냥 마음먹고 왔으니 하세요." 남편은 적극적이었다.

"그래! 한 번 해 보지 뭐. 그러면 일단 3개월을 끊지 말고 한 달만 해보고 생각할게."

3층 프로를 결정하고 다음 날부터 개인지도를 받기로 했다. 나의 입장을 충분히 설명했고 프로도 이해했다는 듯이 고개를 끄덕였다. 프로는 "그럼! 일단 스윙 자세부터 한 번 봅시다. 풀 스윙해보세요."했다.

예전의 기억을 더듬어 최대한 공을 잘 맞히려고 했다. 남편 따라 연습장을 다니며 남편한테 코치를 받고 친 경험이 있었다. 3층 프로는 완전 초보가 아니기 때문에 풀 스윙으로 치면서 교정을 하자고 했다.

초보들이 하는 '똑딱이' 부터의 과정을 모두 빼고 풀 스윙으로 마음껏 치라고 했다. 재미가 있었다. 조금만 치면 될 것 같다는 생각이 들었다. 마음을 단단히 하고 이른 시간 안에 끝을 봐야 한다는 각오로 임했다.

프로가 잡아 주는 자세를 최대한 몸이 기억할 수 있게 집중하면서 빈 스윙으로 연습을 했다. 어느 정도 몸에 익혔다는 생각이 들면 공을 앞에 놓고 쳤다. 공에 너무 집중하고 치다 보니 똑바로 뻗어서 날아가지도 않고 앞에서 '툭' 떨어지거나 옆으로 날아갔다. 빈 스윙으로 다시 연습하고 자세가 된 것 같다는 생각이 들면 공을 놓고 쳤다. 공은 내가 보내는 방향으로 절대 날아가지 않았다. 공만 보면 멀리, 똑바로 보내고 싶다는 욕심이 생겨서 몸에 저절로 힘이 들어갔다. 뒤에서 지켜보던 프로는 한마디 한다.

"힘 좀 빼세요. 온몸에 힘이 그렇게 많이 들어가 있는데 멀리 가겠어요? 그리고 지금은 자세를 배워야 합니다. 멀리 보내는 게 중요하지 않습니다. 자세가 되면 공은 알아서 멀리 똑바로 갑니다. 아시겠죠? 다시 한 번 해 봅니다."

옆에서 프로가 지켜보고 있다는 생각에 긴장이 되고 신경이 바짝 쓰였다. 가르쳐 준 방법으로 잘해야 된다는 생각이 가득 찼다. 내 스스로에게 최면을 걸고 프로 앞에서 공을 쳤다. 자연스럽게 맞으며 완벽했다. 프로는 손뼉을 치며 "그래! 잘하시네요. 그렇게 하면 됩니다. 계속 그렇게 연습하세요. 지금은 멀리 보내는 게 중요한 게 아니고 힘을 빼면서 자연스러운 자세를 만들어 가야 합니다. 화이팅!" 성격이 활달하고 장난기 가득한 프로는 자신감을 가지라고 말하고 갔다. 사실 어떻게 쳤는지 기억도 나지 않았다. 너무 긴장하고 잘해야 한다는 생각으로 쳤기 때문에 몸이 기억할 시간도 없었다. 보여주기 위해 친 것이다. 진정 나의 것이 아니다.

'누구를 위해 공을 치는 것인지'라는 의문이 생겼다. 내 것으로 만들기 위해 배우는 것인데 프로한테 칭찬받으려고, 남에게 보여 주려고 하는 것은 아니라는 것이다. 프로가 보든, 남이 보든 신경 쓰지 않고 가르쳐 주는 자세로 일관성 있게 감각을 몸에 익혀야 한다. 집중하려고 노력했다. 최대한 하체에 힘을 주고 바른 자세를 유지하면서 오른쪽 어깨에 힘을 빼고 왼쪽 어깨로 리더 하는 길을 익히고 싶었다.

프로 골프 선수들의 동영상을 보면서 집에서든, 회사에서든 골프를 잘 배우고 싶은 마음뿐이었다. 하루도 빼먹지 않고 연습장으로 갔다. 몸은 피곤하다고 말하는 데 마음은 해야 한다는 생각으로 가득 찼다. 주말에는 개인지도가 없는데 혼자만의 시간을 가지면서 연습을 했다. 누구보다 더 빨리 잘 치고 싶었다. 무슨 일을 하든 끝장을 봐야 직성이 풀리는 성격이다.

드라이브 치는 것을 좋아한다. 공을 칠 때 나는 소리에 스트레스가 날아갈 것 같았다. 키가 크고 팔이 길다 보니 원호가 크게 그려진다. 보는 사람들은 자세가 멋있어 보인다고 말한다. 공은 멀리 날아가지는 않지만, 자세만 프로라고 놀린다. 피곤은 점점 쌓여 갔다.

옆구리와 어깨에 통증이 왔다. 오랫동안 요가로 몸을 단련시켰기 때문에 몸살 정도는 잘 참고 이겨내는 편이다. 오히려 통증에서 오는 희열을 즐긴다. 한 번 통증을 이겨내면 약간 중독되는 맛이 있다. 정신력으로 버티면 시간이 지나면서 사라진다는 것을 안다. 언제부턴가 호흡할 때마다 느껴지는 통증에 숨이 멎을 것 같았다.

뒷날 프로에게 고통을 말했더니 "좀 쉬어야 되는 거 아닙니까? 너무 무리하시는 것 같더니만……. 혹시 모르니 병원에 가서 엑스레이 한 번 찍어보세요." 라고 말했다. 프로는 고개를 계속 이쪽저쪽으로 저으며 혹시나 하는 마음이 드는 것처럼 보였다. "여자들은 갈비뼈가 잘 안 나가는데……. 근육통일 확률이 높을 겁니다." 말했다.

회사에서 외출을 허락받고 정형외과에 가서 엑스레이를 찍었다. 의사 선생님은 "앞쪽 5번 갈비뼈가 나갔네요. 근데 많이 아팠을 건데 괜찮아요?" 물었다.

"참을 만했습니다." 대답했다.

의사 선생님은 "잘 참는 성격인가 봅니다. 아픈 고비가 지나고 붙어 가는 단계인데 좀 더 참으시면 될 것 같은데요. 지금은 먹는 진통제만 드릴 수 있는데 안 드셔도 됩니다. 햇빛에 많이 노출 시켜주세요." 처방을 내려 주었다.

헛웃음이 나왔다. 바보처럼 미련스럽게 공을 친 것 같은 생각이 들었다. 욕심이 앞섰다. 몸이 나에게 말하는 것을 무시하고 행동하였더니 결국은 탈이 난 것이다. 2주 정도 쉬었다가 다시 공을 쳤다. 그만둘 수는 없었다. 아픔에 대한 두려움은 있었지만 극복하고 싶었다. 한 번 아픔이 있고 나니 어깨 힘이 좀 빠졌다. 그냥 힘없이 '툭툭' 쳤다. 완전하게 가시지 않은 통증은 힘을 줄 수 없게 했다. 올바르지 않은 자세로 힘을 너무 많이 주고 치다보니 뒤땅을 칠 때마다 왼쪽 갈비뼈에 충격이 많이 간 듯했다. 알아차림을 한 나는 조심스럽게 무리하지 않는 선에서 천천히 힘을 빼고 쳤다. 오히려 자연스럽고 공이 잘 맞았다.

프로는 "아프고 오시더니만 앞 전보다 더 잘 치시는 것 같네요." 하며 칭찬을 했다. 서서히 통증은 가시면서 자세가 조금 잡혔다. 탄력이 붙은 뒤로 공을 미친 듯이 쳤다. 친오빠와 남편은 어느 정도 공을 맞힌다고 하니 필드로 나가자고 예약을 잡았다. 처음 같이 나가는 필드에서 잘 배웠다는 소리를 듣고 싶었다.

오빠들과 남편의 필드 약속 일주일 전에 문제가 생겼다. 또 갈비뼈가 6번, 7번이 두 개나 금이 간 것이다. 한 번의 경험이 있다 보니 이번에는 금방 알아차릴 수 있었다. 성급한 마음이 나를 또 힘들게 만든 것이다. 골프를 다시 생각하게 만든 시간이었다.

싱글 수준까지 치는 친구는 나를 보고 욕심 부리지 말라 한다. 친구는 운동 선수였다. 다른 운동과 다르다고 말했다. 성급한 마음을 내려놓고 꾸준히 연습하면서 필드를 나가야 한다고 했다. 연습장에서 잘 된다고 필드에서도 나가면 마음처럼 잘 되는 것이 아니라고 한다. 계속 연습하면서 교정하다 보면 어느 순간 타수가 나온다면서 나에게 절대로 조바심을 낼 필요가 없다고 한다. 시간을 충분히 가지고 꾸준하게 연습을 해야 한다. 친구는 일주일에 3번씩 3년 정도 치니 싱글 수준을 찍었다고 한다. 지금은 예전처럼 연습하지 않고 자주 못 나가니 타수가 줄었다 한다. 골프는 조금이라도 연습을 게을리 하면 실력이 금방 줄어든다고 한다.

한 달을 생각했던 개인지도는 9개월을 받았다. 두 번의 골절상을 입고 나니 골프를 대하는 태도가 달라졌다. 두 번의 아픔이 나를 성장시켰다. 두려움을 극복했다. 이겨내고자 하는 마음은 여전하다. 욕심을 부리며 치지 않는다. 피곤하거나 몸에 무리가 오면 쉬어 준다. 몸이 말하는 것을 잘 알아차리려 한다. 필드를 나가면 타수에 신경 쓰지 않는다. 같이 간 사람들과 자연을 마음껏 충분히 즐기며 행복한 시간을 보내려 한다. 골프의 성공을 바라기보다는 즐기면서 조금씩 성장해 나가는 것을 느껴보는 것도 좋을 것 같다. 오랜 시간과 경험이 주는 구력이 짧은 시간 빠른 성장보다는 더 많은 여운을 남기지 않을까 생각해본다. 언젠가는 '80타 안에 들어보기'를 찍어 보고 싶다.

나의 안식처,
두 분의 어머니

김옥매 여사(82세), 김 석순 여사(73세) 두 분의 어머니가 계신다. 한 분은 친정엄마, 또 다른 한 분은 시어머니다. 두 김 여사는 똑같은 엄마다. 김옥매 여사는 남해에서 82년 동안 섬 밖을 벗어나서 살아 보지를 못했다. 우리 아이들을 돌보기 위해 오셨을 때도 남해를 오가곤 했다. 남해를 떠나시면 죽는 줄 아는 분이다. 가끔 육지를 나올 일이 생기는 것은 오빠 집이나 우리 집에 잠시 머물다가 가기 위함이다. 쉬러 오는 것도 아니고 몸이 아파서 병원에 가야 할 일이 생길 때만 온다.

"병원에 좀 가야겠다." 하셔야 움직인다.

엄마가 몸이 많이 안 좋다는 것이다. 여간해서는 병원에 가자고 안 한다. 마른 체격에서 에너지가 어디서 나오는지 활동량이 많다. 주어진 하루의 시간을 꽉꽉 채우고 있다. 삶을 던지듯 최선을 다하시는 엄마는 두려움이 없으신 것 같다.

49세에 혼자 되었다. 일찍 남편을 여의고 4남매를 책임져야 하는 여장부였다. 500평 정도 되는 집터와 축사가 집 안에 있었다. 어미 소와 송아지를 8마리, 염소 3마리 키웠다. 엄마는 논과 밭일, 바다 일로 바깥에서 보내는 시간이 많았다. 새벽에 동녘이 밝기 전에 나가면 어두워져야 들어온다. 집은 먹고 잠자러 오는 곳이다. 중2 때부터 엄마와 단둘이 살았다. 두 명의 오빠는 객지에 있었고, 막내 오빠는 군대에 가 있었다. 큰 오빠와는 12살 차, 막내 오빠는 7살 차이가 난다. 오빠들은 나를 키우고 사랑했다는데 기억이 없다. 형제 중에서 막내 오빠와 친한 사이였다. 그러면서도 말다툼을 많이 하고 자란 기억뿐이다. 7살 차 나는 오빠랑 싸움이 되겠는가? 오빠는 내가 귀엽다고 말장난하는 것을 좋아했다. 둘이 한 번 싸우면 오빠는 여동생이라도 봐주지 않았다. 지금은 친구 같은 존재이다.

뒤로는 대나무 밭 2천 평이 우리가 사는 집을 둘러싸고 있었다. 큰 집에 엄마와 단 둘이 사는 것은 무서웠다. 바람이 부는 날이면 대나무 흔들리는 소리에 기분이 안 좋았다. 화장실에 갈 때면 온몸을 무장하고 충전용 랜턴을 들고 나간다. 쏜살같이 튀어나갔다가 혼자 콧노래를 부르면서 문이 부서져라 '쾅'하고 들어온다. 시끄러운 소리는 엄마에게 들리지 않을 정도로 피곤함에 지쳐했다. 엄마는 베개에 머리만 닿으면 바로 잠이 들었다.

사춘기 시절에는 혼자라는 게 외롭고 싫었다. 대화가 필요했다. 엄마는 나를 챙겨줄 여유가 없었다. 아침에 일어나면 혼자 챙겨서 학교에 가고 학교에서 돌아오면 적막한 집을 지켜야 했다. 언제나 나를 기다리고 있는 건 소들과 염소 그리고 엄마와 나를 지켜주는 하얀 복실이 개이다. 복실이는 내 이야기를 들어주는 친구다. 말귀를 알아 듣는지 나를 뚫어지게 쳐다보면서 꼬리를 흔든다.

앞에 앉아 이야기하면 마음이 조금은 후련해진다. 그리운 복실이.

엄마는 강철 같은 분이다. 아버지가 돌아가시고 난 뒤로 엄마가 아파서 누워 있거나 병원에 다녀온다는 소리를 들어본 기억이 없다. 지금도 나보다 힘이 더 세다. 80세 넘은 노인네가 쌀 한 가마니 40kg을 혼자서 움직인다. 남해는 사계절 내내 움직이면 돈이 생기는 곳이다. 엄마의 주머니는 마르지 않았다. 봄에는 마늘 쫑, 여름에는 굴 껍데기 끼우기, 가을에는 마늘과 벼 수확을 한다. 겨울이면 시금치와 굴 그리고 유자가 유명하다. 통장에 돈이 불어나는 재미와 손주들이 오면 용돈 주는 재미라 한다. 힘든 육체적 노동임에도 불구하고 해야 한다는 책임감이 강하다. 혼자 몸을 스스로 할 수 있을 때까지 해야 한다는 강한 의지는 꺾을 수가 없다. 자식들에게 힘든 삶을 나눠주고 싶지 않다고 한다. 그래서 돈을 벌어야 한다는 생각이다. 엄마에게는 돈이 힘이다.

쫓기듯 살아가는 삶에 마음의 여유를 가지고 인생을 돌아볼 수 있는 시간을 가지지 못했다. 그런데도 지혜롭다. 경험에서 삶을 터득하고 더불어 살아가는 삶을 깨우친 것 같다. 남에게 많이 베풀고 살고 있다. 힘들게 고생해서 지은 농작물을 망설임 없이 주위 사람들에게 나눠 준다. 공짜로 얻는게 없다. 받은 만큼 돌려 줘야 한다. 성격이 곧으면서 흔들림이 없는 바른 마음 가짐과 총명하고 기억력이 좋다. 장사할 때 글자를 잘 모르는 엄마는 숫자개념에 굉장히 빨랐다. 돈이 주는 서러움을 몸소 겪었다. 돈은 엄마에게 삶의 희망이었다. 돈이 없다고 하시면서도 마이너스를 플러스로 항상 돌려놓았다. 4남매를 키우고 공부시키고 결혼시켰다. 많은 돈이 필요했을 것이다. 감당해 내실 정도로 여유가 있었다. 동네 어르신들에게 부러움의 대상이다. "자식들이 잘 되어서 뭐가 걱정이고, 이제는 몸이나 잘 챙기라." 동네 어른들이 말한다.

4남매는 누구 하나 빠지지 않게 잘 살고 있고 잘 키워 냈다. 엄마는 어깨를 펴고 다닐 충분한 자격이 있다.

엄마는 일 중독자다. 손에서 일을 놓으시고 인생을 즐겨보라고 해도 안 된다. 불안해 하고 초조해한다. 무거운 짐을 많이 들고 옮기다 보니 허리가 굽었다. 노래 교실 다니면서 친구들과 맛있는 것 사먹고 쉬라고 말을 해도 안 된다. 말은 '알겠다.' 하면서 이틀을 넘기지 못하고 논과 밭을 다닌다. 집에만 있으면 몸에 병이 날 것 같다고 한다. 강한 정신력과 체력으로 버티고 있다. 오로지 자식을 위한 삶을 살고 있다. 이제는 본인을 위한 삶을 사셨으면 좋겠다. 힘든 일을 해서 관절의 마모가 심한데도 수술을 거부하시며 통증과 싸우고 있다. 전동차가 유일하게 엄마의 다리다. 답답하면 엄마의 자동차인 전동차를 타고 동네한 바퀴를 돌며 동네 소식을 듣고 온다. 세상 돌아가는 이야기를 사람들과 나누고 싶어 한다. 그들의 삶에 속에서 살아있다는 것을 느끼고 싶은 것이다.

옆집에 살았던 진이 엄마가 돌아가셨을 때는 밤.낮을 기운없이 눈물을 흘리며 아파했다. 때로는 싸우기도 했지만 자매처럼, 친구처럼 50년 평생을 보고 살았다. 숟가락이 몇 개인지 어디에 무엇이 있는지를 꿰뚫고 있었다. 갑자기 심장마비로 돌아가셔서 충격은 더 컸다. 의지하고 믿고 살았기 때문에 죽음에 대해 두려움과 존재의 사라짐을 받아들이기 힘들어 했다. 정신적으로 육체적으로 점점 약해지는 모습을 보니 한없이 내 마음이 작아진다. 엄마의 존재가 사라진다는 것을 잘 받아들일 수 있을까? 언제까지나 내 곁에 있을 것 같다는 생각뿐이다. '자는 길에 갔으면 좋겠다. ' 라고 내내 말한다. 좋은 날에 좋은 시간에 편안하게 가셨으면 좋겠다. 우리가 모두 가야 하는 길이다. 겸허히 받아들여야 하는 자세가 필요하다.

두 번째 엄마는 시어머니시다. 친정엄마보다 더 친한 사이가 되기까지는 결혼 20년을 산전수전 공중전까지 거치고 나니 시어머니가 편해졌다. 뼛속까지

들여다보게 되니 진심을 알게 되었다. 20년의 세월이었다. 진심으로 나를 맞이하고 챙겨주신다는 것을 느낀다. 기다리고 기다렸다. 인내하고 노력하고 참아낸 결과이다.

보통 사람들의 성격과 다른 성격을 가진 분이다. 천생 여자이기도 하면서 바닷가 근처에 살아서 입이 거칠었다. 일찍이 혼자가 되어 50대 초반에 자식들과 험난한 세상을 부딪치면서 살아야 했다. 곱고 아름답다. 여자의 몸으로 세상 풍파와 남자들의 관심을 피하면서 살려고 했던 몸부림의 표현이 거친 말투와 행동이 말해주고 있었다.

신혼 시절에는 어머니와 대화를 많이 하지 않았다. 결혼 전 시어머니에 대한 환상이 있었는데 결혼을 하고 난 후에는 완전히 깨져버렸다. 꾸밈없이 입에서 나오는 말투와 무뚝뚝한 표정은 입을 다물게 만들게 했다. 물어보는 말에 제대로 대답하지 않고 묵묵히 시키면 시키는 것에 반응했다.

직장 생활을 했던 나는 남편을 잘 챙기지 못했다. 아들 걱정에 어머니는 주말마다 좋아하는 반찬을 해 주었다. 시간을 내어서 고생하지 않고 맛있게 먹을 수 있었다. 반찬 솜씨가 없던 나로서는 감사하게 생각했었다. 아들을 위해 주시는 게 아니라는 것을 시간이 흘러 알게 되었다. 아들보다 나를 챙겨주시는 어머니의 마음이 보였다. '내가 정말 잘못 생각하고 있었구나!' 하는 마음이 느껴졌다. 행동으로 보여주면서 깨우치게 했다. 생활력이 강하고 바른 행동으로 사는 나의 모습을 지켜보고 어머니 마음을 감동시키게 했다고 한다. 그런 말을 듣고 나니 더 잘해 드리고 열심히 살아야겠다는 마음이 들었다. 어머니의 마음을 움직인 것이다. 아들의 한 번의 큰 실수가 어머니는 늘 걱정스러운 것 같았다.

어머니는 매번 내가 먼저 전화를 하기 전에 걱정하시는 마음으로 전화를 하신다.

"별일 없나? 필요한 건 없고?" 어머니는 필요한 게 있으면 편하게 말하라 한다. 아무리 힘들어도 자식들이 좋아하는 거라면 해주고 싶은 마음이 든다고 한다.

"나한테는 솔직하게 말해도 된다."

"괜찮아요. 아무 일 없습니다. 필요한 것 있으면 전화할게요. 어머니."

"내 강아지 고생 많다. 고맙다."

매번 '고맙다'고 말한다 .내가 선택한 삶인데도 어머니의 잘못인 것 같이 미안해 한다. 그런 어머니를 더 챙기고 싶다. 말이라도 따뜻하게 해드리고 편안한 삶을 드리고 싶지만, 현실은 마음 같지 않다.

적극적인 사회활동은 놀라울 정도로 변화를 가지고 왔다. 부드러운 인상, 행동, 말투들이 예전의 어머니가 아니다. 사교성이 좋은 어머니는 친구가 많다. 많은 소통을 통해 변화하는 현대에 생각과 초점을 맞추려고 노력하고 있다. 여유를 가지고 바라보는 어머니는 사람들속에서 인문과 사회를 배워가고 있다. 혼자만의 생각으로 삶을 살아가던 예전과는 다르게 더불어 함께 살아가는 삶을 안다.

예전의 김 여사는 어디로 사라지고 너그러움과 인자함이 얼굴에서 뿜어져 나온다. 새로운 인생을 살아 가고 있다. 퇴행성관절염으로 아파하고 힘들어 하는데도 '할 수 있다' 면서 노인정에서 봉사 활동 중이다. 어머니를 다들 좋아하고 챙기니 즐거워하고 행복해 한다. 몸이 아파도 그 곳에서 누워있는게 마음 편하다고 말한다. 몸을 아끼지 않고 성심성의껏 정성을 다하시는 모습이 보인다. 진정한 나눔을 실천하고 있다. 사랑하지 않을 이유가 없다. 시어머니 김 여사를.

고사성어에 '낭충지추'란 말이 있다. 주머니 속에 숨어 있는 송곳은 언제가 되었든 밖으로 빠져나오게 되어 있다. 역량이 있는 사람은 눈에 띄려고 애쓰지 않아도 언젠가는 눈에 띄게 되어 있다.

김 여사는 그런 사람이다. 누구에게 잘 보이려고 복 받으려고 하는 계산된 생각으로 행동하는 일들이 아니다. 자신의 마음작용으로 하고 있다. 마음이 맑아 지고 여유가 있는 모습이 보인다. 마음공부를 하였다고 해서 행동을 실행에 옮겨지는 것은 아니다. 어떤 작용이 마음을 움직이게 하였는지는 모르겠으나 감사할 일이다.

어머니의 삶속에는 자식이 잘 되는 길이 내가 잘되는 길이라고 생각 한다. ' '내 몸 하나 부스러져도 자식들이 잘되는 길이라면 기꺼이 받겠다고' 말한다. 나이가 들어갈수록 흔들리지 않는 야생화처럼 자연그대로의 향기를 내는 아름다움을 가진다.

두 분의 어머니는 자식들의 삶이 곧 본인의 삶이라고 생각한다. 어느 부모가 그런 마음을 가지고 사시지 않겠는가? 부모는 자식을 위해 헌신 하는 것 같다. 오로지 자식들을 위해 기도하고, 시간에 맞춰 움직인다. 본인의 삶을 돌보라고 해도 안 된다. 앉으나 서나 자식 생각으로 사는 분들이다.

아버지, 시아버지에게 받지 못한 사랑을 두 배로 어머니들에게 받는 정말 행복한 사람. 부모님의 사랑이 무엇인지 이제 알아가는 것 같다. 살아가는 힘이 되고 원동력이 되어 주시는 두 어머니는 삶의 안식처이다.

글을 쓰니 가슴이 아련하면서 아파진다. 잠시 글을 쓸 수가 없었다.

나 좀 바라봐 달라고, 계모 아니냐고 소리치며 다그쳤던 친정엄마.

생각이 맞지 않는다고 무시해 버렸던 시어머니.

모르고 몰랐다. 마음을.

무한 사랑으로 나를 완숙한 사람 만드네.

항상 그 자리에서 내 곁에 있어주길 바란다.

무엇을 위해 살아가는가

프리랜서로 활동을 하던 시기에 프로젝트 계약이 끝나고 나만의 휴식을 가지며 힘들었던 몸을 추스르고 있던 시간이 있었다. 회사에 다니고 있을 때보다 나를 찾는 사람과 만나봐야 할 사람이 많았다. 계획적인 만남과 시간 관리는 쉬는 동안 헛된 시간 없이 알차고 보람되게 만들었다. 이른 아침 시간만큼은 나를 성찰할 수 있는 시간을 가졌다.

휴식 기간에 시간을 가지게 되면 꼭 한 가지만큼은 해야겠다는 마음가짐이 있었다. 시어머니와 같이 보내는 시간이다. 진정한 자아를 찾아낸 것처럼 완전히 밝음과 너그러움으로 바뀌신 어머니는 사랑으로 충만하게 만든다. 그 마음이 읽히고 느껴지기에 더욱더 챙기고 싶은 마음이다.

일하시다 허리를 다쳤다. 자식들에게 알리지 않고 힘든 허리를 부여잡고 병원에 혼자 가서서 검사를 받고 수술 날을 받았다. 전화를 드리면 잘 지낸다고 걱정하지 마라 한다. 보호자 없이 수술을 받고 한 참 후에 재활 치료를 하고 있을 때 남편에게 말했다. 병원에 병문안을 가겠다고 하면 어머니는 절대로 오지 마라고 한다. 회사 생활도 바쁘고 힘든데 애들까지 챙겨야 하니 오지 않아도 된다고 신신당부를 했다. 조만간 퇴원해서 치료를 받으면 된다고 걱정 하지도 말고 미안해하지도 말라고 한다. 같은 지역에 1시간 안에 갈 수 있는 위치에 살고 있다. 아들도 가겠다고 하면 올 필요가 없다고 말한다.

허리 수술을 하고 몇 년 뒤 회사에서 종합 검진을 받았다. 결과지에 가슴에 근종이 있다고 했다. 결과지에 가슴에 근종이 있다고 하셨다. 의사 선생님은 정밀 검사를 해 봐야 악성인지, 그냥 흔히들 생기는 물혹인지를 알 수 있다고 했다. 한 시간 반을 버스로 타고 가야 하는 병원을 예약에서부터 검사까지 몇 번을 다녔다. 피곤과 싸워가면서 지루한 시간을 혼자서 보냈다. 힘들어 하면서도 내색하지 않았다. 자식들에게 뭐가 그렇게 미안한지 평상시에도 짐이 되고 싶지 않다는 말을 많이 한다.

씩씩하게 혼자서 3박 4일 동안 병원에 입원해 있으면서 수술을 받은 적이 있다. 전화하면 무조건 '잘 지낸다. 필요한 것 없나?, 별일 없지? 우리를 걱정하고 있다.

전화 통화 목소리가 평상시와 좀 다르다는 느낌이 들어 "무슨 일 있으세요?" "어디 아프세요?" 라고 물 으면 별일 없다고 한다. 어머니는 이야기 도중에 그만 본인도 생각하지 못하고 말을 했다.

"내가 너희들 몰래 하고 가려고 했더니만." 웃으시며 말을 꺼냈다.

"대학 병원에서 수술 받았다. 근데 의사 선생님이 수술이 잘 됐단다. 걱정 안 해도 된다." 말한다.

"왜? 말씀을 안 하세요. 어머니! 안 힘 드셨어요? 식사는 어떻게 하세요?" 물었다.

"할 만 하더라. 무통 달고 있어서 괜찮다. 여기 사람들이 자리에 가져다주기도 하고 이제는 조금씩 움직일 수 있다. 알아서 잘 챙겨 먹고 있다." 어머니는 걱정 안 해도 된다는 식으로 말했다.

"죄송해요! 어머니. 잘 챙겨 드시고 어서 힘내세요. 내일 시간 되면 찾아갈게요." 미안한 마음이었다.

"아이고. 됐다. 아이들 챙기고, 일하고 피곤한데 뭐 하러 오려고 쉬어라. 힘든 고비는 다 넘겼는데 뭣 하러."

몇 번의 그런 일이 있고는 어머니께 말했다.

"병원 갈 일이 생기시면 부담가지지 마시고 말을 하세요. 아셨죠? 어머니!"

어머니는 "너희들 바쁜데 시간 빼앗고 싶지 않다." 라고 한다.

생각해 보면 늘 바쁘다는 말만 한 것 같았다. 큰 수술을 앞두고 말을 하지 못할 정도로 불편함을 드린 것 같다는 마음이 들어 죄송했다.

휴식 기간에 좀 챙겨드리자는 마음을 가진 것이다. 바쁘다는 핑계로 우리의 삶만 보았다. 가까이 살면서 돌봐드리지 못하고 전화라도 자주 해서 관심을 보여야 했는데 그렇게 하지 못했다. 미안함을 덜고 싶었다.

어머니께 전화를 걸어 점심밥 해달라고 귀여움을 부렸다. 사실 이런저런 사는 이야기로 어머니와 말동무 하고 싶었다. 자식들에게 손수 밥을 해서 먹이는 것을 재미있어 하고 좋아한다. 아무리 힘들어도 손수해서 준다. 세상 돌아가는 이야기를 나누며 밥을 먹었다. 어머니의 강된장 찌개는 세상에서 제일 맛나는 것 같다. 어머니 집에 간다고 하면 강된장 찌개에 몸에 좋은 재료들을 넣어서 정성껏 해준다. 질리지 않게 다른 재료를 섞어서 맛을 다르게 내어 준다.

어머니는 친구들 이야기, 경로당에 오는 할머니들 이야기를 끊임없이 늘어

놓는다. 많이 들어 어머니가 이야기하면 누구인지 알아듣는다. 텔레비전을 보면서 드라마 줄거리를 자세히 말해주니 내용이 어떻게 흐르고 있는지 알 수 있었다. 어머니와 나는 친엄마와 딸처럼 느껴질 정도로 편안하게 생각한다. 서로의 마음을 이해하고 나에게 마음을 확 열었다.

"야야, 내 다음 주 수요일 25일에 백내장 수술하기로 했다. 25일은 왼쪽, 29일은 오른쪽 한다. 검사는 다 했고, 몇 시까지 오라고 했는지 이 종이 좀 봐 볼래." 하시며 수술 예약 용지를 보여주었다.

"어머니, 오전 9시 40분이네요. 그럼 제가 아침 8시까지 모시러 올게요. 준비하고 계세요." 라고 말했다. 어머니는 무척이나 기쁘며 좋아했다. 그러면서 미안하다고 말한다.

"바쁜데 올 수 있겠나?"

"어머니, 시간 돼요. 제가 모시고 갈게요. 일하면 못 해 드리니깐 힘들게 버스 타고 다닐 생각하지 마세요. 제가 수술 끝나면 모셔다드릴게요. 걱정하지 마세요." 어머니께 말했다.

"택시 타고 오면 된다. 미안하게 시간을 내 줄라고."

어머니와 수술 날 아침에 만나기로 하고 나왔다.

수술 날 아침에 어머니를 모시고 안과 병원으로 향했다. 예약이 되어있어서 주차를 시키고 3층 수술실로 바로 향했다. 이름을 말하니 마취해야 한다고 하며 어머니를 모시고 갔다.

"어머니, 수술 끝날 시간 맞춰서 모시러 올게요. 수술 잘 받으시고 쉬고 계세요. 빨리 갔다 올게요" 하며 어머니께 말을 했다. 나는 잠시 수술하는 시간에 맞춰 볼일을 보기로 했다. 혹시나 실수할까 간호사에게 언제까지 모시러 오면 되는지를 물어보고 나왔다. 늦으면 걱정하시기 때문에 시간 맞춰 와야 한다.

수술하고 당일 퇴원을 했다. 2시간가량 회복실에서 주사를 맞으며 안정을 취하고 있었다. 조금 일찍 도착하여 간호사에게 어머니 상태를 확인하고 물었다. 수술은 잘 됐다고 했다. 수술이 중요한 게 아니라 관리를 잘해야 한다고 한다.

2인 1실 회복실에서 어머니는 어느 정도 정신이 들어 있었다. 같은 방을 이용하고 있는 어른은 혼자 와서 수술을 받았다고 한다. 양쪽 눈 수술을 다 하셨다며 여유를 보였다. 어머니는 처음 보는 어른과 몇 마디로 친해졌다. "우리 며느리입니다." 나를 보며 인사하라고 했다. 방에 주사 놓으러 오는 간호사에게 "우리 며느리입니다."라고 소개를 한다.

어머니는 그랬다. 나와 같이 온 것이 자랑스럽고 좋은 듯 같은 연배에 있는 어른들과 대화를 나눌 때마다 나를 소개했다. 며느리와 같이 병원에 보호를 받으면서 온 것을 뿌듯해하고 무척이나 좋아했다. 어머니는 며느리에게 대접받는다는 생각이 들었는지 사람들에게 자랑하시고 있는 것 같았다. 그럴수록 나는 어머니를 더 챙겼다. 소파에 편히 기대어 쉬라고 하고 여기 저기 다니며 일처리를 했다. 이런 사소한 일로 행복해 할 줄 생각도 못했다. 나를 많이 배려한 마음이 느껴졌다. 자식들에게 사랑과 관심을 받고 싶지만 말을 아낀다는 것을 알았다. 편하게 말 못 한 마음을 생각하니 죄송하게 느껴졌다. 보호 받고, 사랑 받고 있다는 것을 그리고 효도 받는다는 마음을 충분히 느끼게 해주고 싶었다. 나로서는 힘든 것도 아니다. 마음을 알았다면, 느꼈다면 조금 더 빨리해드릴 수 있었을 것이다.

다음 날에 아침 일찍 어머니를 모시고 병원에 갔다. 수술이 잘 되었는지 검사하고 약 받으러 가야 했다. 처음 만나는 의사 선생님께 어머니는 말했다.

"오늘은 며느리하고 같이 왔어요."

의사 선생님은 "아. 그러시구나. 안녕하세요?"

"안녕하세요. 저희 어머니 잘 부탁드립니다."

의사 선생님은 나를 보며 "어머니 수술은 잘 된 것 같습니다. 약은 하루에 두 번씩 잊어버리지 말고 넣어 주시고 보호 안경은 주무실 때 말고는 절대 빼시면 안 됩니다."

"어제 저녁에 어머니가 잠을 한숨도 못 잤다고 하시는데 수면제 좀 처방해주세요."라고 어머니 대신 내가 말했다.

의사선생님은 하룻 밤 약에 넣어 주겠다고 했다. 어머니는 흐뭇해 하며 행복한 모습이었다.

아기를 돌보듯이 어머니를 팔로 부축하고 소파에 불편함 없이 앉게 했다. 수납하고 약국에 가서 약을 받고 집으로 모시고 갔다. 어머니에게 상세히 또박또박 설명해 가며 말했다. 약 먹는 방법과 보호 안경 다루는 방법 그리고 햇빛 노출하지 마라 신신당부를 했다. 29일 오른쪽 눈 수술할 때 모시러 오겠다고 했다.

어머니는 "고맙습니다. 며느님" 한다.

"어머니 뭐가 고마워요? 이때까지 해 드린 것도 없는데 제가 죄송해요."라고 답했다. 어머니는 연신 시간 내줘서 고맙다고 말한다.

차를 몰고 오는 동안 혼자 생각에 빠졌다. 이게 무엇이라고 어머니가 저렇게 나에게 고맙다고 하는지. 무엇을 위해 살아가고 있는건지 모르겠다. 자식된 도리로 당연한 일인데 나는 제대로 하지 못했다는 미안한 마음이 들었다. 이런 사소한 일로 아이처럼 행복해하는 어머니를 보니 좀 더 정성 들여 모셔야겠다.돌아가시고 난 후, 내 마음이 편하려면 해 드릴 수 있을 때 해야 한다는 생각이 들었다. 행복해 하는 어머니를 보니 흐뭇하고 뿌듯했다. 그 이후로 오른쪽 눈 수술을 할 때도 같이 있었다. 그리고 일주일 후 대학병원에 정기검진으로 6시간 동안을 어머니와 같이 병원에서 보냈다. 즐거운 마음으로 어머니와 같이 할 수 있었던 시간이었다. 다행히 가슴에 근종은 재발하지 않았다고 한다. 많은 검사를 하시며 힘들어도 며느리와 같이 있다는 생각에 힘이 나신다고 한다. 나의 아들이 결혼하면 나도 시어머니가 된다. 시어머니가 되는 입장에서 생각하면 시어머니의 자리를 이해 못 할 것도 없는 것 같다. 마음 한 번 돌리는 것이다. 깊이 있게 보아야 한다. 나를 비롯한 모든 것들이 소중하지 않은 것이 없다. 어머니의 곁에 조금 더 가까이 가고 싶은 것이다. 어른이 되는 가는 과정이다.

고맙습니다. 사랑합니다. 어머니.

나를 찾아 떠난 시간

오색이 물든 단풍잎이 광활하게 펼쳐져 있는 고속도로 위를 달려 남해에 도착했다. 내 고향 남해.

20대까지의 추억이 고스란히 묻어있다. 사춘기가 오면서 시골에서 사는 것이 싫었다. 방학 때가 되면 도시에 사는 이모 댁에 놀러 다녔다. 신세계 같은 도시는 신기한 것과 처음 맛보는 것이 많았다. 모험심이 강한 나는 사촌 동생들을 데리고 이곳저곳을 두루 다녔다. 빠른 속도로 짧은 시간 안에 도시 생활에 적응했다. 생활의 편리함을 알게 된 나는 시골에 사시는 부모님께 투정이 심했다. 집 안에서 내려다보이는 넓은 바다, 쭉 뻗어 있는 들녘, 나지막한 산들이 보인다. 도시 생활에 물이 들어 있던 나는 시골 생활이 답답하고 어떻게 해서든지 이곳을 벗어나고 싶다는 생각만 했다. 고등학교 다닐 때는 버스로 2시간 거리에 있는 '진주'로 스트레스를 풀기 위한 쇼핑 하러 다녔다.

직장 생활을 하면서부터 사람들은 고향이 어디냐고 묻는다. "남해입니다."
라고 말하면 도시 생활을 했던 사람들은 '좋겠다.' '부럽다.' 한다. 한 번씩 '시골
에 바람도 쐬고, 부모님도 뵙고, 쉬었다 오면 얼마나 좋냐'면서 말을 하지만 사
실 얼마 전까지는 좋은 줄 몰랐다.

처음부터 나에게 주어진 환경이고 지금도 변함없이 어머니가 고향을 지키
고 있다. 남해는 집이다. 여행이라는 개념을 생각하면 아름다운 자연환경과 먹
을거리가 풍부하다. 맑은 공기에 다양한 체험 거리가 있는 지역이다. 3박 4일
의 시간을 가지고 찬찬히 둘러보면 마음의 찌든 때가 벗겨 내어질 만큼 내려놓
아진다.

경쟁으로 바쁜 도시와는 달리 시골은 평온하다. 농번기 때를 빼면 다소 조용
하다. 농번기 때는 집집마다 집에 있는 경운기들이 총 출동한다. 거리는 경운
기 모터 소리가 온 종일 귀를 거슬리게 할 정도이다. 욕심부리지 않고 서두르
지 않으면 급할 것도 없는 시골 생활이다. 나이가 들어갈수록 고향은 안식처가
되어 준다는 것을 느낀다.

아들이 대학을 들어가기 전까지는 먹고 사는 기본적인 생계와 교육 문제로
여유 없이 긴장된 삶을 살았다. 마음을 확 놓아 버린 것은 아들이 대학에 간 이
후이다. 둘째 딸아이는 내가 컨트롤하지 않아도 될 만큼 독립심이 강한 아이
다. 첫 아들보다는 마음을 빨리 내려놓을 수 있었다. 아들은 대학 생활로 기숙
사에 입소시키고 딸은 아침 일찍 등교하면 저녁 늦게 돌아오기 때문에 두 가
지 문제를 동시에 해결해 주었다. 집 떠나 있는 아들은 옆에 없으니 신경이 예
전처럼 예민하게 쓰이지 않았다. 남편은 자기 생활로 인해 밤에 늦게 들어오는
일이 많았다. 집안일로 바빴던 저녁 시간은 이제 한가하다. 나의 시간이 많아
진 것이다. 빈 시간을 하나하나 내 것으로 채워가야 한다.

아이들이 조금씩 성장을 하고 나니 새로운 일을 하고 싶었다. 기존에 하던 일에서 자유로움이 있는 일로 전환하고 싶었다. 몸은 그동안 지친 삶에 휴식을 달라고 하는데 마음은 안 된다고 한다. 몸과 마음은 달랐다. 시간이 지날수록 힘든 마음은 눈덩이처럼 커지는 것 같았다. 몸은 이유 없이 힘이 없고 아팠다. '잘 살 수 있다'는 자신감과 당당함이 있었다. 빨리 나에게 맞는 일을 찾자는 생각으로 마음이 급했다. 성급할수록 돌아가라는 말을 알면서도 막상 현실에 부딪히니 마음이 내려놓아 지지 않았다. 서두를수록 입맛에 맞는 것은 없었다. 힘든 경제 환경은 내가 설 자리가 좁아지면서 자신감을 떨어뜨리게 했다.

옆에 지켜보던 남편은 힘들어하는 나를 보며 남해 가서 며칠 쉬면서 마음을 편안하게 가지라고 했다. 집안일과 아이들은 자기가 알아서 한단다. 어머니 곁에 가서 아무 생각하지 말고 쉬라고 했다. 마음을 추스르고 싶었다. 오랜 직장 생활의 부작용인 듯하다. 일하지 않으면 불안한 증세.

남해를 향해 내려가는 길은 수없이 달렸던 고속도로와는 느낌이 달랐다. 집 안에 일이 생기거나 행사가 있을 때만 찾았던 남해다. 항상 가족들과 동행을 했었다. 가족들의 뒤치다꺼리에 바쁘게 갔다 와야 했다. 그런데 오로지 혼자만의 시간을 가지고 나만 바라보면 된다. 황홀할 만큼 행복하다.

홀가분한 몸과 마음으로 집을 떠나 다른 곳으로 간다는 것만으로 좋았다. 안전하고 편안하면서 훤히 꿰 뚫고 있는 곳이 있다는 것만으로 위안이 되었다. 순간 부모님께 감사한 마음이 들었다.

고민하지 않고 갈 곳이 있고, 머무를 수 있는 곳이 있다. 평온하게 안식할 수 있게 기다려 주는 어머니가 살아 계신다. 도시 생활에서 가지지 못하는 시골 생활만의 추억이 담겨 있다. 힘들 때는 지나온 발자취들을 따라가면서 추억을 하나하나 되짚어보는 여유를 가지다 보면 힘듦은 어느새 달아나고 없다.

2시간 30분을 달려 도착한 남해. 남해 대교가 눈앞에 보이면 '아! 다 왔구나!' 하는 안도감이 생긴다.

고향의 냄새를 맡기 위해 창문을 열고 다른 차가 방해되지 않게 천천히 간다. 남해 대교를 건너 내려오면 끝이 안 보일 정도로 연결된 벚꽃 가로수길. 해안도로를 타고 가는 길은 '갯내'가 난다. 바닷가에서 친구들과 조개 캐기와 '쏙' 잡은 생각이 절로 난다. 간간이 나는 쇠똥거름 냄새는 고향에만 오면 거북하지가 않다. 남해에서 나는 거름 냄새는 고향이다.

도착한 남해 어머니 집 마당에 들어오는 차 소리를 듣고 어머니가 나왔다. 반갑고, 보고 싶었다는 듯 웃으면서 안아 준다.

"온다고 수고했다. 어서 들어가자." 며 나의 등을 떠민다.

"차에 짐 내려야 하는데"라고 말하면서 차 트렁크 문을 열었다.

"뭘. 이렇게 많이 사 왔는데" 하며 놀라면서 좋아한다.

혼자 있는 어머니는 입맛이 없다면서 잘 챙겨 먹지도 않는다. 시골에서는 시장에 가려면 읍내에 버스를 타고 가야 한다. 80살이 넘은 노모는 가방 하나 드는 것도 힘들어 한다. 집 근처 하나로 마트가 유일하게 쇼핑을 할 수 있는 장소이다.

사 온 과일을 보며 "노인정에 가지고 가서 나눠 먹어야겠다. 맛있어 보이네." 하며 엄마는 좋아한다. 시골 어르신들은 자식들이 사 오는 과일이나 물건들을 나눠 먹기도 하고, 주기도 하는 시골 인심이다.

방에 나란히 누워 엄마는 이야기보따리를 풀어 놓는다. 말동무가 있어도 속 내까지 다 털어 내지를 못한다. 속에 묻어 두었던 이야기를 하나씩 꺼집에 낸다. 어머니를 통해 동네 소식들과 어린 시절을 같이 보내었던 친구들 이야기까지 들을 수 있다. 어디에 사는지? 무엇을 하고 있는지? 애들은 몇 명인지? 만나지 않아도 알 수 있다.

어머니에게 부탁했다. "엄마! 이번에 내가 남해 온 거는 좀 쉬고 싶어서 온 거니깐. 그냥 쉬었다 가게 해줘. 알았지"

"무슨 일 있나? 좀 이상한데? 어디 아프나?" 걱정되시는지 계속 물었다.

"아니. 일도 없고, 아프지도 않다. 일한다고 힘들었잖아. 좀 쉬려고" 말했다.

조금 위안이 되는 듯 "알았다. 푹 쉬고 가라."고 말한다.

어머니와 단둘이 있으니 학생 시절로 돌아간 기분이다. 재롱도 부리고, 응석부리며 어머니의 사랑을 독차지했던 시절. 얼마 만에 느껴보는 감정인지 모르겠다. 노모가 손 수 차려서 내어주는 밥은 완전한 사랑이다. 구부정한 허리와 아픈 다리를 이끌고 다니면서 딸에게 갓 지은 밥과 맛있는 반찬을 해주려는 모습을 지켜만 보았다. 해주시는 밥을 받고 싶었다. 해주고 싶어 했다. '마지막이 될지도 모른다.'는 마음으로 해주는 거라 한다. 이 세상에서 제일 맛있는 밥이다. 나의 어머니의 사랑이 묻어 있는 밥이다. 언젠가는 그리워질 밥이다. 몸은 앙상할 정도로 약해지고 정신적으로 허약해지셨다. 그런데도 딸에게 해주고 싶은 엄마의 마음인 것이다. 뒷모습을 보니 애처롭고 슬프다. 어머니의 살아온 삶이 보였다. 곧고 바르고 강한 성격의 어머니는 나와 많이 부딪쳤다. '같이한 세월이 왜 그렇게 짧게만 느껴지는지' 같이한 세월만큼 같이 살아갈 날이 많지 않다는 것이 구슬프다.

마음속 한 견에 '꼭꼭' 담아놓은 말을 끄집어내었다. 부끄러워하지 못한 말이 자연스럽게 나왔다.

"엄마! 그 동안 수고했다. 일찍이 혼자 몸으로 이 큰 살림을 이끌어온다고. 고맙습니다. 김 여사님!"

"그래! 그 마음 알겠나? 자식들 아니면 못 살았지" 하시며 지난 시간을 회상하셨다.

　나도 엄마다. 그런데 생각의 차이는 있다. 자식을 위해 희생하고 참아 낼 수 있을까? 하는 생각이 들었지만, 끝까지 책임을 져야 한다. '내가 뿌린 씨앗은 내가 거두어야 한다.'는 마음이다.

　아침 일찍 밥을 먹고 집 뒷산 중턱 가족묘에 있는 아버지 산소를 갔다. 집에서 출발하여 산소까지 걸어서 1시간은 걸리는 거리다. 차를 타고 다녀왔었는데 이번만큼은 걸어서 다녀오고 싶었다. 올라가는 산길은 많은 것을 회상하게 했다. 어릴 때 아버지와 같이 산에 다닌 기억들이 났다. 아버지는 나를 끔찍이 좋아하셨다. 3남 1녀의 막내딸로 아버지는 딸을 낳기 위해 한약까지 드셨다고 했다. 아버지와 나는 15년 정도 같이 살았다. 아버지의 사랑을 알아가려고 할 때는 내 곁에 없었다. 돌아가시고 삼일장을 치르고 난 밤 꿈에 아버지를 보았다. '잘 살아'라고 인사를 하러 온 듯 하얀 상복을 입고 어깨에 지게를 메고 마당에 아무말 없이 서 있었다. 힘들고 괴로울 때 찾게 되는 아버지. 살아가는데 많은 의지가 된다. 산소 앞에 앉아 속내를 털어놓으면 왠지 아버지가 지켜 줄 것같은 마음이 든다. 힘든 마음을 잡아 주는 것 같다.

　산에 올라가면 갈수록 남해안의 바다가 넓게 펼쳐지고 멀리 보이는 섬들이 작아진다. 막힌 가슴이 뚫리고 삐져나온 땀은 바람에 식어 청량감을 더해 준다. 오색 단풍은 운치를 한껏 더해 두 배의 아름다움을 주는 것 같다. 혼자 걷는 산길은 전혀 무섭지 않았다. 용기가 어디서 나왔는지?

　산 중턱에 있는 저수지는 바람이 불면서 밀어주는 물결이 잔잔하게 일렁이니 내 마음도 잔잔했다. 청둥오리들이 줄을 지어 헤엄치는 모습은 혼자 보기 아까울 정도로 귀엽고 정겨워 보였다. 어느새 나의 마음은 차분해지고 여유가 생기면서 하나하나 바라봐졌다. 과거에 대한 얽매임도 미래에 대한 불안감도 없는 현재 이 순간을 보고 있다. 깃털처럼 가벼운 마음과 몸 그리고 정신은 진짜 '나'이다.

아버지 산소에 절을 하고 나란히 줄지어 있는 묘비에 적혀져 있는 조상님들의 이름을 보며 나의 뿌리를 찾아간다. '언젠가는 엄마도 여기에 오시겠지?' 생각하며 비어있는 엄마 자리를 바라보았다. 마음이 뭉클해지며 아련함이 밀려온다.

마음 정리가 되는 듯 훨씬 가벼워졌다. 지금도 충분히 잘 살아가고 있다. 주어진 삶에 최선을 다하고 게으름 피우지 않으면 된다. 안 되면 안 되는 대로 살고, 되면 감사한 마음으로 살려 한다.

마음이라는 깨끗한 백지장에 펜을 어떻게 그리고 지우는지에 따라 삶이 만들어지는 것이라 생각한다.

다시 출발선에 섰다.

몸과 마음이 함께 성장하는 삶

오래된 명품 간장처럼 잘 발효된 17년 지기 친구가 있다. 우리는 만나야 할 인연인 것처럼 우연히도 만났다. 키가 비슷하고 얼굴 인상도 비슷하지만, 친구가 조금 더 예쁘긴 하다. 학교 친구도, 고향 친구도 아니지만, 친구를 많이 좋아했다. 같은 업종의 일을 하고 있었고 나이가 같다는 이유로 우리는 둘도 없는 친한 친구가 되었다. 나의 일방적인 사랑은 친구 입장에서 많은 생각을 하게 했다고 한다. 그 정도로 친구를 향한 나의 사랑은 진하고 강했다. 친구를 좋아하게 된 것은 정직하고 진솔함을 느끼면서부터다. 맑은 마음을 가진 친구는 내 마음을 끌리게 했다. 생각하는 관점과 삶의 기준이 잘 확립이 되어 있어 대화가 잘 된다. 매일 같이 있어도 심심하지 않고, 하고 싶은 이야기가 샘솟듯이 나온다. 시간 가는 줄 모르고 대화를 한다. 아침에 만나 저녁까지 많은 이야기를 나누었음에도 불구하고 헤어지는 것을 아쉬워할 정도였다. 친구의 가족들을 잘 안다. 친구의 어머니는 나를 좋아한다. 친구, 친구 어머니, 친구 아들과 같이 자주 만나 맛있는 음식점을 찾아다녔다. 친구 어머니는 친정 엄마 같은 마음이 들어 더욱더 챙기고 있다.

친구는 착하고 곧은 사람이다. 학교 다닐 때 공부를 꽤 잘했다고 한다. 공부에 대한 욕망이 아직도 강하다. 여전히 공부하는 만학도의 길을 가고 있다. 공부만 평생하고 살았으면 좋겠다고 말한다. 그렇게 할 수 없는 현실이 친구의 마음을 짓누르고 있다.

친구가 가정을 만들고 아이를 키운 6년의 세월 동안은 가끔 만났다. 가족이 생기면서 서로의 삶이 바쁘다 보니 짧은 만남은 늘 아쉬웠다. 서로 관심을 두고 바라봐 줄 시간이 없었고 마음의 여유가 없었다. 가끔 전화로 서로 안부를 물으며 소식을 전했다. 나도 직장 생활과 학교생활을 겸하고 있는 학생으로의 삶을 살고 있을 때였다. 그렇게 서로의 삶에 충실하게 살아가고만 있는 줄 알았다.

어느 날 친구는 내가 보고 싶다면서 만나자고 했다. 친구는 부산에 살고 있었다. 사랑하는 친구가 만나자고 하는데 열 일 제쳐놓고서라도 만나야 한다. 우리는 아침부터 만나 커피 마시고 밥 먹으면서 어떻게 살아왔는지 전화로 못다 한 이야기를 나누기 바빴다. 친구는 지금 가장 힘든 시간을 보내고 있다고 한다. 먹고 살기 위한 삶을 살고 있다고 했다. 친구의 마음을 아프게 하는 것 같아 자세한 이야기는 물어보지를 못했다. 친구가 하는 이야기를 들어야만 했다. 결론부터 친구는 엄마와 아들 세 명이 살게 되었다고 한다. 가장으로서의 삶을 짊어지고 가야 하는 무게는 남자들보다 더 힘들다. 밝은 마음으로 살아가려고 했다. 어떻게 해서든 먹고 살아야 한다는 책임감이 강했다.

도와줄 방법은 단 하나이다. 금전적으로 도와줘야 하는 방법밖에는 없다. 나의 현실도 그렇게 넉넉한 편이 아니라 선뜻 내어 줄 수 있는 상황은 아니었다.

마음은 큰 바위가 누르듯이 무겁고 아팠다. 친구의 고충을 듣고 난 후 머릿속은 친구에 대한 생각으로 가득 차서 다른 일이 비집고 들어올 틈이 없었다. 고민에 고민했다. 어떻게 해서든 도와주고 싶은 마음뿐이었다.

월요일 아침 출근을 했다. 같이 일하고 있는 여직원이 나를 부른다.

"차장님! 코아루 아파트 오늘 청약일이에요."

"그래? 오늘 1순위 청약일인가?"

"5시까지 하세요. 근데 차장님은 몇 평짜리 청약할 건데요?"

"모르겠다. 할 생각이 없는데. 해도 한 번도 당첨 안 되고 해서 생각 좀 해보고."

그 당시에는 아파트 청약이 가열된 상태에서 조금 식어 가는 중이었다. 청약해도 된 적이 없어서 관심을 크게 두고 있지 않았다. 여직원은 "그래도 모르니깐 같이 한번 해봐요. 되면 운이 좋은 것이고 안 되면 그만이잖아요. 청약 통장이 아까워서라도 한 번 해보세요." 설득하듯 말했다.

여직원은 친정아버지, 남편, 본인 청약 통장 1순위를 가지고 있었다. 나는 내 것 하나 1순위 통장이 있었다.

"그럼 몇 평에 무슨 타입 할 건지 정했어? 너 선택 안 하는 평수로 나는 찍어서 할래."

"84A 타입, 84B 타입, 59m2 세 개 골랐어요."

"그럼 나는 73m2 으로 할 게"

"5시까지 아파트 투 유 들어가서 하셔야 해요." 나를 챙겨 주었다.

"응. 감사. 감사. 혹시 되면 밥 살게. 안 될 확률이 높지만" 말했다. 생각을 비우고 있기로 했다. 당첨 발표 때까지의 기다림은 힘든 시간이라는 것을 알기에 편하게 마음을 가지려 했다. 당첨이 되지 않은 경험에서 실망을 많이 가진 삶의 경험인 것이다.

아침 출근길이었다. 정지 신호에 휴대폰 문자 알림 소리가 들려 확인을 했다. '아침부터 무슨 문자가 들어오는 거지' 고개를 갸우뚱거리며 봤다.

확인 문자는 '아파트 당첨입니다. 확인하세요. 축하합니다.'라고 적혀져 있었다. '이상하네. 이게 무슨 말이지?' 혼잣말하며 운전을 했다. 회사 도착까지 문자 메시지가 신경이 쓰였다. 사무실 문을 열자마자 여직원들에게 말했다.

"아침에 이상한 문자가 왔는데 이게 무슨 말인지 이해가 안 가네. 당첨되었다고 하는데. 뭐지?' 라고 말이 끝나자마자 여직원들은 내 자리로 몰려들었다.

"어디 문자 봐요." 여직원이 말했다.

여직원은 보자마자 "이거 혹시 우리 아파트 청약한 거 당첨됐다는 문자 아니에요? 나는 왜 안 왔지. 들어가서 확인해 봐야겠다."라고 말했다.

까마득하게 잊고 있었다.

인터넷에 들어가서 확인을 하니 정말 당첨이 된 것이었다. 당첨 경험이 없으니 받은 문자를 알아차릴 수가 없었다. 설레는 마음과 두근거리는 마음은 안정이 안 될 정도로 기뻤다. 순간 머리에 스쳐 지나가는 한 사람은 친구였다.

나의 간절함이 '이렇게라도 도움을 주라고 하시는구나!' 친구에게 도움을 줘야겠다는 생각이 들었다. 참, 신기하고 묘한 생각을 가지게 했다. 하지만 초심을 잃고 싶지 않았다.

필요한 시기에 적절하게 와 준 행운의 기회.

남편에게 전화를 걸어 당첨 소식을 들뜬 목소리로 말했다. 남편 직원도 청약했다고 한다. 다들 아침에 사무실에서도 한바탕 곡소리가 나왔다고 했다. 남편은 청약한 줄도 모르고 있는 상태에서 소식을 들으니 더 좋아할 수밖에 없었다. 옆에서 전화 통화 소리를 듣고 있던 직원들은 '축하합니다. 부럽습니다.' 큰 소리로 축하해 주었다. 마음을 차분히 가라앉히고 남편에게 말했다. 일부를 친구에게 준다고 했다.

남편은 생각할 시간도 가지지 않고 "그렇게 하세요. 그 대신 내 용돈만 좀 챙겨주소." 웃으며 말했다. 친구가 한 푼이라도 아쉬운 상황이라는 것을 잘 알고 있었다. 우리 가족들은 친구의 존재를 잘 알고 있었다. 내가 끔찍이 생각하는 것도 알고 있기에 부산 친구를 만난다고 하면 편하게 놀고 오라고 보내준다.

남편에게 알리지 않고 혼자 처리할 수 있는 일이지만 남편에 대한 배려이자, 나의 양심적인 문제라고 생각했다. 돈에 대해서는 정직하고 싶었다. 나를 믿고 맡겨준 남편에게 감사했다. 계약 전 모든 상황을 종료시키고 돈이 통장으로 입금된 것을 확인했다. 생각보다 'P' 값은 많았다. 친구에게는 전화해서 아무 말 하지 않고 친정엄마와 아들과 함께 얼굴 보자고 했다. 근심으로 가득 찬 얼굴을 보니 힘듦이 눈에 확연히 드러나 보였다. 남편과 나, 친구, 친구 어머니, 아들 5명은 식당에서 밥을 먹고 잠시나마 웃으며 이야기했다. 분위기를 보고 친구에게 봉투를 꺼냈다.

친구는 놀라며 "이게 뭔데?"

"이 돈은 네 것이다. 그러니 갚을 생각도 하지 말고 편하게 쓰면 된다."라고 친구에게 조심스럽게 건넸다. 혹시라도 '자존심 상해하면 어떻게 하나?' 하는 생각에서다.

친구는 이유도 없이 돈을 받지 않겠다면서 돈을 다시 건네주었다. 자초지종을 친구에게 말하며 오히려 내가 도움을 줄 수 있어서 고맙다고 했다. 너로 인해 나에게 돈이 생긴 것이라 했다.

친구는 눈물을 흘렸다.

"고맙게 잘 쓸게. 대신 여유 되면 꼭 갚을게." 했다. 옆에 있던 친구 어머니는 나와 남편에게 고맙다는 말을 계속했다.

"형제도 이렇게까지 하지 않는데 인연도 없는 너희가 우리를 도와주고……." 하며 눈시울을 보였다.

"어차피 너 때문에 생긴 돈이다. 갚든, 안 갚든 이 돈에 대해서는 신경을 쓰지 말았으면 좋겠어. 이 돈이 잘 사용되면 나 또한 좋은 것이다. 절대로 부담가지지 말았으면 해. 친구야! 힘내고 열심히 하면 좋은 날이 올 거다." 친구에게 말했다. 나눔을 준다는 것이 마음이 편안하고 좋았다. 나의 형제자매, 부모님을 생각하면 주기 힘든 상황은 맞다. 하지만 정말 필요한 사람에게 유용하게 쓰이는 것이라면 더 좋은 일이 아닐까? 생각했다. 정말 받을 생각 없이 순수하게 친구를 도와주고 싶어서 한 행동이다. 나의 도움이 친구에게 힘이 되었다면 내가 할 도리는 다한 것이다. 머무는 마음 없이 비우려 했다. '친구가 받아 가야 할 돈이었다.' 내 마음에서 말했다.

예전 같으면 있을 수 없는 일을 한 것이다. 나의 마음이 나도 모르게 맑아지고 관대해졌다. 생활이 안정되면서 주위를 돌아보는 여유도 조금씩 늘어나는 것 같다. 친구로 인해 마음가짐이 달라지게 했고 나누어 주는 행복이 나를 행복하게 하고 보람되게 만들어 준다는 것을 조금 알게 된 것 같다. 나 스스로가 대견했다. 아무 말 없이 지켜봐 주는 남편에게 감사했다. '나의 두 손을 통해 많은 사람에게 행복을 나누며 살고 싶다'는 생각을 가지게 되었다.

2곳에 적은 후원금을 보내고 있다. 적은 금액이지만 힘든 사람들에게 큰 힘이 되어 주길 바라는 마음이다. 내가 가진 사명에 최선을 다하고 실천하는 삶을 살기 위해 노력하고 있다. 많은 사람과 사랑을 나누는 그 날을 기대해 본다. 멈추지 않고 삶을 변화시키고 있다. 현재도 끊임없이 변화하고 있다.

마음을 비우게 하는 놀이터

남편의 회사에서 주말농장을 분양한다는 공고가 사내에 떴다. 전화해서 어떻게 했으면 좋겠냐고 물어본다. 당연히 신청하라고 했다. 남편은 농사짓는 것을 싫어하지만 나는 즐기고 좋아하는 편이다. 나에게 말하지 않고 넘길 수 있지만, 주말농장 분양 사실을 내가 알게 되었을 때 따가운 잔소리를 듣기 싫어 알렸다고 한다.

뉴스에서 나오는 불량 먹거리 소식은 충격적이다. 먹지도 못하는 재료를 시중에 유통하는 것을 보면 속에서 열이 난다. 양심 불량이다. 남은 중요하지 않다는 것이다. 이익을 위해 소비자에게 파는 심보는 뭘까? 결국은 본인한테 돌아서 가게 되어 있다는 것을 모른다. 속이는 행위는 오래가지 못한다. 농약을 뿌리는 먹거리를 믿고 사서 먹을 수가 없다. 사서 먹어야 할 때는 알면서도 감수하고 먹는다. 그래서 직접 농사짓기 원했다. 소독, 살균에 우리 스스로가 신경을 써야 한다. 먹는 것이 가장 중요하다.

시골에서 자란 나는 농사일 도우면서 어깨너머로 알게 된 것이 많다. 어릴 때는 시골 생활이 싫었다. 놀아야 하는 시기에 부모님은 일손이 필요하니 꼬막 같은 나의 손이라도 도움받기를 원했다. 힘들어하시는 부모님을 도와야 하는 것은 자연스러운 일이기도 하다. 나이가 들수록 건강에 관심을 많이 가지게 된다. 그럴수록 시골 생활은 감사함으로 다가온다.

시골에는 채소 종류들은 자급자족으로 해결한다. 손수 심어서 먹는 채소 맛은 사랑이 더해져 세상에서 느낄 수 없는 맛 그 자체이다. 그 맛을 알기에, 그리고 믿을 수 있기에 좋은 기회를 놓칠 수 없었다. 더군다나 사랑하는 가족(시어머니, 남편, 아들, 딸)이 먹는 채소들을 직접 키워서 먹게 해 주고 싶었다. 딸아이는 밭에서 갓 따온 오이, 가지, 고추들을 좋아한다. 신선한 맛을 안다. 수분과 영양을 가득 담고 있는 채소 맛은 상큼하고 아삭거리며 수분이 입안을 가득 채워 채소가 가지고 있는 향을 내뿜는다. 품고 있는 채소의 향기와 맛은 따서 바로 싱싱할 때 먹어야 제대로 알 수 있다.

5평정도 되는 땅을 회사에서 분양 받았다. 5평에 채소들을 다 심기에는 부족했다. 4인 가족 기준으로 5평 밭은 충분히 키워서 먹을 수 있지만, 욕심이 생겼다. 이왕 하는 거면 채소를 골고루 심어서 맛도 보고 이웃들도 나눠 주고 싶었다. 5평에 채소들을 심고 나면 고구마 심을 자리가 없었다. 우리 밭 옆에 분양 받은 직원은 하지 않을 기색으로 보였다. 직원은 해보고 싶은 마음에 분양을 받았는데 엄두가 나지를 않는다고 말했다. 우리가 사용해도 된다는 승낙을 받았다.

남편은 한숨을 내 쉬며 "우리 것만 하면 되지 않느냐?" 말한다.

미안한 마음에 남편에게 웃으며 말했다. "고구마는 심어서 살려만 놓으면 손

갈 일이 많이 없으니까 고구마만 저쪽 밭에 심읍시다." 남편을 설득시켰다.

남편은 못 이기는 척하며 "어이구……. 저놈의 욕심은……. 딱 고구마만 심는 거다." 남편은 불만을 말하면서도 가족들이 먹는 거라는 생각에 수긍했다.

주말농장을 시작하게 되니 농사를 짓기 위해 연장이 필요했다. '배보다 배꼽이 더 크다.'는 말처럼 연장 구매비가 더 들었다. 본전을 뽑아야 하는 상황이다. 낫, 호미, 괭이, 망치, 삽, 가위 등 종류별로 연장을 챙겨 밭으로 향했다. 밭은 경운기로 5평씩 나눠져 있었다. 채소를 심을 수 있게 고랑을 쳐야 하는 작업부터는 우리가 해야 한다.

남편은 괭이와 삽을 들고 무엇부터 해야 할지 몰라 쳐다보고 있었다. 한 번도 농사를 지어 본 경험이 없었다. 나는 그때부터 작업반장이 되어 남편을 일꾼처럼 시켜야만 했다. 남편은 잘하지는 못했지만 시키는 일에 대해서는 묵묵히 해주었다. 원체 꼼꼼한 성격이라 고랑 줄을 맞추듯이 간격과 깊이를 살펴가며 천천히 잘 하고 있었다. 해야 할 일은 많은데 너무 오래 걸렸다. 보고 있는 나는 답답했다. 조금 기다려 주면 되는 것을 참지 못하고 괭이를 가로채서 고랑을 눈대중으로 맞춰 두둑을 만들어 가며 끝냈다.

남편은 옆에서 "우리 마누라 일 잘한다." 하면서 비아냥거리듯이 말했다.

옷이 흠뻑 젖을 정도로 땀이 나왔다. 목이 타들어 갈 듯 갈증이 났다. 미안한 마음이 들었는지 길 위에 있는 작은 슈퍼에 가서 물을 사다 주었다. 작업을 끝내고 나서 보니 깨끗하게 정리된 두둑과 고랑은 정돈된 것처럼 간결했다.

10평의 밭은 보기보다 컸다. 금방 끝낼 것 같은 마음이었지만 막상 작업을 해보니 생각보다 오래 걸리고 힘들었다. 어깨, 팔, 다리, 목, 손가락, 허리, 무릎 등 어느 곳 하나 안 아픈 데가 없었다. 그래도 마음은 뿌듯하고 좋았다. 일을 많이 하지 않은 남편은 혼자 일을 다 한 것처럼 옷과 신발에 많은 흙이 묻어져 있고 윗옷의 반은 땀으로 젖어 있었다.

우리는 다음 작업에 무엇을 준비해야 할지 차를 타고 가면서 도란도란 이야기했다. 서로 대화거리가 생겼다. 주말농장은 우리 부부가 같이 있는 시간을 많이 주었다. 집에서 가까운 거리는 아니다. 사람들은 '왔다. 갔다. 하는 기름 값도 안 나오겠다.'고 하지만 그 가치를 값으로 매길 수는 없다.

부부가 같은 곳을 보고 함께 한다는 것이 좋았다. 서로의 대화거리가 많아지고 챙겨주는 마음이 생겼다. 서로의 마음을 알아가는 계기가 된 것 같다.

비용이 들어가도 친환경으로 농사를 짓기로 했다. 못생기고 벌레가 생겨도 우리 가족이, 내가 먹을 거니 정성을 다해야 한다. 유기농 비료를 사서 두둑 위에 뿌렸다. 흙 속에 영양분이 들어가서 식물들이 잘 자라게 해달라는 마음이었다.

직원들은 주말이면 가족들과 밭을 일구러 나왔다. 정보를 주고받으며 농사일을 하나씩 배워 갔다. 다음 주에는 검은 비닐을 사서 두둑 위에 씌워야 한다고 했다. 여름철에 비가 많이 오면 풀들이 감당하지 못할 정도로 잘 자란다고 한다. 채소들이 풀들에 시달림을 받아서 죽기 때문이라고 했다. 선무당이 사람 잡는다는 속담이 있듯이 어설프게 아는 나는 처음부터 배워가는 마음으로 했다.

한 주가 지나서 주말에 가면 작은 풀들이 두둑 위에 뾰족 뾰쪽하게 고개를 내밀고 있었다. 더 많은 풀이 자라기 전에 검은 비닐을 씌웠다. 농사일도 머리를 써야 하는 게 많았다. 그렇지 않으면 노동시간과 비용이 든다. 최대한 효율적이면서 일을 적게 하고 수확을 많이 할 방법을 고민 했다. 농사 쪽으로 머리를 굴리니 진화하는 것 같았다.

오일장 날 '언양'으로 갔다. 이름 모를 채소 모종들이 어찌나 많은지. 상자에 가시오이, 백오이, 가지, 애호박, 주키니 호박, 땡초, 오이고추, 파프리카, 토마토, 방울토마토, 옥수수, 땅콩 모종까지 종류별로 샀다. 상추 3가지, 치커리, 쑥갓, 케일 씨앗을 뿌렸다. 5평 밭에 모종을 분류해서 심어야 했다.

고추와 가지는 클수록 자리를 많이 차지하게 되고 오이와 호박, 토마토들은 넝쿨들이 세상 넓은 줄 모르고 뻗어 다닌다. 위치를 잡고 분류를 시킨 다음 아기 다루듯이 조심조심 모종 하나씩 컵에서 뽑아가며 심었다.

검은 비닐 위에 남편은 호미로 간격을 찍어서 놓는다. 옆 개울가에서 물뿌리개에 물을 가득 담고 비닐 속에다 물을 부어주면서 모종을 심는다. 손발이 척척 잘 맞았다. 조금씩 일머리를 알아갔다. 각자한테 맞는 일을 찾아서 했다. 모종을 다 심고 씨앗을 뿌렸다. 무엇을 뿌렸는지 이름을 쓰고 영역표시를 해 두었다. 모종과 씨앗들을 심고 뿌리고 나면 한 주 동안 올 수 없기 때문에 물을 흠뻑 주고 가야 한다. 메말라 죽기라도 할까 봐 여러 번 물을 주었다. 그 사이에 비라도 오면 좋은데 그렇지 않으면 주중 내내 신경이 간다.

어린 새싹일 때는 똑같아 보인다. 조금 자라면서 구별이 된다. 어릴 땐 풀인지, 채소들인지 분별이 되지 않는다. 매주 갈 때마다 조금씩 올라와 있는 초록 새싹은 귀여워서 어떻게 해야 할지 모를 정도로 몸서리쳐진다. 기쁨에 찬 미소가 입 꼬리를 올라가게 만들어 준다. 새싹들은 자라 떡잎을 떼고 잎사귀가 양쪽으로 나오기 시작하고 키가 쑥쑥 커져 있다.

자식 키우는 느낌이다. 그냥 바라만 봐도 좋다. 싱싱하게 파릇파릇 자라있는 채소들은 정성을 들인 만큼 잘 자라 주었다. 농작물들은 '멀리서도 주인의 발자국 소리를 안다'고 한다. 사랑, 관심, 정성을 먹고 자란다고 한다.

가지, 고추, 토마토 들은 밑에 붙어 있는 잎줄기 사이로 가지들이 나온다. 열매를 키우기 위해서는 작은 가지들을 떼 내야 한다. 오이, 호박 넝쿨들이 밭을 감싸 안을 듯이 뻗어 나가고 있다. 대나무로 다리를 세워 넝쿨 집을 만들어 자기들만의 공간을 만들어 주었다. 남편은 다른 채소들이 다칠까 봐 하나하나 뻗어있는 넝쿨들을 대나무에 줄로 매어 놓았다. 남편의 실력이 발휘되는 순간이었다. 성격이 보였다. 깔끔하게 정리 정돈을 시킨 넝쿨들은 대나무에 의지하며 딱 붙어 있었다. '나도 잘 할 수 있다.' 라는 것을 보여주는 듯 남편은 나를 힐끗 쳐다본다. 눈치 빠른 나는 엄지 척하며 만족의 미소를 보냈다.

주말농장 대회라도 하는 듯 직원들은 채소에 온갖 정성을 쏟았다. 확연히 표시가 났다. 밭에 관심을 가진 곳은 채소들이 자라는 속도와 열매 그리고 건강함이 보인다. 다음 단계로 넘어가면 농부가 부지런한지를 정확히 알 수가 있다. 장마가 오고 난 뒤이다. 장마가 오고 난 뒤에는 풀들이 숲을 이룬다. 이곳이 우리 밭이 맞나 할 정도로 놀랍게 달라져 있다. 검은 비닐을 씌운 두둑에는 풀들이 많이 자라지를 않았다. 고랑이 문제였다. 쪼그리고 앉아 풀을 매야 하는 일은 중노동이다. 남편은 어머니에게 도움을 청한다. 어머니는 우리가 농사 짓는 일을 신기해하고 놀라워한다. 우리가 고생할까 봐 아무 말 않고 와서 도와준다. 어머니랑 한 두둑씩 차지하고 앉아 풀을 뽑으며 세상 돌아가는 이야기를 들으러 가는 것이다. 어느새 밭은 깨끗하게 되어있다. 다음 주에 오면 또 자라 있을 풀이다. 자라나면 또 뽑으면 된다.

주말농장은 나의 놀이터가 되었다. 노력하고 정성을 들인 만큼 결과물을 주었다. 더 많은 것을 내어 준다. 잡초를 뽑기 위해 쪼그리고 앉아 있는 자체만으로 행복하다. 생각을 비우게 한다. 노동으로 흘리는 땀은 더 가치 있다. 육체적으로 힘들어도 정신적으로는 편안하다.

채소들이 주는 싱그러움은 살아가는 즐거움을 준다. 나눔을 가지게 해주고 기다림을 알게 해준다. 주렁주렁 매달리는 열매들은 많은 이웃 사람들과 나눠 먹을 수 있을 양을 주었다. 잘 익은 토마토들은 새들의 식량이 되어준다. 나눠 먹는 즐거움은 뿌듯하고 행복하다. 즐거움은 부지런하게 만들어 주고, 열정을 가지게 한다.

손수 재배한 채소들은 함부로 버리지를 못한다. 버리게 되는 채소들을 보면 마음이 씁쓸하고 아프다. 농부들의 마음이 조금은 이해가 된다. 온 정성을 다하여 일구어낸 것들이 귀하고도 귀하게 느껴진다. 힘들고 고통스러워도 묵묵히 참고 인내하면 좋은 결실이 있다는 것을 주말농장을 통해 배운다.

나의 놀이터가 내어 준 텃밭은 풍성함을 내어준다. 욕심 부리지 말고 나누어 주라 한다. 비우고 나누어 줘야 채울 수 있는 공간이 생기는 것이다.

성장은 계속 된다

대학병원에 친하게 지내는 대학원 동기가 근무하고 있다. 출발 전에 만남을 약속하고 갔다. 규모가 큰 대학 병원은 진료를 받기 위해 온 사람들로 북새통을 이루고 있었다. 정신이 없을 정도로 혼란스러웠다. 동기에게 전화를 걸어 잠시 보자고 하니 내가 위치한 곳으로 동기는 바로 왔다. 대학원 박사 1년 차 과정을 공부하고 있었다. 외국 대학원생과 수업을 하고 있다고 한다. 동기는 같이 박사 과정의 공부를 하자고 제안했다. 공부하는 친구가 있을 때 같이 하는 게 좋을 것 같다는 생각이 들었다. 먼 훗날 언젠가는 하고 싶었다. 공부는 하면 할수록 재미있고 방법도 알아가진다. 적극적으로 같이 공부하자고 한다.

석사 과정을 하면서 우리는 서로 도움을 주고받으며 공부에 열중했었다. 공부에 뜻이 있다는 것을 아는 동기는 설득했다. 엄청난 노력과 시간 그리고 많은 학비가 들어간다. 가족의 동의 없이는 할 수 없는 과정이다.

가족들은 내 생각을 존중하겠다고 했지만, 막상 하려니 고민이었다. 마음은 하고 싶지만, 현실을 냉정하게 판단해야 했다. 박사과정을 왜 가고 싶어 하는지? 를 알아야 한다. 막연하게 공부하기 위해서 가기에는 무모한 도전이다. 깊이 있는 공부로 강의하는 것을 목표로 두었다.

대학교 출강하는 후배에게 강사의 위치와 급여 조건을 물어보았다. 직업을 위해 공부할 것이면 마음을 접으라고 강하게 말한다. 정말 공부를 하는 것이 좋고 행복할 것 같으면 해도 된다고 말했다.

후배는 자기가 말하는 내용을 들어 보고 결정하라고 했다.

"대학의 어려움으로 시간 강사로 채우고 강의할 수 있는 자리가 줄어들고 있다. 교수 평가에서 결과가 좋지 않으면 강의를 개설해 주지 않는다. 시간당 받는 돈이 적어서 생계를 꾸리기 힘들다. 그래서 시간 강사들이 자살을 많이 한다."라고 직설적으로 말했다. 할 말이 생각나지 않게 했다. 확실하게 마음을 접게 만드는 말이었다.

신중한 판단을 해야 한다. 그래야 후회와 미련이 남지 않을 것 같았다. 신청 마감 며칠을 남겨 두고 있었다. 친한 허 교수님께 진지하게 물었다. 교수님은 '정말 부잣집 아들이나 딸들이 하면 맞는 직업인 것 같다.'라고 말한다. 투자 대비 수입이 좋지 않기 때문에 잘 생각하라고 말해 주었다.

정상 코스로 박사 과정을 끝내면 50살이다. '미련을 접어야 하나?' 하는 생각이 들었다. 내가 하고 싶은 일은 많은 사람에게 강의하면서 행복 바이러스 같은 존재가 되고 싶은 것이다. 전공과목으로 강의를 꼭 해야 할 필요가 없다는 생각이 들었다. 다른 방법을 찾아보기로 했다. 아쉽지만 지금은 잠시 접어두는 게 맞을 것 같다는 생각이 들었다. 동기생에게는 열심히 해서 박사 졸업을 했으면 좋겠다고 했다.

일요일 오전 독서 모임에 갔다. 박사 과정을 못 간 것에 대해 아쉬움을 토해내고 있었다. 진 선배가 듣고는 "그러시면 책을 하나 출간하세요. 그리고 저자 특강을 다니면서 강의하시면 훨씬 더 잘 되실 것 같은데요."라고 말한다.

"책 출간하는 게 어디 쉬운가요?" 한숨을 쉬며 말했다.

진 선배는 아니라고 말한다. "이 은대 작가 직접강의 하는 글쓰기 수업이 있는데 반응이 정말 좋아요. 한번 들어 보세요."

"글쓰기 수업 요? 울산에도 있어요?"라고 물었다.

"예. 있어요. 저기 게시판에 보면 수업 날짜하고 금액이 나와 있어요. 저번 주에 저자 특강 강의 들었는데 정말 괜찮았어요. 그분도 처음에는 책을 출간할 것이라고는 상상도 못 했데요. 우연한 기회에 글쓰기 수업을 듣고는 책을 썼다고 합니다. 저도 시간적인 여유가 되면 글쓰기로 책을 출간할 거예요. 그리고 강의 다닐 생각입니다."라고 진 선배는 희망적인 말을 했다.

게시물이 붙어있는 벽보로 걸어갔다. 휴대폰을 꺼내서 사진을 찍어 놓았다. 나이가 들면서 건망증으로 기억이 잘 나지 않는 것 같아 증거를 남겨 둬야 했다. 지금 당장은 할 생각이 없었다. 나이가 들어 시간적인 여유가 생기면 죽기 전에 한 권은 남겨야겠다는 생각을 하고 있었다.

독서 모임 회원들과 책 나눔을 하고 마무리하고 있었다. 청년부 회장이 공지한다.

"다음 주에는 부산에 계시는 독서 모임 나비에서 두 분이 오실 겁니다. 부부인데 두 분 다 이번에 책을 출간했다고 합니다. 저희 독서 모임이 잘 진행되고 있다는 소식을 듣고 한 번 참석해 보고 싶다고 하십니다. 다음 주에는 인사하면서 출간 동기를 들어 보겠습니다."라고 말한다.

흐름이 글쓰기로 가는 분위기였다. 두 부부가 나에게 부러움의 대상이 되었다. 만나서 자세히 들어 보기 위해서는 다음 주에 무슨 일이 있어도 모임에 참석해야 한다.

일요일에 만난 부부도 진 선배가 말한 것처럼 우연한 기회에 글쓰기를 하게 되었다고 말한다. 이 은대 작가의 수업을 듣고 시키는 대로 일단 믿고 내어주는 숙제를 잘했다고 한다. 어떻게 책을 쓰고 출간했는지 아직도 신기하고 놀라워했다. 두 번째 책 출간 준비를 하고 있다고 한다. '글을 쓴다. 글을 쓴다.' 가능할까? 라는 의문이 생기면서 한번 해보고 싶다는 마음이 들기 시작했다.

한 주 동안 글쓰기만 생각했다. 마음은 하고 싶지만 막연하게만 느껴지는 글쓰기는 시작을 어떻게 하고 끝을 어떻게 맺어야 하나? 하는 고민에 머리가 절로 흔들어졌다. 많은 페이지수를 채워야 하는 것도 힘든 일이다. 일단 '수업의 맛보기로 한 번 들어나 보아야겠다.'는 생각을 했다.

이은대 작가 수업이 있는 날이다. 그 날에는 평상시보다 독서 모임이 늦게 마무리되고 있었다. 선배들은 웅성거리며 "저기 서 계시는 분이 이 은대 작가예요." 말한다. 오전 10시부터 수업이라 미리 준비하기 위해 옆 강당을 오가며 분주하게 움직이고 있었다. 얼굴을 보며 자세히 익혔다.

독서 모임이 정리되고 옆 강의실 수업을 들어가기 위해 문을 조심해서 방해되지 않게 열었다. 강의하고 있던 작가는 나를 보고 말한다.

"수업 신청 하셨습니까?"

"아니요. 한번 들어보면 안 될까요?"

"안됩니다. 글을 쓰실 거면 수업을 들으시고 안 그러시면 수업 들을 수 없습니다."

'딱' 부러지는 강한 말투는 순간 긴장시키고 위축되게 만들었다. 짧은 순간이지만 판단을 잘해야 하는 상황이었다. 생각할 시간도 없이 입에서 먼저 "해보겠습니다." 라고 답변했다.

강의를 들을수록 재미가 있었다. 정신없이 강의에 몰입된 나는 바로 전쟁터에 나갈 준비가 된 사람 같은 마음이었다. 할 수 있다는 자신감이 머릿속을 가득 메우고 심장이 뛰기 시작하면서 열정이 일어났다. 살아있다는 느낌을 받았다. 강의를 들으니 이미 나는 글쓰기를 하고 있었다. 회사 생활을 하면서 기록하는 습관이 있었다. 스트레스를 받거나 마음이 힘들 때 적는 노트, 책을 읽으면서 좋은 글귀가 있으면 따로 메모를 해두는 노트들은 힘들 때마다 마음을 가라앉히고 용기를 북돋우면서 희망을 주었다. 노트는 삶의 흔적이다. 정신적으로 강하게 하고 있었던 것이 글쓰기의 기본 바탕이었다.

이미 오래전 작은 것부터 글쓰기의 기초 작업이 시작되고 있었던 것을 자각하지 못하고 있었다. 체계적인 강의 내용을 들으면서 이해속도와 감각을 빨리 잡을 수가 있었다. '아! 이런 것이구나!' 라는 느낌을 알게 되었다. 나도 몰랐던 나만의 비밀병기가 있었다.

경험과 내 느낌을 글로 쓰다 보면 술술 풀리듯이 손이 먼저 생각을 앞선 듯이 글을 쓰고 있었다. 어느새 나도 모르는 사이에 페이지가 채워지면서 글쓰기에 빠져들어 있다. 옆에서 아들과 딸이 이야기하면 귀에 들리지도 않고 글을 쓰는 데 방해가 될 뿐이었다. 손을 들고 나중에 이야기해주면 안 되냐고 양해를 구한다. 글쓰기를 시작하면 한 차트를 마칠 때까지 자리에서 일어나지 않으려 했다. 의자에 붙어 있는 엉덩이를 떼고 싶지 않을 만큼 나의 이야기에 몰입이 되어 있었다. 손과 생각이 일치되어 글을 쓰고 있을 때는 흐름을 타고 가야 한다. 흐름은 시간이 얼마나 지나갔는지를 의식하지 못할 정도로 몰입을 시켜준다. 처음 한 차트를 끝내는 시간이 6시간이 걸렸다. 경험을 바탕으로 생각에서 끄집어낸다는 것은 많은 에너지가 필요했다. 마음의 한 켠에 묻어두기만 하고 생각을 하지 못한 과거의 일들을 끄집어내는 작업을 하다 보면 웃음이 나오기도 하고 눈물이 돌기도 하면서 반성의 시간도 되었다. 치유되는 느낌이다. 훨훨 날려 보내는 마음의 가벼움은 몸이 밝은 빛 샤워를 하듯 투명함과 깨끗함을 느끼게 한다.

나만을 위한 글쓰기는 아니다. 경험을 통해 알게 된 삶의 지혜를 나누고 싶다. 삶을 살아가는 각도와 온도는 분명 다르다. 하지만 진리를 찾아가는 길은 같을 것이다. 그런 마음가짐으로 글을 쓴다.

시간은 점점 단축되고 있다. 글쓰기의 요령을 점점 파악하게 되고 오감을 느끼며 마음표현을 하다 보면 글쓰기는 자유다. 어느덧 마지막 단계에 왔다. 할 수 없을 거라는 마음이 글쓰기를 하면서 할 수 있다 로 바뀌었다. 가능한 일이 되었다. 해낸 것이다. 작가는 강조한다. 글쓰기를 잘 쓰려고 하지 말라 한다. 있는 그대로의 사실과 내가 느낀 점을 쓰면 된다고 한다. 글을 짓는 사람이 아니고 글을 쓰는 사람이다. 믿고 실행에 옮겼다. 매일 글을 쓰는 것과 쓰지 않는 차이는 엄청나다. 매일 쓰는 글의 양이 A4 3장이다. 하루하루가 모이면 생각할 수 없을 많은 양이 되고 한 권의 책 분량이 된다.

글쓰기 싫은 날도 있지만, 나의 발자취를 따라가다 보면 자신이 자유로워지는 것을 느낀다. 나와의 약속이다. 고수는 자신의 내면과 경쟁을 하고 하수는 남과 경쟁을 한다. 진정한 고수의 길을 가고 싶다. 위대함이 보이는 순간이다. 한 권의 책 분량이다. 감격스러울 만큼 기쁘고 눈물 난다. 힘든 35일간의 매일 글쓰기를 하면서 힘들고 고통스러울 때마다 이 은대 작가에게 전화 걸어 징징거린 모습이 생각난다. '할 수 있다'는 용기와 '자신을 믿으라'는 말로 위로를 받고 온 지금 이 순간이다. 한 단계 성장하고 있다.

직장생활과 가정을 돌보며 글쓰기를 하는 것은 열정만이 만들어 낼 수 있다. 잠을 자는 시간을 줄여야 했다. 잠을 줄일 만큼 글쓰기는 삶의 일부가 되었다. 모든 것이 마음먹기에 달린 것이다. 멀리 보면서 달린 마음에 열정을 불어넣었더니 어느새 눈앞에 다가와 있었다. 온전히 나를 위한 것이다. 힘들고 피곤하지 않게 바라본 삶은 지치게 하지 않았다. 실행하는 삶은 나를 꾸준히 성장시키고 있다. 나를 사랑하는 마음을 가지게 되면 어느 것 하나 정성스럽지 않은 것이 없다. 고통스러울 만큼 힘들어도 흔들리지 않고 굳건하게 바라보고 있으면 아무것도 아니다.

생각의 차이로 마음을 평행선에 올려놓아야 한다. 평행선을 따라 마음을 바라보면 된다. 삶은 이겨내는 것이다. 꽃길만 걸을 수 있다면 얼마나 좋을까. 꽃길을 걷기 위해서는 마음을 성숙시켜야 한다. 밝은 마음으로 긍정적인 바라봄이 행복을 느끼게 한다. 행복은 실행력을 가동시킨다. 행복의 크기를 키운다. 익어가는 삶은 마음을 깊고 넓게 하며 넉넉함을 준다.

마치는 글

삶은 고행이라 생각한다. 단지 한 마음으로 바라보는 것이 중요하다. 분별하는 마음을 가지지 않고 인정해주고 사랑하려는 마음으로 받아들이면 된다. 삶을 살아가면서 부딪치고 깨지면서 얻은 경험은 힘듦을 바라볼 수 있는 용기를 가지게 했다. 그것은 다가온 삶을 맞이할 때 나 자신을 온전히 던지므로 깨닫게 되었다. 진심으로 던지지 못하면 나의 것이 되지 않는다. 나의 것이 되었을 때는 나 자신이 성숙하여진다는 것을 알 수 있었다.

흔들리지 않는 삶을 살기 위해서는 오로지 인내하고 지금 일어나는 일을 바라보는 것이다. 추운 겨울은 영원하지 않다. 따뜻한 봄은 다가오게 되어 있다. 삶의 순리이다.

삶을 살아가면서 마음의 걸림을 없애 주는 것이 호흡이라 한다. 깊은 호흡은 사람의 마음을 안정되게 해주고 넓게 바라보게 한다.

제주도의 해녀들이 거세고 억세어 보이는 것은 호흡 때문이라고 한다. 해녀들은 호흡을 2분 이상 물속에서 견디는 경우도 있다고 한다. 호흡을 멈추는 것은 죽는 것이다. 제주도 해녀들은 죽음을 오가는 것이라 한다. 그래서 저승사자들도 제주도 해녀들을 무서워하는 것이라 했다. 죽음까지도 생각하고 자신을 던졌기 때문에 무섭고 두려움이 없는 것이라 한다. 세상의 어떤 풍파가 와도 맞이할 자신감이 있기 때문에 나오는 아우라이다. 삶을 그렇게 맞이할 때 진심 나의 것이 되는 것 같다. 두려움을 극복한다면 못 이겨 낼 일도, 힘들어할 일도 없는 것 같다. 죽음을 던질 만큼 일을 행하는데 무엇이 두렵고 무섭겠는가? 삶의 참 의미가 생긴다.

호흡의 중요성을 모르고 살아가는 사람들이 많다. 우리에게 가장 강한 에너지를 주고 평정심을 가지게 해준다. 마음 작용이 일어날 때 오로지 현재를 바라보게 하고 육체의 고통을 넘어선 편안함도 호흡이 주는 힘이다. 밖에서 나를 찾으려 하지 말고 호흡으로 내 안에서 나를 찾고자 한다.

내가 계획한 일과 수행하는 일을 맞이했을 때 진심과 정성을 다하려 한다. 후회가 없는 삶을 살아가기 위해서 하는 것이다. 그래서 끊임없는 노력과 인내를 하며 정화한다. 정화한다는 것은 나 자신을 돌아본다는 것이다. 본질에 충실해진다. 혼자만의 사색으로 온전히 나를 보게 한다. 그것은 순수한 나를 맞이하는 것이다. 예전의 나와 이별을 시키고 단순해지며 참 나와 한마음이 된다는 것을 알게 되었다. 버림으로 마음이 가벼워진다는 것을 느낀다.

힘들면 힘든 대로 행복하면 행복한 대로 여여(如如)하게 삶을 바라볼 용기만 있으면 된다. 최선을 다하는 삶과 내려놓는 삶은 나를 더욱 성장시킨다. 나는 나답게 잘 살아가고 있다. 나와 같이 길을 걸어가고 있는 한 사람. 남편의 배려와 사랑에 감사함을 전하고 싶다.